Bittere bloemen

Jeroen Brouwers

Bittere bloemen

Roman

Uitgeverij Atlas
Amsterdam/Antwerpen

Dank aan het Nederlands Letterenfonds

Typografie: Willem Morelis
Omslagontwerp: Zeno
Omslagillustratie: Karl Meersman
Foto auteur: Friso Keuris

ISBN 978 90 450 8281 3
D/2011/0108/542
NUR 301

www.jeroenbrouwers.be
www.uitgeverijatlas.nl

Voor G

Nevel in een wereldstad. Wat is mooier dan de ouderdom? De grijsaard. Het boek, dat niemand meer leest. De rechter, die naar de hoeren loopt. De mens, die krankzinnig wordt.

Harry Mulisch

Daar ligt hij, achterover in de linnen dekstoel.

Wij zijn aan boord van het cruiseschip Carta Mundi, in het begin van de middag zal het aanmeren in Ajaccio.

Met een schrikbeweging, waarbij zijn linkerarm van de stoelleuning valt, lijkt hij uit zijn dommel te ontwaken, maar hij slaapt verder, smakkend, dromend.

Zo ziet hij nu opeens zichzelf zoals hij er een jaar of vijfentwintig, dertig geleden uitzag met zijn toen al witte haar en met de volle snor die hij destijds nog had, de uiteinden in omhooggedraaide punten en niet meeverkleurd met de rest van zijn lichaamsbeharing, de snor, dankbaar object voor karikaturisten, was rossig gebleven, tegen het oranje aan, misschien door de tabaksrook die er al decennia doorheen trok.

Hij staat op een blauwachtig stoffig tapijt in een vertrek naar boven te kijken, zijn hoofd zo ver en zo lang achterover dat hij pijn in zijn nek begint te voelen. Het is het bizarste plafond dat hij ooit heeft gezien en waar hij, zijn mond wijd open, zijn ogen niet van af kan houden. Een gekrioel van gipsen lichaamsdelen, die uit de zoldering omlaag steken: – alsof een verdieping hoger een gezelschap verkluwd is geweest in een stoei- of vechtpartij op een vloer van gummi, waar ze met hun ledematen doorheen zijn gestoten en zo voorgoed verstard. Een plafond dat bestaat uit tevoorschijn komende vingertoppen, vingers, handen, armen, ellebogen, tenen, voeten, knieën, benen, gezichten, hoofden. Alles ooit vanillewit geschilderd, maar intussen vaalzwart geworden, hier en daar is de kalk gebarsten, sommige lichaamsdelen zijn beschadigd en niet hersteld, er hebben zich stofproppen en spinragflarden tussen gevormd, die daar kennelijk al eeuwen hangen. Een onderkomen kunstwerk, zoals alles in dit museum, een voormalig paleis, te beginnen met het gebouw zelf, een onderkomen indruk maakt, op dezelfde wijze verstoft, verwaarloosd, aan zijn lot overgelaten als het stadje waar hij enkele uren verblijft.

Het beeld verspringt, – het duurde maar een fractie van tijd en er kwam benauwdheid bij opzetten, of hij stikte.

Hij legt zijn arm op de stoelleuning terug, de hand ontspannen. Als hij zo meteen werkelijk opduikt uit het onbewuste, zal hij die hand in een automatisme naar zijn mond brengen en in verwarring vaststellen dat het half opgerookte sigaartje zich niet meer tussen wijs- en middelvinger bevindt.

Het onbewuste, is dat wel een juiste omschrijving?

In de toestand van dit moment is hij op een of andere manier zich lucide bewust van wat hij ervaart, al is het ijl en vluchtig als in nerveus verspringende beelden uit de beginjaren van de film. Is het dus wel zeker dat hij droomt?

Nu is hij in een klaslokaal, de snor is weg, hij staat van alles te oreren, schrijft iets op het bord, het krijtje breekt. Zich met een vreemd, knorrend neusgeluid tot één cursiste in het bijzonder richtend, verpulvert zijn schoenzool het afgebroken stukje krijt, er ontstaat een spoor van zoolvormige witte afdrukken op de plankenvloer. Close-up van het meisje, te beginnen met haar parelzwarte ogen, maar voordat volledig op haar is ingezoomd, verbrokkelt haar gezicht, verdampt het en verdwijnt. 'Zo heet ik niet', zegt ze nog. Er slaat een deur dicht.

Hij schrikt wakker van zijn eigen gesnurk. Meteen zit hij rechtop, waarbij het houtwerk van de stoel verontrustend kraakt. Hand masserend in zijn nek, die pijn doet omdat hij, te ver achterover, meer op zijn kruin dan op zijn schouders heeft gerust, zijn gezicht horizontaal naar de vlammende lucht vol vogels, – hun geschreeuw is hij in zijn slaapje blijven horen. Zijn andere hand met de aaneengesloten wijs- en middelvinger gaat inderdaad naar zijn mond, die nog openhangt, hij ontmoet er de zeverdraden aan zijn kin. Slurpend sluit hij zijn lippen, opent hij zijn ogen, speurt hij snel en gegeneerd om zich heen naar mogelijke getuigen van zijn genurk, gekwijl, geschrokken overeindkoming en misschien heeft hij in zijn korte dommel hele monologen gemompeld of kreten geslaakt.

Er is gelukkig niemand anders op dit dekgedeelte, hij ziet het overschot van zijn sigaartje heen en weer rollen op de lome deining van het schip. Meer heen dan weer, het kantelt steeds verder van hem vandaan richting beschot van blauw en geel gelakt hout, waar een wenteltrap naar het lager gelegen dek leidt. Daar strekken zich in een woud van parasols de tennis-, curling-, bowlingbanen uit en glinstert het zwembad. Daar gaat hij niet in, omdat hij zich schaamt. Voor zijn perkamenterig rimpelvel met de witte vlekken en de pluizige overschotjes bejaardenhaar, dat bijna doorzichtig rondom zijn knoken hangt, die erdoorheen steken. Als met magere huidlappen bekleed skelet lijkt hij op zijn vader, zoals die eruitzag toen hij na de Tweede Wereldoorlog onverwacht toch nog terugkwam uit een Duits vernietigingskamp in Polen.

Hij hangt nu zo diep in het linnen dat zijn achterste op een paar centimeter na het dek raakt. Het spant in zijn kruis, zodat het lijkt of hij weer een incontinentieluier draagt, zoals in het ziekenhuis. Hijgend probeert hij zich uit de toenemend kermende stoel te worstelen, daarbij uitgelachen door de meeuwen. Wat hij bereikt, is dat het linnen scheurt, hij met zijn zitbeen pijnlijk op de dekvloer bonkt en er tranen in zijn ogen schieten, in het donkerst van zijn schedel knallen verschillend gekleurde lichtstralen tegen elkaar. De impuls om te schreeuwen van pijn, die als een elektrische lading van stuit naar atlaswervel davert, weet hij te beperken tot binnensmonds, gesmoord gekuch.

Om zich heen wiekend, raakt hij verward in de strook stug textiel waarin hij daarjuist nog zachtjes heeft liggen wiegen. De stof wikkelt zich van schouder tot schouder, belemmert zijn bewegingen, hij houdt nog één hand over om te proberen ergens houvast te zoeken, zonder het te vinden. In zijn knieholten schrijnt de dwarslat van het houten raamwerk waarin de linnenstrook bevestigd is geweest, van zijn woest gekronkel klapt de hele houtconstructie in elkaar en stort hij in volle lengte achterwaarts op het scheepsdek, zijn benen bekneld tussen allerlei stokken en latten die de stoel staande hebben gehouden. Vanaf ditzelfde moment ziet hij niets meer door zijn brilletje met de gouden neusbrug en veren die in zijn slapen snijden: de glazen beslaan, zijn zicht verandert in een wazige soep waarin geen oriëntatiepunt meer is te bepalen, hij beseft alleen nog waar ongeveer 'boven' is: dat is waarvandaan hij het vogelgekrijs door het zachte, egale gonzen van de scheepsmotoren heen blijft horen. Hoe lang is hij genoodzaakt het in deze benardheid uit te houden, nauwelijks nog in staat zich te bewegen, anders dan op een manier die op stuiptrekken lijkt?

'Laat mij u helpen, excellentie.'

Bij de mannenstem die dit zegt horen de sterke handen die hem in zijn oksels beetpakken en rechtop zetten. Het doet hem opnieuw aan het ziekenhuis denken, al werd hij daar niet zo aangesproken.

Excellentie? Dat is wel heel lang geleden.

'Gaat het?' zegt de stem in het nevelgebied als hij onvast op zijn benen staat en het dek voelt schommelen.

'Dank u. Ik dank u zeer.'

Aan hem is te horen dat hij gewend is, of in ieder geval dan toch was, in het openbaar te spreken. Zo iel van gestalte als hij is, zo verrassend krachtig klinkt zijn spreekgeluid.

Er zal toch niet nog speeksel van zijn lippen druipen?

Neen. Hij controleert het door met de rug van zijn hand langs zijn mond te strijken, in dezelfde beweging trekt hij de pochet uit zijn colbert en begint er de brillenglazen mee te zuiveren.

'Niet te danken, excellentie. Daar zijn wij voor. Hier is uw hoed.'

Die moet tijdens de laatste slaapfase achterwaarts van zijn hoofd zijn gegleden en tussen zijn rug en het stoeldoek zijn geraakt, geplet als tot een discus. Een exemplaar van wit stro, exact hetzelfde wit als het gedistingeerde, lichte maatpak dat hij draagt, en met een rood lint eromheen, exact het rood van de pochet, zijn sokken en het motiefje op zijn stropdas. De scheepsbediende heeft de panama in model teruggebracht en hem op het hoofd gezet.

'Dank u. Dank u.' Hij blijft het zeggen.

Als de bril weer op zijn plaats staat en hij opkijkt, is het gedienstige personeelslid verdwenen, de geruïneerde stoel eveneens.

Hij richt een blik op zijn horloge, zonder dat het tot hem doordringt. Uit de pochet warrelt zwak de geur van zijn aftershave, – dit in een zweem waarneembaar, herfstig aroma, zoals in een tuin hangt die is klaargemaakt voor de winter, verwaait meteen in de zeelucht, aandrijvend uit alle richtingen.

De Middellandse Zee ligt tot aan de einders open, als een spiegelvlakte waarin de zon ligt te schetteren. Er is niet in de gloed te kijken, maar hij blijft er toch naar staren, weemoedig. Omdat hij al zo oud is en steeds hulpbehoevender. Omdat voor hem het er niet meer toe doet welk tijdstip zijn horloge aanwijst.

Van de zee gaat vertroosting uit, – de zee heeft geen verleden en is zonder toekomst. Net als hijzelf, zeker wat het laatste betreft, terwijl zijn verleden zo uitgestrekt en veelomvattend is dat het niet meer valt te overschouwen als één geheel, verlopen volgens de dwingende grillen van het leven, waarin niets gebeurt of het heeft een reden. In zijn vergrijzende brein is zijn verleden als samenhangende constellatie dan ook al grotendeels vervaagd, er zijn alleen nog incidentele herinneringen die soms als snapshots bovenkomen, zoals in zee plotseling een voorwerp, ding, fragment, brokstuk, wrak aan de oppervlakte komt, zonder dat het inzicht biedt in het myriaden eeuwen bestrijkende, mysterieuze, romantische, niet meer te overziene verleden van de zee als zodanig.

Hij wil zijn hand naar zijn stuit brengen, waar de pijn nog niet uit is verdwenen, maar halverwege beweegt hij de hand voor- in plaats van achterwaarts om liever het warme ijzer van de reling te grijpen. Stel je voor, er verschijnt opeens weer iemand en hij staat daar met volle hand zijn achterste te kneden!

Uit het zachte bewegen van de hoedrand is af te leiden dat er een verder nauwelijks merkbaar briesje heerst, overigens is de atmosfeer welhaast tropisch, veel te warm voor zijn gestel, hij voelt zich klam, misselijkheid dient zich aan.

Het irriteert hem het lawaai op het lagere dek te moeten verdragen, waarin hij nu moet afdalen. Zelfs tot de door Dante in al zijn sadisme verzonnen hellestraffen behoort niet de kwelling om als verstilde intellectueel tot achter in de eeuwigheid te zijn overgeleverd aan dergelijke pandemie van smakeloos liedjesgezeur in combinatie met geluidsexplosies die reminiscenties wekken aan oorlog, bombardementen, repeteergeweren, instortende muren.

Onvast op zijn potloodbenen schuifelt hij langs de

reling, die hij niet durft los te laten, naar de wenteltrap. Van bovenaf kijkt hij op de gewelven van de parasols in de logokleuren van het reisbureau annex de scheepvaartonderneming: banen blauw, banen geel, asymmetrisch afgewisseld. Daaronder het gedoe van medepassagiers, bijna zonder uitzondering zo goed als naakt, niet geplaagd door de esthetische bezwaren die hemzelf ervan weerhouden er zo bij te lopen. Niet één jeugdig, fraai gesculptureerd lichaam om met verstolen welgevallen, ontroering ook, heel even vanuit de ooghoek naar te kijken, – het gaat om gevorderd middelbare mannen met puilpenzen en beplagde navel-, tepel-, rugpartijen, druipend van zweet, en hun vrouwelijke gezelschap, zelfde kaliber, even vet voorzien van uitstulpsels, ribbels en plooien, maar niettemin zich bh-loos etalerend, borsten, buiken, dijen als van griesmeeldril. De mannen in korte broek, zwemslip, bermudashort, log in de weer op tennis- en kegelbanen: als ze zich bukken verschuift het kledingstuk en komt hun zitkloof aan het licht. De vrouwen met hun blauwgele waaiers bewegen minder, hebben zich aan de rand van het zwembad neergelaten, voeten in het water, of rotten bijeen onder de zonneschermen en hevelen sorbets, sherry's, bloody mary's naar binnen, – ze hoeven hun hand maar op te steken en een schepeling rijdt het wagentje met gekoelde flessen naderbij om de glazen te vullen. Dit alles onder het klankengeweld van elektronisch aangedreven gebonk, gedreun, geknal, gekrijs, het wordt in donderend geluidsvolume over het recreatiedek uitgestort als emmers kots. Elkaar iets meedelen, zelfs uit volle borst schreeuwend, is onmogelijk, want onverstaanbaar. Zou het kunnen bestaan, denkt hij, dat over enkele eeuwen, mocht er dan nog sprake zijn van menselijke intelligentie, deze akoestische agressie zal worden beschouwd en gerespecteerd als de klassieke muziek van de eind-twintigste, begin-eenentwintigste eeuw? Zou men het dan even devoot beluisteren in concertgebouwen, opera's en theaters zoals men heden luistert naar gesanctifieerde werken van Bach, Haydn, Mozart, Schubert, waarvan er vele oorspronkelijk toch ook louter ten behoeve van verstrooiing en amusement zijn geschreven?

Als hij de trap begint af te strompelen, – als een kleuter: steeds plaatst hij beide voeten naast elkaar op dezelfde trede voordat hij naar de lagere afdaalt, aan weerskanten knijpt hij zich aan de leuningen vast, – ziet hij het halve sigaartje vóór zijn glimmende schoenen uit naar beneden kaatsen tot het in de draaiing van de trap in de diepte valt.

Beneden hoeft hij goddank niet tussen alle lichamen door het hele dek over om bij de volgende trap te komen, die naar een nog lagere scheepsruimte leidt: hij hoeft maar een paar meter langs het zwembad, waarin het violette, zondoorspikkelde water lijkt te leven zoals het water van de zee leeft, zo golft en deint het mee op de bewegingen van het schip. Hetzelfde dunne briesje dat rondom zijn hoed speelt en de franjes van de parasols doet wiegelen, tekent minieme rimpelingen in het oppervlak van het zwemwater, hij blijft ernaar kijken tot de weerkaatsing van de zon hem opnieuw verblindt. Er komt onrust in hem die hij niet kan duiden, iets beangstigends, hij weet niet waarvoor.

Op de hoogste van de drie duikplanken staat de witte gestalte van de zwembadopzichter, hij blaast op een bootsmansfluitje, waarvan het gesnerp door alle herrie heen snijdt, en geeft met galante armgebaren te verstaan dat zwemmers het bassin moeten verlaten, de matrones op de kant dienen hun voeten uit het water te tillen. De trillende plank veert diep door onder zijn gewicht en bewegingen, maar hij bewaart zijn evenwicht als een luchtartiest die zo meteen de op hem toezwevende trapeze zal grijpen en zich ontrukt aan de zwaartekracht. Op zijn aanwijzingen gaan beneden hem andere witte personeelsleden aan de gang om het bad met een vliesachtig, doorzichtig zeil af te dekken: – onder de duikplanken moet dit over een onzichtbare cilinder ter breedte van het hele bassin zijn gewikkeld en na ergens een stoot op een knop of een ruk aan een hendel op het teken van de dirigent rolt het machinaal tevoorschijn en schuift het langzaam, plechtig, over het water heen, daarin dooft het lichtgespetter en verdwijnt de kleur. Het moet zijn vervaardigd van een of ander materiaal, of een geur verspreiden, of nog een ander kenmerk vertonen, waar zeevogels afkerig van zijn. De beesten, overal op het dek aanwezig, allerminst bang van mensen en hun kabaal, zwenken er onmiddellijk van weg als ze er te dichtbij komen, ze strijken er niet op neer om er met hun poten en snavels gaten in te stoten.

Het zwembad, zo weet hij uit het scheepsreglement, wordt afgedekt voordat in een haven zal worden aangelegd, om 'in het belang van onze passagiers' te voorkomen dat gedurende de periodes dat het schip zich aan de kades bevindt het bassin door infiltrerende inboorlingen kan worden gebruikt, bevuild, ontwijd, besmet met enge inheemse ziektes.

Aan de overkant van het bad staat een matroos met een roeispaan over zijn schouder, de zon recht op zijn gezicht met merkwaardig lichte ogen, die hem aankijken en blijven volgen, om hem heen een aura van trillende hittedamp. Hij denkt aan de visioenen toen hij in coma werd gehouden, geestachtige standbeelden, gedaanten, personen die aan zijn bed verschenen, uit gedachtenpuin tevoorschijn komend zoals de poppen uit de gevel van het stadhuis in het stadje van zijn jeugd als de klok het hele uur aangaf: die poppen vormden een optocht rondom de bronzen bel waar een van hen het aantal uren op sloeg, als dat had geklonken verdwenen ze weer achter dichtschuivende luiken. Ridder te paard. Jonkvrouw met spiegel in haar ene hand, de andere hand aan haar haar. 'Je moet heur haar zeggen, dat is mooier.' Boer achter ploeg. De dokter, snavelmaker voor zijn gezicht. De Dood, zeis op zijn nek, die met uitgestoken knokenvinger alle toeschouwers een voor een, iedereen afzonderlijk, aanwees.

Matroos met roeispaan?

Bij zijn misselijkheid voegt zich hoofdpijn. Hij verlangt opnieuw op zijn rug te liggen, niet in zo'n hangstoel, waarbij de rug zich moet voegen naar de vorm van een banaan, maar plat op zijn bed in zijn eigen kamer, in nautische terminologie hut genoemd.

Voorbij het zwembad, door een deurgat zonder deur,

waar het altijd tocht, bereikt hij de tweede trap naar een nog dieper beneden. Nu komt hij uit op promenadedek A, van het lawaai is niets meer te horen, hier is het zeestil en houdt zich een ander slag passagiers op, ouder, geruislozer, bezadigder, saai, in ieder geval volledig gekleed. De aanwezigen leunen, gedempt converserend, met tweeën of drieën op de reling, over de witte golfkopjes starend, soms wijzend, naar verten. Hier en daar groet men hem voorkomend, hij beantwoordt dit door steeds zijn hoed af te nemen, ten slotte in zijn hand te houden om er welwillend mee terug te wuiven, zijn gezicht op beleefd, diplomatiek, afstandelijk. Hij kent op dit hele schip geen mens, denkt hij, en is vastbesloten het zo te houden. Wel is hem het gezicht van een der opvarenden bekend: dat van een filmacteur, thans in zijn nadagen, zoals iedereen hier, die hij zich herinnert uit oude zweedse epossen, zwartwit, zwaar op de hand van neerdrukkend wijsgerige symboliek. De vervagende beroemdheid, hoe heet hij ook weer, kom, hoe heet hij, heeft een mislukte haartransplantatie doorstaan, wat hem de aanblik verschaft van een chemopatiënt op wiens schedel het nieuwe dons nog niet uit de kreuk is gekomen. Ze groeten elkaar doorgaans met geoefende glimlach.

'Genoten van uw broodnodige kankerstok, meneertje? Ik hoor het. Hijghijg.'

Een roodverbrande, ernstig vervellende mummie van zijn leeftijd of nog bejaarder, hem beloerend door gele brillenglazen, die als dooiers tegen haar ogen plakken. Ze bevindt zich in de banaanhouding in zo'n stokkerig dekmeubel, benen zo achteloos uiteen dat het de voorbijganger via de wijde pijpen van haar nopjesshort kijk biedt in het griezelduister van haar spookhuis.

Hij ziet haar niet, hoort haar niet. Val op je stuit, katijf.

Zij is de furie die hem nog voordat de scheepsschroef was gaan draaien en het vaartuig in Barcelona aan de cruise was begonnen, geëxalteerd op de stickers en bordjes met de doorgestreepte sigaret had gewezen: aan boord mag op tal van plaatsen niet worden gerookt.

Wel op het dek waar hij juist vandaan komt, op de uiterste achterkant daarvan, boven de kont van het schip waar ook een ijzeren schoorsteenpijp stank staat uit te walmen en het niet mogelijk is te schuilen tegen neerslag, stormstoten, verzengende zon, – daar is het de paria geoorloofd zijn verslaving te bevredigen. Net als in het ziekenhuis, waar ergens op de achtste, de hoogste verdieping een autistisch met gepantserd glas omheind platje van vijf voetstappen in het vierkant onder de blote hemel was voorzien voor de nicotineaddict.

Overigens is hij geen nicotineaddict, niet eens rookverslaafd. Hij is simpel gehecht aan zijn cigarillootje nu en dan, twee, nooit meer dan drie per dag, daarjuist heeft hij het laatste exemplaar uit het doosje van tien stuks half opgerookt aan zijn vingers laten ontglippen, het lege doosje, merk Rosquitta, dobbert nog ergens op de golven, straks aan wal moet hij eraan denken een nieuw doosje te kopen. Dat is alles.

Enige dagen terug: met zijn ellebogen op de reling stond hij, nog geen uur aan boord, alles in zich opnemend omhoog en omlaag te kijken: naar de zonkleur van de lucht, het gekrioel op de kade en de loopplanken, weer naar de lucht vol hitte, vol vogels. Nauwelijks had hij de lucifervlam van het sigaartje verwijderd, de eerste rook, uiteraard niet geïnhaleerd, was nog bezig traag, in wollige krullen, zijn open mond uit te drijven, of daar was dat mens. Met de knokkels van haar vulgair beringde, tot vuist verkrampte tengel stompte ze hem, achter hem langslopend met haar tassen en karbiezen venijnig tegen zijn schouderblad. Of hij een misdadiger is, terwijl men juist hem niets over misdadigers hoeft te vertellen. 'Sterkere bril nodig, meneertje, dat u niet ziet wat overal toch duidelijk genoeg is aangegeven? Verboden te paffen!'

Meneertje: ook net als in het ziekenhuis, als men hem er al niet aansprak met opa, zelfs opaatje.

Nog een derde trap moet hij af om benedendeks uit

te komen in de roodbeloperde corridor met het indirecte roze licht, links en rechts de eendere deftige deuren, daarachter strekken zich de weelderige vertrekken uit van de reizigers klasse A, waartoe hij behoort: de draagkrachtigen, laten we zeggen de meer gegoeden, in ieder geval degenen die het meest hebben betaald voor extra luxe, al is een eenvoudige asbak daar niet bij inbegrepen.

Hij heeft nog maar juist zijn hand aan de trapleuning, zijn rechtervoet is nog niet naast de linker- op de één na bovenste trede, of uit de gaping vóór hem komt iemand naar boven gestormd met sprongen van twee, drie treden tegelijk. Hij probeert nog opzij te gaan, maar het lichaam botst al tegen hem op, met zulke vaart dat hij opnieuw dreigt om te kantelen, maar stevige armen houden hem overeind. Duizelig, pijnsteken in zijn hersens, kijkt hij in zwarte, vrolijke ogen en in zijn binnenste beven de coulissen.

Lachend, hijgend, zegt ze: 'Shit hee!'

'Wat een stormachtig weerzien! Meneer Hammer, professor, goh! Dat ik u hier tegen het lijf moet lopen, letterlijk nog wel! Dat moet zo in de sterren hebben gestaan. Sorry voor deze aanvaring. Kent u mij nog?'

Hij heeft zijn vrije hand weer in zijn nek, duim aan de ene, vingers aan de andere kant, en verstevigt zijn greep, – zo probeert hij de hoofdpijn, alsof hij een tube is, uit zichzelf weg te knijpen. Zet zijn hoed recht, tast naar zijn bril. Hij knikt: Natuurlijk weet hij ogenblikkelijk, de bliksem slaat in, wie zij is. Omdat zij nooit uit zijn stiltes is verdwenen. Omdat zij altijd tegen hem op is blijven botsen. Even ogenblikkelijk vloeit de genegenheid weer in hem binnen en wakkert de smeuling aan, nooit gedoofd, van zijn verlegen liefde. Gelijktijdig, met deze schokemotie vermengd en er deel van uitmakend, zoals bederf deel uitmaakt van alles, is er het besef van de vergeefsheid en de wanhoop die zich over zijn tedere gevoelens heen werpt, er de glans en de warmte aan onttrekt en verandert in een sintelklomp als een uitgedoofd hemellichaam in de hopeloze onbegrensdheid van het heelal. Alles in dezelfde reflex, korter dan het duurt om zijn ademstroming, die is gestokt alsof er een bijl in is geslagen, weer op gang te brengen.

'Pearlene, weet u nog?' Zo meent ze zich opnieuw, bijna zingend, aan hem te moeten voorstellen, om zijn geheugen te activeren, wat niet nodig is. Ze heeft hem een ogenblik met haar armen omsloten om te voorkomen dat hij valt en laat hem nu los. 'Van de schrijfcursus! Van Arcana, het winkeltje!'

'Jazeker, natuurlijk, jazeker', zegt hij. Tien jaar terug, twaalf, vijftien. Maar hij herinnert zich haar van veel recenter: 'Ik verbeeldde me je al eerder aan boord te hebben gezien.'

Gisteren of zo? Voor hem is alles gisteren of zo. Op het dek met het park. Hij hoort zichzelf praten. Op deze toeristensloep is een park, zoals hij verbijsterd had ontdekt, met echte bomen, struiken, bloemen. Stoeltjes, banken. In deze hallucinante entourage, nog niet als door een bezettingsmacht onder de voet gelopen door schreeuwend plebs, en waar het waarachtig stil was als op de dag dat de zee werd geschapen, – hij ratelt maar door, – zat hij om zich heen te kijken, een franse krant in zijn hand, waarmee hij koelte in zijn gezicht wapperde, – toen hij haar een deur uit zag komen. Het is een park met deuren. Ze kwam tevoorschijn, draaide zich om en verdween weer door dezelfde deur achter bloeiende oleanders. Daarbij wist hij de jeugdige vrouw die hem was verschenen te kennen, te herkennen, maar het ging zo flitserig, zegt hij, dat hij zich niet kon realiseren dat zij het was. 'Zo snel, het leek of ik je droomde. Had ik je nu echt gezien of niet? Leentje! Wat ontroerend, jij bent het! Ik moet ervan slikken.'

'Zo heet ik niet', reageert ze prompt, vinnig, pinnig, zoals ook toen altijd, maar ze lacht erbij. Nog steeds met die kuiltjes.

Pearlene, wat een nuffige, aanstellerige naam. Iets voor een zijige muziekfilm of voor een soort gebak met yoghurt.

'Men moet altijd luisteren naar zijn dromen,' orakelt Pearlene, rank vingertje omhoog, 'ook naar wat men denkt te dromen.'

Zij is het! Uit de ateliers van Lucas Cranach.

'Ik was op weg naar mijn kamer, hut bedoel ik', zegt hij.

Ze pakt hem kordaat bij zijn arm beet. 'Ik help u even.'

'Dank je, kind.'

Zo dalen ze af naar het roze schijnsel, hij leunt zwaar op haar en is een beetje gelukkig. Net of we getrouwd zijn.

Wat haalt hij zich in zijn beverige hoofd? Alsof hij aan getrouwdzijn zulke zonnige gedachten koestert.

Het ergste is je op een moment als dit je jeugd te herinneren. Toen het leven nog als hartstochtelijk vergezicht naar alle kanten lag opengespreid, alles vanzelfsprekend was en vanzelfsprekend gebeurde, toen er nog niets definitief was en alles nog voorbij kon gaan. Jeugd bestaat uit gouden beloften aan jezelf en onschokbaar zelfvertrouwen, alle illusies zullen zeker worden ingelost, het leven is een nooit eindigend, vrolijk, geil tuinfeest met voortdurend nieuwe verrassingen.

Mooier kon het bestaan niet worden en werd dat dan ook niet.

Omstreeks zijn vijfentwintigste stolde alles opeens en ging er niets meer voorbij, hij trouwde, zat binnen de kortste keren met een dochter opgescheept, besefte dat hij in een val was vastgelopen, kon niet meer denken, alsof zijn brein in een zak kiezelstenen was veranderd. In plaats daarvan begon hij zijn bezienswaardige snor te cultiveren. Echtscheiding. Helga stierf kort na haar veertigste verjaardag aan een of andere kanker waar ze ongeweten haar hele leven aan bleek te hebben geleden. Dat ze altijd op schreeuwtoon sprak. Dat ze altijd zo'n lucht om zich heen had hangen.

Heimwee naar zijn jeugd?

Voor geen geld zou hij weer achttien willen zijn, maar hij herinnert zich heel even dat hij die leeftijd had en verbindt het beeld dat erbij oprijst met de situatie van dit moment. Zou hij nu achttien zijn, en gearmd lopen met een bloem als Pearlene, op weg naar het vertrek waar zijn bed staat: – er hoeft niet te worden gegist naar wat er vanzelfsprekend zou worden gecelebreerd. In die zin is het erg je je jeugd te herinneren wanneer je de dood al hoort gonzen als een horzel in je oor en je van onderhavig bedgebeuren niets meer terechtbrengt: – hoe lang is dat al geleden? De eerste keer blijft je altijd bij, maar de laatste keer?

Hij logeert achter hutdeur 81, anagram van 18. Het getal op de deur is dat van zijn huidige leeftijd, – wat Eva zo moet hebben gearrangeerd om hem het gemakkelijk te laten onthouden. Onthoudt hij dan zo vanzelfsprekend makkelijk dat hij 81 is?

Deur moet worden geopend met een chipkaart, aanwezig in het bovenzakje van zijn colbert, achter de pochet. Onhandig klungelend slaagt hij er nog steeds niet in het ding zo te hanteren en gebruiken dat de deur uit het slot springt, hij moet beroep blijven doen op stewards, schoonmaakpersoneel, toevallige passanten, die het hem voor de zoveelste keer moeten voordoen. Wat is er mis met een sleutel, al eeuwen het aangewezen voorwerp om er een deur mee te openen en sluiten. Zolang hij al op deze schuit verblijft, maakt hij zich zorgen over de consternatie die mogelijk ontstaat als hij bij het verlaten van zijn kajuit de deur achter zich zou dichttrekken, waar hij de kaart niet bij nodig heeft, en vervolgens zou vaststellen dat hij, verstrooid, het stukje plastic in het vertrek heeft achtergelaten.

Hij had thuis moeten blijven.

Pearlene helpt hem, doet de deur wijd voor hem open, steekt de kaart terug in zijn jasje.

Zolang ook als hij al ronddobbert, zegt hij 'Dank u', als een robot, de hele dag door, tegen behulpzame personen die hem vanwege zijn ontredderde geschutter waarschijnlijk zielig vinden, of niet goed snik, al beseft hij dat hij deze indruk zelf uitademt. Veel meer dan 'Dank u', 'Dank je', even frequent als 'Sorry', is er op deze boot nog niet uit zijn mond vernomen, hij zou niet weten met wie van de mede-opvarenden hij een gesprek zou willen voeren, al ging het over chipkaarten. Vandaar allicht zijn explosie van gebabbel vol terzijdes tegen Pearlene nadat ze, opwervelend uit de diepte, tegen hem was aan gewaaid. Alsof hij na dagenlang zwijgen zelf verbaasd was dat hij nog iets anders kon zeggen, überhaupt nog kon spreken. Speeldoos die lang geleden te strak is opgedraaid en geen kik meer heeft gegeven, – toevallig loopt iemand ertegenaan en daar klinkt voor het eerst na bergen van tijd het geluid weer dat iedereen al was vergeten.

'Dank je, Leentje. Dank je. Ik dank je.'

'Wie is Leentje? Heet ik zo?'

Ze begeleidt hem naar het zwarthouten bed, tijdens zijn afwezigheid verschoond en opgemaakt, bovenlaken en dunne deken teruggeslagen, – hij kan zo te kooi. Ze haakt haar arm pas uit de zijne als ze naast elkaar op de sprei met de golfjes, visjes, ankertjes, zeesterretjes, kleuterkleurtjes zitten en hij, uitademend, 'àààh' verzucht van de weldadige zachtheid aan zijn stuit. Het is koel in de gerieflijke vijfsterrenruimte, zijn misselijkheid neemt af. Hij bevrijdt zich van zijn stropdas en werpt hem voorgoed van zich af, begint de bovenste knoopjes van zijn overhemd los te maken en is verlegen als hij zegt: 'Ik zou willen liggen, als je het niet erg vindt.'

'Nee, natuurlijk vind ik dat niet erg.'

In de strak om haar fragiele figuur sluitende jeans, de benen licht uiteen, staat ze voor hem. Buigt zich naar hem over om het colbertjasje van zijn schouders en armen te stropen, waarbij hij de frisheid van haar lichaam opsnuift. Onuitgesproken van lichaamsvormen, heeft haar verschijning iets stoers of statigs gekregen, – al is ze hetzelfde meisje gebleven van al die jaren wanneer hij in de verte staarde en haar vanuit zijn herinnering smachtend aanbad, de ouwe versleten slof.

Hij sluit zijn ogen tegen zijn eigen gretigheid van kijken, dwars door zijn moeheid heen. Ze is op maar enkele centimeters van zijn gezicht en de gedachten die door zijn schedel bliksemen, zijn andere dan die hem in het ziekenhuis met schaamte, woede, walging vervulden als het potige verpleegwijf in krakend wit aan zijn ruïneuze lijf in de weer ging met haar washand.

'Wat doe jij op deze boot', vraagt hij, als Pearlene hem met zachte handen tegen zijn schouders, die aanvoelen als hout, achterover in het kussen drukt.

'Haha! Dat wilt u niet weten, professor. Ligt u goed zo?' Ze trekt zijn schoenveters los.

Het is ook hetzelfde lachje gebleven, en dezelfde stemklank. En de absorberende ogen in het teer getekende gezichtje als uit het atelier van de firma Cranach, misschien door Lucas de Oude zelf. En het korte donkere haar, alleen nu in een beetje andere coupe. En alles. En ook de treurigheid, die in hem binnenslaat, de sintelklomp die door zijn denken breekt. Niets te hopen, noch te verwachten, noch tegen beter weten in te ondernemen, bouwval die hij is, in de steek gelaten door de tijd.

'Integendeel,' zegt hij, 'ik wil het graag weten.'

Ze vertelt: 'Op deze boot ben ik een soortement meisje van plezier. Gewoon, een baantje, om iets te doen te hebben en om van huis te zijn, betaalt vorstelijk, dit is al mijn derde trip, er valt veel te lachen. Ik behoor tot het vermaakpersoneel: de liedjeszangers, jongleurs en goochelaars, pianisten, trompetters, rappers, quizmasters. Dagelijks treden we op, soms twee keer per dag, in zo'n gezelligheidszaal op dek vijf voor het zich uit verveling bolvretende en klemzuipende publiek, dat tussen de bedrijven door spontaan oprijst om de polonaise te hossen. Nee hoor, als u dat soms denkt, ik maak geen deel uit van de blote dansmeiden met veren in hun achterste.'

Ze zet zijn schoenen onder het bed aan het voeteneind, zijn colbert hangt ze over de leuning van de troongelijke zetel, bij de tafel waar hij aan het werk is, hij heeft er uitzicht door een rond raam.

'En u?' 'U schrijft nog steeds', constateert ze bij een terloopse blik over het met bekriebeld papier overdekte tafelblad. 'En nog steeds met de hand.' Dit zegt ze erachteraan met een intonatie die een glimlach over de kloven en pigmentvlekken in zijn gezicht legt.

Zij weet het dus nog. Anders hij wel.

'Wil ik het kussen nog even lekker opschudden?'

Nee, dat hoeft niet, hij beweegt zijn hoofd heen en weer, ogen nog steeds gesloten, bril in zijn hand op zijn borst. Naderhand heeft hij er spijt van de glazen niet op zijn gezicht te hebben gelaten, zijn ogen niet wijd open te hebben gehouden om naar haar te kijken, haar met zijn blikken op te zuigen, zijn ogen aan haar te verzadigen in plaats van blind rond te tasten in het zwart binnen zijn hoofd, waar hij alleen haar stem hoort.

'Dank je wel, je bent lief, je bent een engel', zegt hij.

'Dat klopt, een engel zonder veren aan mijn schouders en ook niet ergens anders dus.'

Zijn gerimpelde, ingevallen keel. In de kleurloze huid liggen de pezen als slappe snaren, – die brengen een geluidje voort, waarvan wij aannemen dat het een lachje is.

'Maar wat is jouw rol of functie in het bonte revuegezelschap?'

Hij voelt dat ze weer op het bed komt zitten en waar hij is in zijn donkerte hoort hij haar declameren: 'Ik ben, tara!, Pearlene de clairvoyante. Pearlene, tara!, de chiromante.'

Ze schildert hem haar bezigheden:

'Ik sta in een geheimzinnig gewaad en met een tulband op mijn hoofd op het toneel en zeg bijvoorbeeld: die meneer op de zevende rij, stoel vier van rechts, heeft twee flappen van twintig euro en dertien eurocenten in zijn portemonnee die hij in zijn rechter achterzak bewaart. Klopt dat, meneer? Dertien cent onderverdeeld in twee munten van vijf, een van twee en een van één cent. Klopt dat, meneer? In een ander vakje van uw portemonnee bewaart u bij de chipkaart van uw hut de foto van de vrouw die naast u zit. Zie ik dit juist? Op de foto is de vrouw in gezelschap van een dier op de achtergrond. Dit dier is een, ik moet me goed concentreren, een hond, nee, groter, het is of ik tralies zie, ik moet nu dieper in trance gaan, dit vergt veel van mij, het is of ik in dichte mist... Het dier is groot, het is een wit dier, een pony? een paard? Neen, het zijn geen tralies, langzaam komt het uit de nevelen naar voren, het zijn zwarte strepen, zwarte strepen op het lichaam van een dier. Het dier op de achtergrond is een zebra! Is dit correct, meneer? En het nummer op uw chipkaart is drie elf. Derde dek, hut elf! Roffeltje op de trommel, rrrrr, besloten met een bekkenslag, djingngng! Handgeklap, gejuich, ik doe nog even of ik wankelend uit andere geestesgebieden terugkeer in de realiteit, spreid mijn armen, en buig vermoeid-bevallig voor het applaus. Voilà.'

Dat keelgeluidje weer. Hij grijnst.

Bij al haar bewegingen heeft hij het bed voelen meebewegen, haar lachjes en sommige stemwendingen deden zich voor als kleurenvlekjes in zijn steeds inktiger wordende duisternis vol hoofdpijn, waar de beschreven taferelen zich ontrolden met een scherpte of hij zelf zich in het publiek bevond.

In een vlaag heeft hij zijn moeder voor zich gezien: ze vertelt iets voor hij gaat slapen, ze zit bij hem op het kinderbed. Wat ze oproept ziet hij als gekleurde plaatjes in zijn hoofd en bij al haar bewegingen veert het dunne matrasje mee.

Over de tachtig en per associatie opeens een visioen van je moeder, die al langer dan driekwart van je leven dood is en wier gezicht, gestalte, stemgeluid je je amper herinnert?

Het vervliegt al voordat het duidelijk is doorgedrongen. Hij zegt, eerder fluistert hij al: 'Wat knap van je. Hoe kan je dat?'

'Louter belazerij en acteerkunst. Vertel ik een andere keer. We hebben nog een flink aantal dagen voor we in Istanbul zijn. We komen elkaar nog wel eens tegen in dit drijvende sprookjeskasteel, toch?'

Wie weet.

Hij gelooft dat hij knikt. De glimlach handhaven lukt nog, maar al zou hij willen, zijn ogen krijgt hij niet meer open.

Zoals toen men hem onder narcose hield, waarin hij alles hoorde en begreep wat om hem heen gezegd en aan hem gevraagd werd, zonder dat hij in staat was op wat dan ook te reageren. De verpleegster – tegenwoordig dient men te spreken van verpleegkundige – informeerde op bevelende toon: 'Kunt u uw ogen openen, meneer Hammer?' Nee, kon hij niet. 'Probeert u eens in mijn hand te knijpen, meneer Hammer. Meneertje Hammer?' Kon hij niet, al zou hij haar hand graag met de bijtkracht van een kabeltang van haar pols hebben gewrikt. Uit eigen beweging mond sperren: ondenkbaar, onmogelijk. Het verpleegkundige karonje forceerde zijn kaken vaneen en zette er een staafje kunststof tussen om vloeibare morfine op zijn tong te druppelen, waarna hij weer voor een half etmaal in het kosmische zwart verdween, waar de adembenemende en vervoerende, dan weer demonisch angstaanjagende dromen zich aan hem vertoonden, afgewisseld door geniale invallen en ideeën, onmiddellijk te noteren, dacht hij in zijn schijndood nog literair bevlogen, maar in die andere ruimte beschikte hij niet over een pen, waarmee hij met zijn verlamde hand bovendien toch niet zou kunnen schrijven.

Wegzakkend hoort hij Leentje haar exposé aanvullen:

'Als ik niet op het toneel sta, zit ik in een schemerig hoekje van de zaal aan een tafeltje, gezellig rood pluchen kleedje met franjetjes eroverheen. Weer in dat jurkgeval, bestikt met manen, melkwegen en kometen, en met die tulband op. Wie wil, kan bij mij op visite komen. Ikzelf blijf zo veel mogelijk in het duister, midden op het rood staat de kristallen bol geheimzinnig te gloeien. Met een knopje onder het tafelblad, te bedienen met mijn knie, kan ik het licht in de bol temperen dan wel tot grotere helderheid opvoeren, al naargelang de aard van het nieuws dat het kristal weet te onthullen. Ach, het naïeve, bange mensdom.'

'Behalve van de bol maak ik gebruik van de pendel. Of ik leg de tarotkaarten. Of ik lees de handlijnen van het vrome pelgrimsvolk dat de sibille komt raadplegen. In de chiromantie heb ik me wel ernstig verdiept, cursussen gelopen bij een grootmeester in Cincinnati.'

Dan hoort hij in zijn onbewuste haar zeggen: 'Ik heb er zelfs een boekje over geschreven. Al de zevende druk inmiddels. Discreet maar toch goed zichtbaar heb ik er op mijn tovertafel een paar van liggen en voor het geval van voorspoedige verkoop een doos vol onder mijn stoel. Ik raak er per trip toch aardig wat van kwijt, ik moet eens aan een tweede deel gaan denken.' En met haar meisjeslachje: 'Zo ben ik toch nog schrijfster geworden. U mag tevreden over me zijn.'

Zijn onbewuste? Hij is zich bewust van zijn armzaligheid. En dat hij nog denkt: Goddank is ze opgehouden met die gedichten van haar. Tevreden is hij toch wel. Ze heeft de bril uit zijn hand genomen en op het meubeltje naast het bed gelegd. Het is de hand waarmee hij schrijft, meer dan zestig jaar lang de pen heeft vastgeklemd en bestuurd, de hand met de eeltknobbels op de toppen van duim, wijs- en middelvinger. Schrijvers van de na hem aangetreden generaties bezitten dergelijke hoornverdikkingen niet, de eretekens van het vak, want ze hanteren geen schrijfgereedschap meer, – ze bespelen met luchtige aanrakingen een letterbord dat correspondeert met een lichtbak een halve meter van hen vandaan, waarop ze hun woorden en volzinnen zien verschijnen in een letterbeeld en opmaak of ze meteen al zijn gedrukt.

Aanleiding van de ruzie, ooit, tussen haar en het oude lichaam op het scheepsbed.

De geur van zijn aftershave. Nu ze het opeens weer ruikt, verplaatst ook dat haar terug naar zijn schrijfcolleges: als hij peripatetisch langsschreed, pratend, altijd viel het krijtje waarmee hij liep te spelen uit zijn handen, liet hij een kielzogje van vage bitterzoete lucht na, – zoals het aan de boord van een vijver ruikt in het najaar. De geur van zijn eigen melancholieke proza, dacht ze toen, al had ze nooit iets van hem gelezen. Dit denkt ze nu weer, nog altijd even onkundig van zijn œuvre. Dat 'melancholieke' had ze uit een boekje, – daaruit heeft ze ook onthouden dat hij is geboren in 1929. Zijzelf is van 1974, toen zal ze zeventien zijn geweest.

Ze neemt zijn linkerhand.

Of hij wil proberen in haar hand te knijpen? Hij voelt dat ze zijn hand openvouwt en strekt, de binnenkant naar boven. Haar koele vingers die op expeditie gaan over de heuvels en valleien, de lijnen, tralies, tekeningen en figuren in zijn handpalm, waarover ook haar adem waait.

Het is dat hij zijn oogleden niet van elkaar krijgt, al probeert hij het hartstochtelijk, – anders zou hij zien dat ze haar blik abrupt afwendt van het landschap in zijn gelooide huid. Ze opent haar eigen linkerhand en houdt die in tegengestelde richting naast de zijne, die een halve eeuw ouder is, en lijkt beide handpalmen te vergelijken, een paar seconden, voordat ze geschrokken, verward en met gefronst gezicht door de patrijspoort begint te staren.

De zee als rimpelend grijs satijn, daarboven lichtende bloemkoolwolken die bij het langsschuiven tegen elkaar botsen, in elkaar opgaan, elkaar in veranderde vorm weer loslaten, alles nog in heldere uitbundige zon, maar er is onrust in de bewegingen, – er is ander weer op til.

Ze legt zijn hand naast zijn lichaam op de golfjes, visjes, kinkhoorntjes. Ze komt overeind. Ze raapt zijn portefeuille op, die uit het colbert moet zijn gevallen toen ze het over de stoelleuning hing. Ze treuzelt nog wat, verlaat dan geluidloos de locatie, waar hij achterblijft in zijn rode sokken.

Hammer. Die naam zegt ons iets.

Hij is Julius Gerhard Marius Hammer, Juul voor intimi, maar die zijn er niet meer.

Hij staat, al dan niet met portret van decennia geleden, getooid met snor dus, die als een gekantelde accolade door zijn gezicht golft, in iedere encyclopedie, alsook in letterkundige handboeken, repertoria en platenatlassen.

In de steek gelaten door de tijd. Wie raadpleegt dergelijke naslagwerken nu nog, alsof er niet, hoe lang al, internet, wikipedia, google bestaat. Woorden die Hammer kent, maar zonder te weten wat ze inhouden en over de benodigde apparatuur ervoor beschikt hij niet. Youtube. Facebook. Hij kent de woorden omdat hij ze dikwijls hoort en leest, maar er zijn intussen zoveel woorden waarvan hij de strekking niet vermoedt of gist, terwijl hem ook belangstelling ontbreekt om het allemaal nog te willen weten. Wat zou hij er trouwens naar verlangen, zichzelf, zijn levensloop, zijn werkzaamheden en de nagelaten sporen daarvan nog ergens vermeld te zien, hetzij in boeken, hetzij digitaal?

Wie hij is geweest doet eigenlijk weinig ter zake voor wat volgt, maar het geeft het personage enig silhouet.

Het woord eigenlijk in voorgaande zin: Hammer zou er een streepje voor de kantlijn bij plaatsen. Wat drukt eigenlijk eigenlijk precies uit?

Julius Hammer was de jongste rechter in de geschiedenis van de vaderlandse jurisprudentie.

Hoogleraar volkenrecht in Leiden en Gent.

Minister van Justitie gedurende twee achtereenvolgende ambtstermijnen.

Juridisch adviseur bij overheidsbedrijven.

Tal van commissariaten.

Daarna buik vol, ziek van weerzin.

Gelijktijdig met de uitoefening van deze publieke functies produceerde hij zijn omvangrijke geschreven oeuvre, dat alle genres omvat. Op zijn met klaroengetoeter ingehaalde poëziedebuut, in de oorlog verschenen bij een ondergrondse uitgeverij, volgde kort na de bevrijding, – hij was nog geen twintig en ging door voor 'wonderkind', het zal je gebeuren! – zijn eerste roman: heden een verstofte relikwie in de 'klassieke canon', door geen sterveling meer gelezen en niet meer in de handel, ook niet antiquarisch, ook niet via internet.

Hoeveel publicaties heeft hij in totaal op zijn naam, – literaire, dus de wetenschappelijke en politieke niet meegerekend. Hijzelf zou het niet meer weten, het zijn er veel. Hij is erom bejubeld en bespuwd, geprezen en door de stront getrokken, zoals dat gaat.

Zijn schrijverschap beschouwt hij als het wezenlijkste bestanddeel van zijn werkzame bestaan. 'Altijd in de eerste plaats schrijver geweest', luidt de kop van het aan hem gewijde omslagartikel in een weekblad vorig jaar ter gelegenheid van zijn tachtigste verjaardag. Geen spijt dat hij zijn lange leven niet uitsluitend aan literatuur heeft besteed? 'Ik had meerdere roepingen,' pleegt hij te antwoorden, 'die elkaar onderling...' Al honderd keer in interviews uiteengezet. Altijd dezelfde vragen, dezelfde antwoorden, hetzelfde repertoire. In welke van uw hoedanigheden zou u willen worden herinnerd, meneer Hammer? Opgetrokken schouders. Bij dergelijke vraag slaat steeds, zoals de granaatbom die in de oorlog de keuken uit hun huis knalde en van zijn moeder alleen wat losse ledematen en een gebroken halskettinkje overliet, de zekerheid in hem dat hij over opnieuw tachtig jaar in het geheel niet zal worden herinnerd. Hij herinnert zichzelf nu al nog maar nauwelijks en zijn eigen boeken, zeker de vroegste, zijn hemzelf vreemd geworden, alsof niet hij, maar iemand anders ze heeft geschreven, wat in feite natuurlijk ook zo is.

Sedert een kwarteeuw, nadat hij op zijn vijfenvijftigste al zijn officiële werkzaamheden neerlegde, is hij zo goed als niet meer in het openbaar te signaleren geweest. Zijn voorheen niet uit de media weg te denken gezicht is uit het collectieve geheugen verdwenen en verder zo verouderd, vermagerd, vertekend, dat niemand hem nog herkent. De jongste tien jaar werd hij heel soms nog opgemerkt bij de begrafenis van een nationaal bekend, hem dierbaar geweest iemand uit een van zijn voorbije levens, veel van zulke dierbaren waren er niet en intussen zijn ze allemaal teruggekeerd tot gras, zodat hij ook daar zijn huis niet meer voor uit hoeft.

Nog steeds met die vage glimlach om zijn mond, laat hij zijn gedachten waaien, zonder dat hij ze richting kan geven, – ze komen onophoudelijk terug bij Pearlene. Zou zij nu daar nog zitten bij hem op de sprei, zou hij haar dan durven aanraken, strelen, haar oor, wang, hals? Zou zij dat toestaan? En wat dan vervolgens?

Nerveus en gedesoriënteerd vanaf het ogenblik dat hij aan boord stapte, alsof hij een diepte werd in gezogen, neigt hij voortdurend naar in slaap vallen, ook als hij door zijn hut of over de scheepsdekken drentelt, zelfs op straat, zoals gisteren, eergisteren, hij weet niet meer wanneer, in de moordend hete stad waar hij plotseling bleek te zijn. Genua? Wat deed hij in Genua? Waar ligt Genua?

Juist zal hij voor de zoveelste keer indutten, met op de grens tussen slapen en nietslapen deze chimère: dat zijn vingers naar Leentjes sleutelbeen dwalen en vandaar misschien verder omlaag, – als hij de gsm hoort. Een zich herhalende ringeltoon die als gloeiende spelden in zijn hoofdpijn priemt. Het ding moet ergens onder de papieren op de tafel liggen en al schrikt hij van het signaal, waarbij zijn mooie droompje acuut eindigt, hij komt er niet voor in beweging, het kan niemand anders zijn dan zijn vreesaanjagende dochter.

Ze stopte hem het toestelletje in handen toen ze hem en zijn rolkoffer in deze drijvende cabine parkeerde. Kan ik je altijd bellen. En jij mij. Doe nu niet alsof je imbeciel bent, pappie. Als hij rinkelt, dit knopje. Als jij mij wil bellen doe je zo, zo en dan mijn nummer. Als je mij wil afdraaien dit indrukken, wachten tot het lichtje brandt, nog eens drukken. Mijn nummer en jouw nummer heb ik hier voor je opgeschreven, bewaar het in je portefeuille bij je paspoort. Voor als er iets gebeurt, er gebeurt niks, maar voor het geval. Je kan er ook foto's mee maken.

Eva. Ze is ondertussen op weg naar de zestig. Er zijn opeens momenten dat Hammer denkt dat hij met haar is getrouwd, haar verwarrend met haar moeder vanwege de gelijkenis. Zoals twee broden op elkaar lijken, uiterlijk, maar ook qua samenstelling en smaak, dit is: hun karakter. Alleen al die boezem als een vracht papaja's in vervaarlijk uitbollende, op het oog gietijzeren kommen, – hij ziet er het zicht- en tastbare equivalent in van het bazige, bedilzuchtige, overheersende dat de moeder aan de dochter heeft doorgegeven, samen met het blaffende stemgeluid. Dat hij de laatste tijd Eva soms dus aanspreekt met Helga, wat in het ziekenhuis is begonnen, en zij hem met hakkende intonatie terechtwijst: Mammie is al vijftig jaar dood, pappie.

Begin dit jaar, vroeg in januari, 's ochtends, het had gesneeuwd. Hij waadde door de achtertuin terug naar zijn huis, er warrelde nog wat wit omlaag, dat prettig tikkelde in zijn gezicht. De Iraanse werkster met haar hoofddoek, naam: Mittra, riep door een van de serreramen dat er telefoon was, terwijl het mens toch wist dat 's winters, zeker als het vriest, de ramen en deuren van de serre, waar hij orchideeën kweekt, in géén geval...

Niet van plan zijn pas te versnellen, vond er op dat moment, alsof de stem dan wel de boodschap van de vrouw het veroorzaakte, midden in zijn hoofd een explosie plaats, plof!, en voelde hij gloed, hitte, vuur door zijn hersens slaan. Opeens kantelde de wereld, de tuin kwam rechtstandig omhoog en klapte tegen hem op. Vanaf hier kent hij die toestand van bewust ervaren buiten kennis zijn, al is hij er nog steeds niet achter wat dat voor verschijnsel is. Dit is het, ik ben dood, dacht hij, voorover in de warme sneeuw, die de kleur van papaver aannam, maar omdat hij tegelijkertijd op een of andere manier het besef behield dat hij dit dacht, moest er iets anders aan de hand zijn. Toch ademde hij niet meer, zijn hart stond stil, hij was blind en doof geworden, kreeg geen geluid uit zijn keel, kon geen vingerlid meer bewegen.

De schoonmaakster had niet de kracht om hem te verslepen, maar wierp dekens over hem heen en raapte zijn bril op. Toen was er de ambulance en niet veel later lag hij naakt op een tafel of aanrecht of strijkplank onder schijnwerpers en in het centrum van veel geloop en stemmen. Van dit alles kon hij onmogelijk weet hebben, en toch drong bij vlagen helder tot hem door wat er met hem gebeurde.

Datgene namelijk wat met ieder lijk gebeurt. Ze zijn me aan het wassen. Ze kammen mijn haar. Op een manier als mijn haar langer dan een halve eeuw niet meer heeft gezeten. Nu trekken ze me iets aan, een hemd, achterstevoren, drukknopen in de nek. Ze tillen me op. Ze rijden me weg.

Al had men zijn ogen dichtgedrukt, wat hem niet blinder maakte, het donker in zijn hoofd was totaal en massief, – terwijl hij door lange gangen werd getransporteerd, streek om de zoveel meter tl-buislicht over zijn gezicht en dat merkte hij. Doof: het immense zwart zat vanbinnen tegen zijn gehoorbuizen gepropt als was, watten, kapok, kurk, asbest, waar geen geluid doorheen kon, – toch waren er geluiden, stemmen, ver weg, achter einders, nu en dan ving hij een woord op, enkele woorden, een zinsflard.

Vervolgens lieten ze hem alleen.

Waar ben ik nu?

In zo'n diepvrieslade in een wand van zulke laden, meende hij, waar doden worden opgeborgen en bewaard tot de Mercedes voor de resomatie als een grijsglimmende hamerhaai komt aangegleden om ze af te voeren. Wat men dood noemt is alleen maar opruiming. Hij had het koud. En wat klemde er rondom zijn grote teen, een elastiekje met een visitekaartje? Zin in een glas cognac, waar hij eerst de mondpunt van zijn sigaartje in zou dopen.

Er kwam een stroming van gedachten, denkbeelden, ideeën op gang, die hij graag meteen zou willen noteren, maar hij had zijn bril niet op. Als luchtspiegelingen vertoonden zich taferelen in zijn hoofd. Schilderijtje van Cranach. Het daarop afgebeelde meisje. Waar ben je heen liefste. Een plafond waar menselijke ledematen uit tevoorschijn komen. Dat zijn die van zijn moeder. Door het verbrijzelde raam joeg natte sneeuw in zijn gezicht. De hele periode dat hij dood was, bleef dezelfde angst terugkeren, steeds benauwender, ten slotte zou hij het van paniek willen uitschreeuwen, wat een dode nu eenmaal niet kan. De angst dat het gedachtengedwarrel niet ophoudt nadat men is gestorven, dat het eeuwig blijft doorgaan, wat van doodzijn een nog grotere kwelling zou maken dan het leven is geweest.

Stem, vrouwenstem uit andere wereld dan waarin hij was. Zei: 'Meneer Hammer, er is bezoek voor u.'

Terwijl hij toch zó had laten stipuleren: géén bezoek, géén bloemen, géén toespraken. Dat hij op zijn doodsbed of in zijn grafkoffer niet wilde worden tentoongesteld, bekeken of gefotografeerd en ook nadrukkelijk had verboden dat er een dodenmasker zou worden gemaakt, of afgietsels van zijn handen.

Zijn heengaan was misschien al bekend bij de media, waar zijn in memoriam, geschreven, gefilmd, al geruime tijd klaarligt. Men zal zeggen: hij was al jaren dood.

Dezelfde vrouwenstem: 'Hij is niet bij kennis, maar misschien beseft hij tòch...'

Er spatte een hem van lang geleden bekende geur in het gezicht, iemand raakte met vrieskoude mond zijn beide wangen aan: 'Dag pappie.' Hij voelde een zware pantserboezem op zich drukken, waarbij uit de vaagte in zijn hersens zijn ex-echtgenote tevoorschijn kwam, die hij na de scheiding nooit meer had teruggezien en overigens uit zijn herinnering had weggespoeld zoals men het toilet reinigt. Helga noemde hem tot zijn gestaag toegenomen ergernis, afkeer, haat, altijd pappie, altijd alsof ze het hem toesnauwde.

Ga van me af! Raak me niet aan! Ga weg!

Later vertelt hij dat hij vermoedde het hiernamaals te zijn binnengezweefd, waar wij, naar het heet, iedereen zullen terugzien die ons zijn voorgegaan. Wat een weerzinwekkend idee! En dat hij vreesde, aldaar als allereerste op Helga te zijn gestoten, nog altijd voorzien van die met baleinen, ijzerdraad, walvistanden verstevigde borstweringen, en ook in overdoodse oorden nog omwasemd door de geur die haar lichaam tijdens haar aardse bestaan had rondgedragen en waar zelfs de exquiste aftershave-odeur, die hij daarom op zijn kaken spoot, niet tegenop kon geuren. Om nog te zwijgen van haar stemgeluid, dat in het gindse allerminst aan volume en kracht had ingeboet.

'Pappie! Pappie!' Klapjes tegen zijn wangen. 'Geef eens een tekentje. Kan je je ogen opendoen? Ik ben het. Ik, Eva.'

Dit alles gaat in één tel of nog korter door hem heen nu de gsm hem stoort, hinderlijk zeurend tot een ander geluidje hoorbaar wordt, dat klinkt alsof het apparaat zich verslikt. Nu praat ze tegen een mechaniek, dat hij straks zou kunnen afdraaien om haar mededeling te beluisteren, maar de gebruiksaanwijzing daartoe is hem niet bijgebleven.

Eva is kunsthistorica, woont in Chantilly, waar ze een galerie heeft. Meer weet Hammer niet van haar.

De telefoonoproep, waarvoor Mittra hem uit de sneeuw had willen roepen, was van Eva, 'om hem gelukkig nieuwjaar te wensen'. Zo had de Iraanse in haar verhakkelde taaltje met de dictie van een kind dat juist leert praten, Hammers dochter meteen kunnen vertellen dat de professor ter aarde was gestort, niet meer overeind kwam en er oncomfortabel bij lag. Hierop was Eva onmiddellijk in haar auto gestapt, zodat ze al aan het begin van de avond met al haar drukte, het gezicht achter een vlies van zweet, aan het voeteneind van zijn ziekenhuisbed stond. In de custardbleke aristocratische oude heer in dat bed, omringd door beeldschermen die zijn ademhaling, hartslag, bloeddruk registreerden, begeleid door zachte ruis- en fluitgeluiden, herkende ze niet meteen haar verwekker.

Gedurende de maanden dat hij in het ziekenhuis bleef, plastic slangen aan al zijn lichaamsdelen, kunstmatig gevoed en beademd, kwam ze wanneer het haar uitkwam met een stapel glossy periodieken bij hem zitten, de pagina's sloeg ze met luidruchtige meppen voorbij, hierna begon ze rusteloos heen en weer te drentelen, kamer uit de gang op, kamer weer in, naar het bed, naar het raam, terug naar het bed, terug de lange gang op, waar in het doodse licht niets dan dilettantenrotzooi aan de muren hing, in dit hele ziekenhuis niet één interessant schilderij.

Bij aankomst zowel als bij het afscheid kuste ze zijn wang of voorhoofd, hem zo onder haar borstgewicht plettend dat hij het er benauwd van kreeg, – men kon dit vaststellen op de monitors, waar in het regelmatige curvenpatroon opeens op- en neerwaarts uitschietende pieken vielen waar te nemen. Soms opende ze een van zijn ogen: 'Kan je me zien, pappie?' Ja, het kwam voor dat hij haar even kon zien, in wazig clair-obscur, in korrelige mist, waarna hij dankbaar was als ze het ooglid weer over zijn netvlies terugvouwde. In ieder geval kon hij haar altijd ruiken als ze in de buurt was: een niet precies te definiëren, toch opdringerige vrouwengeur, ongeveer zoals kippen ruiken als ze zijn natgeregend.

Ze had haar intrek genomen in zijn huis, waar ze samen met de hoofddoekvrouw was gaan rondrauzen in kamers, kasten, kisten, laden en dozen, zodat hij bij thuiskomst, half juni, niets meer op de vertrouwde plaatsen terugvond, zelfs niet zijn vulpennen, die altijd in het gelid als van orgelpijpen rechts naast het van vlekken doortrokken vloeiblad op zijn schrijftafel lagen. Ook dat vloeiblad: weg. Men had het tafeloppervlak, waarin wat brandplekjes van zijn sigaartje waren achtergebleven, geschuurd, geboend en gewreven, zijn werkkamer met uitzicht op de achtertuin, opnieuw in zomerse bloei, was doortrokken van de geest van reinigingsmiddelen en boenwas en er hing zuiver licht omdat ook de ramen, voor het eerst in jaren, bleken te zijn gewassen. Mittra, wie het altijd verboden was geweest zijn schrijfkamer te betreden, laat staan er iets aan te raken, kwam zich fluisterend, in tranen, excuseren voor haar medeplichtigheid aan opruiming en reiniging: het gebeurde onder pressie en haar felste protesten, wilt u dat alstublieft van mij geloven, professor, anders zou zijn dochter haar hebben ontslagen en wat moest ze dan beginnen, gelet op haar ongewisse bestaan in dit land, waar ze illegaal, want zonder geldige papieren... Ze huilde zo, dat de hoofddoek in haar nek gleed en hij voor het eerst in al die jaren dat ze bij hem over de vloer kwam haar blauwigzwarte, strak naar achter getrokken haar te zien kreeg, ze heeft dus haar op haar hoofd, hij stelde het vast alsof het hem verraste. Dat haar, alzo decreteert de Koran, mag geen vreemde man ooit zien, maar hij zag het nu, als iets overspeligs, als de islamorganisatie daar lucht van krijgt wordt ze ook nog gestenigd.

In een rolstoel met zuurstoffles door het huis manœuvrerend, zich opwindend, zijn dochter even furiant verwensend als de toestand van invaliditeit waaraan hij voorlopig was overgeleverd, moest hij toezien, lijdzaam, zwijgend, zich verbijtend, hoe Eva eigengereid overal in huis papieren ordende, ze op verschillende stapels legde, welke vervolgens naar verschillende dozen werden overgebracht. De werkster tastte deze op tot afzonderlijke bouwwerken, bestemd voor afzonderlijke instanties, archieven, bibliotheken, musea en kringloopwinkels. In tientallen jaren tot chaossen verworden hoeveelheden documenten van allerlei aard, die hem nu weer onder ogen werden gehouden, zodat hij zijn hele leven in stukken en brokken te herlezen kreeg, – alsof hij zijn hele bestaan moest overdoen.

Dit duurde twintig of nog meer dagen, wat neerkwam op: delen van dagen, want voortdurend dommelde hij weg, kin op zijn borst, topzwaar voorover, zekere keer het evenwicht zo verstorend dat de rolstoel onder en achter hem wegschoot en hij op zijn knieën, schouders, hoofd tegen de vloer sloeg.

Eva met de stem, het stemgeluid van wie haar had gebaard, – opeens viel ze uit: 'Ik vroeg je iets, pa.'

'Hm?'

Hij had zich weer de gewoonte aangewend, daterend uit zijn tijd met Helga, om wat er werd gezegd als nietgehoord in de atmosfeer te laten verijlen. Ook buiten het huwelijk, aan de universiteit, in de politiek, waar het eindeloze gezwets, het oeverloze gezanik nooit verstomde, had hij er baat van ondervonden.

'Hm? Wat zeg je, Helga?'

'Je luistert niet eens. En ik ben niet Helga, doe niet zo achterlijk, pa. Mammie is als rook door de schoorsteen geblazen en haar as is weggewaaid. Dat weet je best, al was je er niet bij.'

Rook. Hij keek naar de witte arabesken die opstegen uit het sigaartje in zijn hand, die rook kwam overeen met de ijlte in zijn hoofd.

'Je mag niet meer roken, heeft de dokter gezegd.'

Hij mompelde iets terug, het sigaartje achterstevoren tussen zijn vingers, de vuurpunt naar de binnenkant van zijn omlaag gedraaide handpalm, waar de rook uit opkringelde als door een barbecuerooster.

Hij zat in de rolstoel in de serre tussen zijn tropische orchideeën, die in de maanden dat hij in het ziekenhuis verbleef niet naar behoren waren verzorgd, – hij had ze kwijnend en onderkomen teruggevonden en al was er niet veel meer wat hem nog beroerde, binnensmonds vloekend zag hij het aan met vertroebelde ogen. Hij hield het sigaartje zo vast, omdat hij met zijn andere hand de nevelspuit bediende en moest verhoeden dat de druppeltjes erop zouden neerdalen.

In dit glinsterende waas, aangeraakt door de zon, die er fragmenten regenboog in wierp, stond Eva.

'Luister je, pa?'

Ze had het erover dat ze had bedacht dat het goed

voor hem zou zijn als hij er eens tussenuit zou gaan, een weekje, twee weekjes, uit zijn isolement in dit stille huis, almaar leger en holler geworden naarmate de dozen vol papier, boeken, mappen, ordners, dossiers de deur uit waren gedragen, opgehaald door bestelbusjes van het rijksarchief, de koninklijke bibliotheek, het letterkundig museum, nog andere instituten en ettelijke antiquariaten. In de ruimtes, waar het opeens echode, zat hij tegen de onttakeling aan te kijken alsof hij nog steeds in coma verkeerde tussen decors van Bosch en Brueghel, toegeschreeuwd door spoken, duivels, vrouwen.

Wat of hij dacht van een cruise, opperde ze, twaalf dagen, Middellandse Zee, luxeschip, alle comfort en ontspanningsmogelijkheden aan boord. Als zij haar bejaarde vader daar nu eens op trakteerde, zei ze hakbijlgezellig. Om nu eens echt helemaal bij te komen van alle stress van de afgelopen maanden, frisse lucht, gezonde zeebries, interessante steden, niets dan leuke mensen aan boord. Van de angst- en schrikvisioenen, door de morfine in het ziekenhuis opgewekt en waarvan de nabeelden nog door zijn hersens flakkerden, was deze aanstormende nieuwe gruwel het verschrikkelijkst. Tegen Eva's inval hoefde hij zich niet te verzetten, aan de uitvoering ervan viel niet te ontkomen. Ze had op de laptop, die ze altijd bij zich had, via internet het reisje al geboekt op de naam van Minister van Staat, Professor Doctor Emeritus J.G.M. Hammer, de eminente schrijver die al tal van jaren wordt genoemd in verband met de Nobelprijs, dus niet van zomaar iemand. En ze was al bezig zijn koffer te pakken, waarbij ze had vastgesteld dat hij te weinig ondergoed bezat en dat de paar antieke onderbroeken die ze in zijn kleerkast had aangetroffen zo waren versleten dat ze ze had weggegooid. Sedertdien draagt hij op het eind van zijn leven opeens boxershorts, frivool bedrukt met dierenriemtekens, zonnebloemen en kreten als Yeah!, On the rocks!, Keep the wild side! Die kan je ook aan als je gaat zwemmen, zei Eva.

Diezelfde dag stond hij, wel nog bevend van zwakte, uit de rolstoel op en probeerde hij – knikkende knieën – na al die maanden opnieuw te lopen. Strompelend, waggelend als een gans, met naar elkaar toe gedraaide voeten, aanvankelijk niet verder dan een paar meter. De zuurstoffles draaide hij dicht, hij zou er op eigen kracht wel weer voor zorgen dat hij aan adem kwam. Beu, lichamelijk afhankelijk te zijn van zijn dochter, die niet anders dan op kazernetoon kon praten. Het had nu lang genoeg geduurd, het werd tijd dat hij zelf zijn leven weer ter hand nam, al voorzag hij dat het nooit meer zou zijn als vóórdat hij in de sneeuw verdween.

Augustus, de maand waarin de sterren langs de nachthemel schieten en men steeds als dit gebeurt een wens mag doen. Vergeefs natuurlijk.

Eerst in Eva's auto naar Chantilly. Een paar dagen later samen per vliegtuig van Parijs naar Barcelona, waar de zon fakkelend stond te stralen toen ze erboven vlogen en de Carta Mundi al vanuit de lucht konden zien liggen: een drijvende stad, zeven of nog meer promenadedekken van bijna een halve kilometer lengte boven elkaar, accommodatie voor een paar duizend opvarenden en tussen al dit hout en ijzer de verblindende spiegeling van een rechthoekig waterbassin. Een schip, omgeven door kabbelend zonlicht, dat een plas kabbelend zonlicht aan boord heeft, – men was bezig het zwembad toe te dekken, wat er van bovenaf uitzag of er een zoneclips plaatsvond, zo vrat de oprukkende schaduw het glinstergedeelte op.

Toen hij anderhalf uur later op de kade stond, meeschuifelend tussen honderden andere koffers, tassen, rugzakken meezeulende lichamen, die over verschillende loopbruggen aan boord konden, sloeg het sterreloos zwart in hem binnen. Dit niet, dit niet! Alsof hij weer, hij moest er opeens aan denken, het jongetje was dat aan de hand van zijn moeder in een helse kermisattractie werd meegetrokken waar hij, krijsend van weerzin, absoluut niet in wilde. Dit niet! Alleen al het grunge- en metaallawaai dat als cascades van agressie van alle dekken omlaag stortte, waar het zich over de vakantiegangers verspreidde als de uitzaaiingen van een tumor. Het gedrang en geschreeuw van al die nerveuze en zwetende mensen. Als in een rampenfilm. Het vaartuig was een blauw en geel gestreepte Leviathan, naderbij gezwommen uit zee om hier aan de kade zijn honger te stillen met toeristen, mensen, mensenvlees, ziekten, eczemen en schurften.

Boven aan de loopbruggen stonden scheepsbeambten in donkere uniformen met gouden knopen. Schouderepauletten met goudversiersels die er met de slagroomspuit op leken te zijn aangebracht. Petten met goudblinkende, gekruiste ankers boven de klep.

Voor dergelijk persoon, diens ogen verscholen in de schaduw van zijn hoofdbedekking, stond de oude heer Hammer buiten adem te wachten tot de man zijn naam zou hebben gevonden in een boek met namaakleren omslag in geel en blauw.

De naam Hammer bleek niet op de passagierslijst voor te komen, wat een verheugende constatering.

Eva met haar grote lichaam en stem, die schallend door al het gedaver heen klonk, bemoeide zich ermee, waarna, helaas, het misverstand zich openbaarde:

Na in het spaans gevoerd beraad via een communicatietoestelletje, onzichtbaar in de vouw van zijn hand tegen zijn oor, sprak de scheepswachter dat zijne excellentie zich over een andere brug aan boord had moeten begeven, – die voor A-passagiers.

Haar ponteneur gestreeld, herhaalde Eva: 'Die voor A-passagiers, pappie.'

Hij komt dan maar overeind uit het scheepsbed met de sprei als een kinderstrand. Kijkt naar zijn horloge, waarop de wijzerstand hem ontgaat of die hij meteen vergeet. Hij kijkt ernaar, verstrooid, nog slaperig, bovendien zonder bril, omdat er in de binnenvallende zon, die uitglijdt op het goud, een lichtvonk van wegspringt. Wat interesseert tijd hem nog. Hij is zelf tijd geworden.

Hoe bedoelt hij?

Hij schrijft er het essaytje over dat op de tafel voor het ronde raam ontstaat en waar hij vooralsnog niet tevreden over is. Het is niet helder, het sleept, hij krijgt niet exact op papier wat zijn gedachte is:

Dat hij tot het verleden is gaan behoren, terwijl hij gisteren nog dertig was, toen al gekweld door twijfels en angsten, die mettertijd zijn verhevigd tot die van vandaag, maar gisteren begreep hij de tijd nog waarin hij leefde. Voortstrompelend in ouderdom loopt hij weer of nog steeds met kinderstapjes, zoals ze hem in het ziekenhuis als oude van dagen een babyluier hadden omgefrommeld: – terug naar het begin. Nog verder terug is hij weer in het moederwater waarin hij is ontstaan, in de balzak van zijn vader, in de kalfskotelet of prak andijvie waaruit het sperma is ontstaan dat het ene staartwezentje bevatte dat het tot Julius G.M. Hammer zou brengen. Bejaard geworden, vervreemd in de dagen die hem nog resteren, met bungelende benen op de rand van het bed, zijn voeten tasten naar zijn schoenen, is de tijd de tijd gebleven, er is niets voorbij, de hele periode dat hij heeft geleefd is tot één tijdseenheid samengekneed, – het verleden is het heden, in het heden is hij in het verleden en er is geen toekomst meer, zodat het lijkt of hij is gemetamorfoseerd in tijd, die zich steeds herhaalt of hetzelfde blijft. Het aantal keren dat hij nog zal ademen is te tellen, maar nu het zover is, ziet hij zich voortdurend terug in vroeger, eerder, het voorbije, terwijl hij dan al beseft wat hij pas later te weten zou komen aan inzichten, ervaringen en wijsheid.

Zo bevindt hij zich nu in werkelijkheid, is het de werkelijkheid?, in een scheepsverblijf, waar hij juist door telefoongekrekel is ontwaakt uit een diepe dut, zonder zich te herinneren wat hij misschien heeft gedroomd, terwijl hij in een gelijktijdige werkelijkheid aan tafel tegenover zijn grootvader zit, die al lang niet meer bestaat. Al is hij de acht kruisen voorbij, in dit simultane tafereel is hij ongeveer zestien, op een dag dat hij drie keer heeft gemasturbeerd en het straks onder de donsdeken nog eens zal doen. Dobbert hij nu ergens voor een Middellandse Zeekust midden op de dag, tegelijkertijd is hij in het Zwitserse stadje, waar zijn grootvader, die er schoolmeester is, hem onder de lamp, want het is avond, een boek laat zien over beroemde stadsklokken, – bij het slaan van ieder vol uur paradeert er een stoet werklieden, burgers en notabelen door de gevel. Bij grootvader Oldorff, die een of ander duits spreekt dat ook hijzelf zich heeft moeten eigen maken, woont hij in huis sedert de dood van zijn moeder en de deportatie van zijn vader, van wie niemand weet waar hij is gebleven. Sic vita fugit, zegt opa.

Twee werkelijkheden, op verschillende plaatsen en tijdstippen, in de gelijktijdigheid van een nanoseconde, – over welke werkelijkheid spreken we en is de ene minder eigenlijk dan de andere?

Het gaat Hammer in zijn essaytje om het woord eigenlijk.

Eigenlijk drukt uit wat werkelijk, letterlijk, naar waarheid het geval is en tevens iets dat daarmee in strijd is. Als men beweert dat Hammer oud is, maar eigenlijk zogenaamd nog zo jeugdig, is hij dan volgens de werkelijkheid, zoals het letterlijk naar waarheid het geval is, iets anders dan oud? Uit zijn periodes in de tweede kamer herinnert hij zich de bewindsfiguur die zich vanwege een nalatigheid moest teweerstellen en sprak: Zulks had ik me eigenlijk moeten realiseren. Waarna de oppositie overeind sprong en hem honend toevoegde dat het door hem bedoelde eigenlijk precies zo eigenlijk was als zijn blunder. Na het vreugdegeloei aan het eind van de Negende Symfonie merkt iemand op: Eigenlijk is die Scheetboven helemaal niks. Eigenlijk gebruikt in weerwil van wat onweerlegbaar het geval is: dat bedoelde toondichter een genie is geweest.

Dikwijls suggereert eigenlijk dus een tegenstelling die aan het eigenlijke eigenlijk de strikte betekenis ontneemt: als ondanks het ene het andere het geval is of kan zijn, beide aangeduid met eigenlijk, welke precieze connotatie bezit het woord dan, als het kennelijk niet eenduidig is? Eigenlijk drukt een feit uit, dat door hetzelfde woord gerelativeerd, zelfs ontkend kan worden, terwijl het toch deel van de redenering blijft. En wat betekent het in vragende vorm als: Houd ik eigenlijk van mijn man, mijn vrouw, erwtensoep? Dan betekent het dat er twijfel of dan toch reserve bestaat over de onweerlegbare zekerheid daaromtrent.

Eigenlijk ben ik oneigenlijk, zo redeneert de essayist, als ik dit ben zowel als integendeel dat, en als ik op eenzelfde moment in verschillende eigenlijkheden tegelijk ben: hier en nu alsook op een ander tijdstip in een anderhier. Tegelijk met en ondanks het ene dat het geval is, is het andere het geval, terwijl maar één toestand of omstandigheid de eigenlijke kan zijn.

Wat is, in het enig mogelijke eigenlijk, met hem het geval? Is tijd een eigenlijkheid? Is de dood een eigenlijke toestand?

Beklagenswaardige Hammer. Zie dergelijke materie maar eens onder woorden te brengen op een plezierschip, omklotst door zee, die een soortgelijk mysterie is, en terwijl in de vergrote patrijspoort voor je steeds andere kusten en toeristenhavens oprijzen uit de ene horizon, voorbijdrijven, weer vernevelen in de andere horizon, waarvan je je afvraagt of dat wel een andere horizon is, is horizon niet overal dezelfde horizon?

En waar, verdomme, zijn zijn schoenen.

Als hij ze heeft gevonden, is hij verbaasd, wat doen ze dáár nu, waar hij ze zelf nooit zou neerzetten? Meteen is er het vlaagje broze blijdschap als hij Pearlene weer voor zich ziet, haar aanwezigheid van louter goud en zijde hier op het bed, zijn droomgeliefde die niet weet dat ze zijn geliefde is en zou giechelen als ze het wel zou weten.

Kom tot jezelf, vermoste knotwilg.

Tot welk zelf? Hij bestaat uit wel tien, twintig zelven, die allemaal iets anders denken, willen, hopen, vinden, voelen, zeggen, doen, eeuwig in conflict met elkaar. Wat verbeeld je je nog, terwijl je al uit het leven wordt weggeduwd?

Nu zoekt hij zijn bril. Als hij er zijn hand naar uitsteekt, verstart hij. In de nevel van zijn kippigheid ontwaart hij het fonkelen van de glazen in de zon, die met de felheid van ziekenhuislampen het bedtafeltje beschijnt. In de lichtgensters beweegt iets, spartelt iets, waar hij zijn ogen dichterbij brengt, zijn beëelte vingertoppen kriebelend aan het wanggedeelte naast de neusvleugel, die een beetje trilt. Op de bril heeft zich een groenroodzwartgoud hagedisje vastgehecht, op zijn beurt op slag verstijfd, de puilende oogjes van hypnotiserend malachiet op de grijsaard gefocust, het dier plakt in zijn volle lengte tegen de glazen, door de andere kant waarvan Hammer het observeert. In het tegenlicht zijn van het reptiel, afkomstig van wezens ouder dan de aardkorst, de ingewanden door de huid heen zichtbaar, het benard kloppende hartje, wat de oud-rechter doet denken aan hoe hij, zijn hand al uitgestoken naar de hamer om het verdict te bekrachtigen, dwars door beklaagden heen kon kijken, als God die de mens doorschouwt tot in zijn nieren. Door dezelfde bril fixeren ze elkaar tot het dier zich opeens loshaakt en een ogenblik geparalyseerd blijft in het licht en de warmte van het kleine tafelvierkant. Tekent met zijn staart een sierletter. Laat vliezen over zijn kijkbollen zakken, trekt de jaloezieën weer op. Speurt. Flitst weg. De bril weer op zijn neus, ziet de edelachtbare zijn medepassagier over het hoofdkussen schieten en tussen het beddengoed verdwijnen. Ik deel mijn bed met hagedissen, slangen, basilisken, maden.

Hij en zijn hamer. Hammer de hamer. Hij placht het timmertuig met een galmende dreun neer te rammen. 'Veroordeel ik u tot...' Geaffecteerde snotneus van net achtentwintig, hij, bekleed met macht om te straffen. Hamertje. Tik! Had hij daar soms een erectie bij die hij liever in bed had gehad, bij voorkeur in gezelschap van iemand anders dan de wurgslang Helga? En het gebaartje van de langs elkaar bewegende vingertoppen naast zijn neus is een gewoontereflex gebleven op momenten van nadenkelijkheid: daar zat toentijds de snorpunt, die hij tijdens rechtszittingen bleef aandraaien, bevochtigd met een weinig spuug.

Die snor en die hamer: vaste elementen op spotprenten. Dreumes in afzakkend speelbroekje voorzien van knevel in de vorm van hamerstelen, de punten der knevel weergegeven als hamerkoppen. Bij literaire recensies: de snor verbeeld als ver buiten zijn gezicht uitstekende draadnagels, terwijl hij het papier te lijf gaat met een moker. Hij kon in zijn geschriften nu en dan flink tekeergaan.

Gedachten. Associaties. Op het moment dat ze opkomen zijn ze alweer weg, – te snel om ze zelfs maar bewust te zijn. Hoeveel per seconde, honderden per uur, duizenden per etmaal, de stroom gaat door in zijn slaap, een heel leven lang, als doorlopende filmvoorstelling, waaraan naar te hopen valt een einde komt als hij in de diepvrieslade van het mortuarium is geschoven als soepgroente. Nu op gang gebracht door een hagedis, terwijl hij is begonnen met zich Leentje te herinneren.

Het verre gegons van de scheepsmotoren, als van zwermen bijen, blijft achterwege en het vertrek waarin hij is ontwaakt siddert niet meer, in het glas op de werktafel blijft het citroenwater roerloos. De Carta Mundi ligt stil. Terwijl de professor achteroverlag, is het schip aangemeerd in de haven van hij heeft geen idee.

Genua? Hij gelooft daar dezer dagen al te zijn geweest. Dit is een andere nederzetting, door het raam ingelijst tot een rond schilderij: opeenstapelingen van versteende eeuwen, burchten, citadellen, torens, kerken.

Roodachtige, donkere, gebarsten rotsen, olijfbomen en hoge dennen, waterstroken vol witte en gekleurde zeilen, linten en trossen van vogels boven het hele panorama, zoals Leonardo of Botticelli het kon hebben geschilderd op de achtergronden van hun taferelen en portretten. Hij kijkt ernaar nu hij voor zijn papieren is gaan zitten, de afdruk van een hagedissenhandje voor zijn ene oog.

Overal Napoleon hier, zoals Genua vol stond met Columbus. Who the bloody fuck is Columbus? In Genua had hij op straat iemand die achter hem liep zich dit hardop horen afvragen. Toen hij verstolen omkeek, zag hij het geelglazige mens van het rookverbod en verstond hij haar antwoord. Als was zij Clio met de honderd ogen sprak zij: Dat was die gozer van dat ei.

Via haar schiet hem te binnen dat hij een doosje Rosquitta moet kopen. Realiseert zich met taaie weerzin dat hij daartoe de wal op en de stad in zal moeten, wat hij niet van plan was geweest, want hij wilde doorzwoegen aan zijn essay, eigenlijk.

Aan de ene kant van het raam, onzichtbaar voor hem, moet een van de loopbruggen zijn neergelaten, drommen halfnaakte, zwetende vakantiegangers in zomervodden sloffen als uitgewrongen dwangarbeiders voor zijn tafel langs door het decor vol affiches en richtingpijlen met de naam Napoleon. Het is dinsdag, we zijn dus in Ajaccio, hier zag de schurk het licht, waar Hammer nu met schroeiende ogen tegenin zit te kijken.

Zon. Het Ile de Beauté ligt te krimpen onder de gloed en de hitte als van een geweldige brand, langs de lucht jagen vlammende wolken, – kennelijk waait het daarboven, zoals ook is te zien aan sommige boomtoppen, maar het is wind zonder verkoeling, als een vrouw zonder geborgenheid. Door die vlammen blikkert opeens een helikopter, nog een, en nog een, bij het langsdaverend gebulder begint in het drinkglas het water te schokken als een zieke.

Heuvel op een plein.

Daar is, als men goed kijkt, een holte tussen rotsen te ontdekken, bordje erbij: Grotte Napoléon.

Toen hij nog een ventje was en Nabulione di Buonaparte heette, vluchtte de volkerenslachter hier weg in het ingewand van zijn geboortestadje om er, naar het heet, te dromen, te filosoferen, boeken te lezen, – onrustig, ingekeerd, zijn kop met het sluike zwarte haar krabbend, waar het borrelde van voorgevoelens over grote daden en onsterfelijkheid.

Het zal wel.

In de spelonk liggen vertrapte bierblikjes, flessenscherven, papieren bekertjes, in een ervan een injectiespuit, etens- en andere resten, – de jeugd van eeuwen later heeft er ook tekeningen van voortplantingsorganen en gore teksten in achtergelaten.

Hammer in zijn witte pak, terwijl hij met zijn hoed wanhopig probeert zich koelte toe te waaien, de hitte door zijn schoenzolen heen dringt, de zon zijn schedeldak deukt, ziet het met toegeknepen mond zonder echt te kijken.

Benauwend lawaai op het plein, zoals op het hele eiland, overal om hem heen, zelfs in de lucht, waaruit vogels krijsend neerduiken tussen de toeristen om gemorste hapjes van de straat te pikken. Ademhalingsmoeilijkheden vanwege de brandende atmosfeer, pijn in zijn borst, alsof iets ter hoogte van de hartstreek vlammen uitblaast, men ziet zijn broekspijpen trillen, hij zou ergens moeten kunnen gaan zitten, maar alle terrassen zijn overbevolkt. Hij had in zijn airco scheepskajuit moeten blijven, hij had thuis moeten blijven volgens het adagium van Descartes. Bij zijn orchideeën. Zijn bed in de serre.

Boven op de kunstmatige heuvel staat een immense Napoleon over Ajaccio uit te kijken vanuit de schaduw van zijn driekante hoed. Hij draagt de oorlogsjas waarmee hij ook te zien is op schilderijen in het Louvre en elders, – hij als vechtruiter op zijn witte hengst, omwalmd door rookslierten uit de kanonnen, die jas opengewaaid in romantische plooien rijst hij ongehavend en blozend gezond uit boven gemutileerde lijken, waar zijn paard overheen stapt. Tevoorschijn gekropen uit een rotsspleet die men kan zien als de vagina van Madame Mère Laetitia, de mater regum die vijf vorsten baarde, klom de rakker deze marmeren bult op en versteende er tot groen standbeeld met plakkaten vogeldrek over zijn gestalte. Er leiden twee lange, steile trappen omhoog naar zijn voeten, – laten we ons niet voorstellen dat hij daar weer dreunend over omlaag zou komen, zoals de bewegende steenkolos uit *Don Giovanni*, op de treden mensen vermorzelend, zoals hij al deed toen hij nog geen beeld was. Tussen de trappen in ligt een hellende tegelvlakte als een loper of lijkkleed voor de despoot uitgerold: daarop staan de namen van al zijn moorddadige overwinningen, zoals ze ook zijn te lezen en afgebeeld op de veeldelige serviezen in de toeristenwinkels, uitgestald tussen Napoleonbustes en -dodenmaskers, vaandels, agenda's, sleutelhangers, ansichtkaarten, – maar een doosje sigaartjes van het door Hammer geprefereerde merk in die winkels: neen.

Beneden aan de trappen, links en rechts, een arduinen adelaar met gespreide vlerken uit de Caesartraditie, waar later Hitler ook zo gek op was. Tegen het voetstuk van een van deze vogels staat hij te leunen met zijn hoofdpijn als elektrische schokken en zijn teruggekomen misselijkheid.

Hij houdt zich statig alsof ook hij een beeld is, een dat golven zweet trotseert, de druppels en stralen gutsen langs zijn dunne lijf, en doorweken zijn kleren, hij ruikt naar verturvende planten.

Zijn van speeksel en transpiratie doortrokken pochet is onderweg uit zijn hand gevallen en hij heeft het tot een prop geknepen vod op straat laten liggen toen hij er een hond zijn voorpoot op zag zetten, het besnuffelend als een larvenlekkernij van McDonald's. Daarna is die hond hem een poos blijven volgen, tong uit zijn muil, rood als het lint rond Hammers hoed, zodat zijne excellentie die tong aanvankelijk voor zijn pochet aanzag, alsof de hond het doekje achter hem aan droeg, – als een hinderlijke herinnering, dacht hij, zoëen die je je leven lang niet kwijtraakt, zelfs niet in coma, zoals hij heeft ervaren, en die mettertijd kan metastaseren tot een gezwel in je hersens dat je hele denken aanvreet. Wordt hij door dergelijke herinneringen gekweld? Wie niet.

In zijn studententijd: de hoogleraar volkenrecht Bossaert, bijgenaamd de hond. Vertelt u mij eens, meneer de literator, sprak de hond met zijn rode bakkebaarden die als strepen gestold bloed langs zijn fieltentronie dropen. Bent u niet met mij van mening dat de ernst en gestrengheid der jurisprudentie onmogelijk in overeenstemming zijn te brengen met door u aan de dag gelegde frivoliteiten als gedichtjes- en romannetjesschrijverij? De kop van Bossaert vloeit samen met die van een andere hond, beter daar nu helemaal niet aan te denken, het beest lag op zijn huiskamertafel als voor een anatomische les en was er de aanleiding van dat hij congé nam van de rechtbank, hij herinnert zich de karikaturen nog. Rot op, hond.

Hij droogt zijn gezicht met zijn mouwen, zijn hoofd achterover tegen het steen, er kleeft stof tegen zijn brillenglazen. Zo misselijk dat hij denkt te moeten braken, maar er valt niets te braken, want zijn maag is leeg op wat slokjes water na. Hij eet niet uit afschuw van de mensen in de boordrestaurants en aan de voedselbalies op alle dekken. Om te kunnen braken is bovendien adem nodig, terwijl hij amper lucht krijgt onder de wind die als een vuurwagen hoog over het stadje boldert, zonder beneden iets aan te raken maar er de zuurstof uit lijkt weg te zuigen.

Al die horden elkaar verdringende lijven. Al dat lawaai als geblaf van honderd honden.

Nooit begrepen waarom mensen zich en masse verplaatsen om landen, steden, gebouwen, monumenten te zien die ze thuis ook kunnen zien in reisboeken en -folders en op hun televisies en computers, daarin en daarop doorgaans beter, in ieder geval rustiger dan in de realiteit. Waarom willen mensen ver van huis in temperatuur van 42 graden smelten als kaarsen, nadat ze tijdens hun gezellige cruisetrip al zijn verslenst van stress, drukte, ergernis en leegte. Zijn verbazing hierover is al lang verwrongen tot minachting voor zijn soortgenoten, die hij als vage lichtspoken voorbij ziet drentelen met hun ondresseerbare hangkinderen, die de grot in willen, maar dat mag niet, iemand heeft er zitten schijten, er hangt een bol vliegen boven het achterblijfsel, waarin het fragment van een schoenzoolafdruk is geplet.

Vrachtauto's met schallende luidsprekers. Er worden ijzeren palen, planken, klop-, boor-, andere machines, werktuigen, gereedschappen aangevoerd en afgeladen, waarmee werklieden aan de gang gaan in de stampende hitte zonder schaduwen. Er worden podia en publiekstribunes opgetrokken: er zijn historische optochten, muziekuitvoeringen, nagespeelde veldslagen op til, hij heeft erover gelezen op mededelingenborden op de kades en boulevards, de potentaat is jarig, morgen, overmorgen, een dezer dagen. De middenstand zet kramen buiten met Corsicaanse eetspecialiteiten, het plein komt vol vlaggen, slingers en lampions te hangen, felle kleuren, maar die verbleken in het krankzinnige licht dat alle kleuren absorbeert.

Hij begint door zijn knieën te zakken, langzaam en zonder dat hij het wil, het gebeurt zoals het hem overkomt, zijn benen vouwen zich onder hem samen als de scharnierende ledematen van een marionet. Met zijn rug langs het voetstuk schuift hij omlaag tot zijn stuit de grond raakt. Door dit bot, waar de ene pijn uit is weggetrokken, slaat nu een andere: hij brandt zijn zitgedeelte aan het gloeiende plaveisel.

Kijk hem daar nu, zoals hij verslapt zit te hijgen en geen kracht vindt om overeind te komen. Zijn hoed rolt weg. Als een van de as losgeslagen wiel dat nog blijft doorrollen nadat de auto is gecrasht.

Hij is niet buiten maar ook niet bij bewustzijn volgens de gangbare definities, – hij bevindt zich in beide toestanden, of in beide toestanden niet.

Waar is hij dan?

Zoals wij hem zien, ineengedoken in wasemende, trillende hitte, die optrekt naar zijn testikels en hoger, zo ziet hij zichzelf van ergens bovenaf, helder, scherp, hoewel hij daarboven zijn bril niet opheeft. Alsof hij uit zijn lichaam is opgestegen en er nu boven zweeft, terwijl hij tegelijkertijd in zijn lichaam is achtergebleven, gekreukt achter zijn verknekelde knieën. Ademt hij daar boven, waar hij zichzelf hier beneden ziet gieren om lucht, zijn mond wijd open als op het schilderij van Munch?

Waar haalt het mensengewemel tussen de terrassen en kermistenten de adem vandaan die hij zelf niet krijgt, anders dan in de vorm van proppen hete lucht waar hij naar hapt als een karper in een schepnet. Het brandt in zijn trachea, in zijn mond verzamelt zich vettigheid, dat in draden voor zijn kin zal komen te hangen, vreest hij, zodat het verpleegkreng hem een slab voorbindt. Adem moet hij. Zuurstof moet hij. En geef hem ook een bijbelse druppel waters om zijn keel te verkoelen, drinken moet hij. Móét, meneertje Hammer? Meneertje Hammer móét? U kunt belééfd om een glaasje water vragen. Zuster, zou u mij als-tu-blieft? Hij ligt nu halvelings op zijn rug, met dichtgeklapte luchtbuis, droge mond woorden te zeggen, bezig te stikken.

De hemel is bespikkeld met ballonnetjes opeens, uitgelaten buitelend, zilverig in de zon, en kinderen smijten met boogbewegingen van hun armen zeepbelletjes om zich heen uit van die plastic ringetjes aan steeltjes die ze eerst in het sop hebben gedoopt, terwijl Juultje driekwart eeuw geleden bellen blies uit een aarden pijpje, dat brak als je het uit je handen liet vallen, hij heeft er nog verdriet van. Al die feestballonnen, hier en daar deinen ze in sappige trossen, als druiven, kersen, bessen, denkt hij uitgeloogd van dorst, en al die om hem heen dansende en uiteenknappende zeepblaasjes zijn gevuld met lucht. Hij zweeft weg in onaanwezig water vol luchtbelletjes, – water dat hij dus niet kan drinken, omdat het er niet is, en lucht uit openspattende belletjes die hij niet kan opsnorkelen. Zijn hoofd is omwikkeld met plakband, alle openingen afgesloten, en terwijl hij vanuit een of andere afstand waarneemt hoe hij kwijtraakt, alles wordt wit, steeds witter, beseft hij nog in verre vaagte dat er uit het plafond vingers, handen, armen tevoorschijn komen, die aan hem beginnen te sjorren. Voeten, knieën, benen. Hoofden. Stemmen.

'Kunt u mij horen professor? Professor?'

Nee, horen doet hij niets meer. Zie je niet dat ik dood ben?

Als de troebelten zijn opgetrokken, waarin J.G.M. Hammer niet bestond, niemand wist waar hij was, hijzelf ook niet, is het eerste wat hij ziet: zijn horloge is gesmolten. Het vloeibaar geworden goud plakt druipend rond zijn pols, de wijzerplaat verpapt, nu bestaat op de hele wereld de tijd niet meer.

Iemand zet hem zijn bril op, die halfnat is, want ze hebben hem onder de kraan gehouden en met vaatwasmiddel gereinigd.

Dank u, dank u, fluistert hij in het frans, italiaans, nederlands, engels, duits. Praten lukt nog niet goed, maar de helderheid is terug in zijn ogen; op het klokje is de grote wijzer hooguit tien streepjes verder dan wanneer? gisteren, vorige week, een halfjaar terug?

In een schemerig koele ruimte zit hij bij een raam, waarvoor de zonwering niet helemaal is neergelaten.

Door de brede benedenkier kan hij een gevel aan de overkant van de straat zien, kletterend geel als de zon zelf, die er zijn gloed als met vlammenwerpers tegenaan smijt. Op die gevel een hoofdletter N, omkranst door lauwertakken, samengebonden met linten.

Zo weet hij weer waar hij is, in ieder geval is hij terug in zijn lichaam en dat bevindt zich, naar hij zich herinnert, in het Braunau van Frankrijk, geboorteoord van

Napoleon, de voorloper van Hitler, massamoordenaar van hetzelfde slag. Diens initiaal en hakenkruis zijn van alle gevels verwijderd en zijn beelden vernietigd toen de Duitsers eindelijk begrepen door welke schoft ze zich hadden laten hypnotiseren, terwijl de Fransen voor hun usurpator juist monumenten hadden opgericht, het ene al megalomaner dan het andere, en gedenkplaatsen in ere blijven houden, zoals aan de overkant.

Ziezo, we kennen hem weer.

Iemand in de ruimte, bekende stem, vrolijke stem, Leentje!, zegt iets en hij veert op van verrassing. Tegelijkertijd schrikt hij:

Er landt met misbaar van vleugels en kreten, gekras en gekrab van zwemvliespoten op steen, aan de andere kant van het raam een mantelmeeuw op de vensterbank. Op minder dan een meter afstand monstert het beest hem met zijn zwarte ogen waarin werelden en heelallen zijn verzonken. Rommelige kop, waar de lange snavel als een breekijzer uit tevoorschijn steekt, – daarmee plaatst hij een nijdige tik tegen het glas, zoals Hammer vroeger zijn rechtershamer op het timmerblokje sloeg. Ik gebied u te zwijgen, u krijgt straks gelegenheid het uwe in het midden te brengen.

Hij herkent zulke ogen van daarstraks, toen hij uit zichzelf opgestegen boven zijn verfomfaaide gestalte hing. In zweefgedaante was hij op gelijke hoogte met uit zee aankolkende vogels die hem in hun vlucht hadden aangekeken en doorschouwd, hun snavels gesperd als nijptangen bij het uitschreeuwen van verwijten en waarschuwingen, maar de geluiden verwaaiden en vervormden in de daarboven loeiende stormbries, die ook hem als ectoplasmagedaante bijna had weggeblazen zoals de vogels, de wolken en de zwermen kinderballonnetjes waar hij tussen hing.

Geurend naar lavendelweide is zijn onbereikbare geliefde, die niettemin, nu ze over hem heen buigt, zo aanraakbaar is dat hij zijn hand maar hoeft uit te steken. Haar tengere lichaam in strak textiel buigt over hem heen als een arcade, bijna alsof ze zal gaan zweven. Zou ik je mogen strelen, aanbedene, één streel, streeltje, heel zachtjes?

Natuurlijk houdt hij zijn hand thuis. Hij is een heer. Iets anders is dat hij zoiets niet meer durft, mettertijd is hij timide geworden, in het besef ook dat een brakke methusalem als hij zich bespottelijk maakt door alleen nog maar te durven wijzen naar bloeiend schoon als het hare. Vroeger was dat allemaal anders en wat rest is melancholie, misschien nog slechts herinnering aan, vermoeden van melancholie. Wat ook rest is spijt.

Ratelend en met een klap rolt de zonwering omhoog, zij bewerkstelligt dit terwijl ze met een hand argeloos op zijn knie rust, – meteen stoot ze het dubbele raam naar buiten open. De hemelkliever krijgt van de raamhelften een oplawaai die hem van de vensterbank slaat. Neerstortend weet hij zijn meterswijde vlerken te spreiden en zich weer op te trekken. Vloekend klappert hij nog eens langs het raam, lost dan op in het scherpe licht.

'Bent u er weer, professor?'

'Ja kind, dank je, sorry.'

Nu denkt hij zijn hand toch even met een aartsvaderlijk klopje, kneepje, op haar hand te leggen, maar zijn knokige klauw komt op zijn knokige knie terecht, die door een winkelhaak in de broekspijp heen schemert: – zij staat alweer overeind in de rechthoek binnendenderende zon en veegt haar vingers aan T-shirtje en erg kort rokje.

'Gevaarlijke vogel', zegt ze.

Waarom is dat een gevaarlijke vogel.

Van de hitte die ogenblikkelijk de ruimte vult beginnen zijn brillenglazen te dampen en ziet hij haar vernevelen. Er davert straatlawaai binnen, hem pijnigend, alsof het met bijlen in zijn hals hakt en zijn hoofd zal wegdrijven door de straatgoten en riolen.

Hij krijgt van iemand een glas vocht aangereikt, – 'Dank u, dank u wel', – dat onaards zoet blijkt te zijn, het spoelt zijn dorst weg, verergert zijn misselijkheid. Pizza met allerlei gekruide worst, pizza vegetarisch, pizza nog anders? Hij zegt weer 'dank u', het aangebodene walgend, wel vriendelijk beleefd natuurlijk, weigerend.

Of hij zeeziek is, waar hij aan boord van de Carta Mundi geen moment last van heeft gehad, of hij schommelt, of zijn maag in zijn keel hangt en daar opzwelt. Dat braakgevoel weer? Het is aandrang tot iets anders, waarvoor hij zich ook al schaamt. Hoezo?

Die ergens in zijn strottenhoofd zich samendrukkende spanning, hij zal toch niet toegeven aan de ontlading dáárvan, hij zal toch niet gaan zitten grienen met gesmoord gesnik en tranen en zo. Vanwege melancholie en spijt, die ook maar neerkomen op sentimenten als parasieten? Männer heulen nicht, Sjül, bist du ein Tränentroddel. Opa Oldorff trekt de wintermuts over de schubben van zijn psoriasis als hij dit zegt, ergens in de almenvlakten van lang geleden, maar der Sjül – met de gerekte ü van süß – heult gar nicht, hij is verkouden en trekt snot op naar zijn hersens. Hij en huilen, hij heeft nooit meer gehuild sedert die bominslag en nooit zal hij nog huilen, uit verachting niet, voor alles. Men zal hem nooit kennen.

Een hoge, lege zaal, uitbundig geornamenteerd, waar eeuwen geleden het Corsicaanse eliteschorem dansfeesten kan hebben gehouden, thans vallen de bladders er van de muren.

Hier bevinden wij ons en wij zijn in gezelschap van nog een twintigtal personen, mannen, vrouwen, waarvan Hammer alleen zijn oud-cursiste kent, maar in hoeverre kent hij haar? Men spreekt allerlei talen en dialecten door elkaar, zij wordt aangeduid en aangesproken met Pearl, 'Purrel', Pearlaine, Poerlina, maar zo heet ze toch niet? Wat moet ze doet ze in deze mêlee, filmmensen naar hij vermoedt, in de weer met camera's, statieven, microfoons, lampen, monitoren, die naar buiten worden gedragen, in de stralende deuropening wacht een busje.

'En nu met u?' Leentje, wijdbeens, handen op haar

bovenbenen, buigt zich weer naar hem toe, haar gezicht dichtbij. 'Wat gaat u nu doen?'

Jij bent toch clairvoyante, wil hij zeggen, jij weet toch wat gaat gebeuren? Als het waar is, denkt hij niet voor het eerst, dat iemand de toekomst kan kennen, is het voor deze dan mogelijk om wat staat te gebeuren alsnog te wijzigen, de dingen bij te sturen, de toekomst ànders te laten verlopen? Is de toekomst eigenlijk een eigenlijk gegeven?

'Dat weet ik eigenlijk niet', antwoordt hij. Oneigenlijk ook niet, denkt hij. Hoewel. Zij is naakt onder haar kleertjes. Tussen shirtje en rokje een strookje onbedekte huid, als een gordeltje matglanzend parelmoer, de navel is het sluitjuweel, daar draagt ze iets glitterigs, dat seinen naar hem uitzendt, alsof de zon zelf zijn aandacht erop vestigt.

'Zal ik een taxi bellen om u terug naar de boot te brengen?'

Hij reageert niet, maar alles liever dan terug naar dat schip, laat me bij jou blijven, liefste. Hij wrijft zijn bril aan de voering van zijn colbert, maar het is niet de aanslag op de glazen, het is waas tegen zijn ogen, blijf bij me, liefste, – een panisch smeken in warrelende mist van stofdeeltjes in de hem stekende zon.

Zij is achter hem onzichtbaar geworden en opeens glijdt hij, deint hij door de balzaal op het als kusjes klinkende geluid van haar gymschoentjes. In een immense spiegel, waarin Napoleon zijn uniform nog in orde heeft staan brengen na het huppelen, ziet hij zichzelf rijden, het drinkglas in zijn hand. Leentje duwt de antieke, piepende, knarsende rolstoel en lacht naar hem via de spiegel. Niet naar hem in de spiegel, maar naar hem buiten de spiegel, naar zijn achterhoofd, wat hijzelf wel in de spiegel ziet, – een optische waarneming als een carambole over de band.

Ze vertelt:

Eerst had niemand het merkwaardig gevonden dat hij op straat zat, er zitten hier wel meer mensen op straat. Met een muziekinstrument, met een shagje, met niks. Pas toen hij zijwaarts was omgekanteld, merkte men dat er iets mis was met de toerist in zijn witte pak, verfomfaaid, onder de vlekken, en het aan één oor bungelende brilletje.

'Weet u daar nog iets van?'

Hij schudt zijn hoofd. Hitte, lawaai, mensen en iets met bellenblazen. Dat zijn hoed wegrolde.

'Daar ben ik nog achteraan gegaan,' zegt Leentje, in de spiegel is zij ontbonden tot licht, 'maar opeens schoot hij omhoog, de lucht in, foetsie, meegenomen met de wind.'

Er waren mensen om hem heen komen staan, er werd een parasol boven hem opengeklapt.

'Ik zag het allemaal toevallig, omdat ik toevallig kwam langsgetuft op mijn Vespaatje, omdat ik hier toevallig moest zijn. Ze zijn hier bezig met een film en ik ken hier iemand. Ik herinnerde me een rommelhok in deze instortende krocht en dat daar dit wielding stond uit de tijd van Napoleons opoes opoe. Ik ben het gaan halen, straatje door, straatje door. Of was u liever de ambulance in geschoven, die ik in de verte al met driftig getoeter aan hoorde komen?'

'Je bent een engel.'

'Ik en een paar mensen hebben u erin gehesen. Onder het rijden hield ik u overeind, mijn vinger in de kraag van uw jasje gehaakt, u schoof steeds naar onder weg, zo is dat scheurtje in uw pijp gekomen.'

'Er zit een gat in de zitting van dit voertuig', lacht Leentje. 'Daar zal wel een po in hebben gezeten en het deksel voor op het gat is ook weg.'

Hij ontnuchtert op slag:

Opeens terug in het ziekenhuis, waar twee verpleegvrouwen hem in zijn bed op de pot takelen en hij zich aan een grijpstang boven zijn hoofd in evenwicht moet houden. Bij het moeizaam offeren van zijn keuteltjes, die men als knikkers in het metaal hoort ratelen, blijven ze er aan weerskanten bij staan en babbelen voor hem langs. Abrikozen niet zo, doe mij maar kersenvlaai als ik moet kiezen, heb ik liever, of ananas. Alwéér gezakt voor zijn rijexamen, mijn zoon, ze láten die jongen zakken, hebben ze lol in, al voor de vijfde keer. Moeten we wel helemaal de galerij over met bed en alles nu de lift weer eens kapot is, dat is toch ook een kriem altijd. Wil het lukken, opa?

Ik wens zo niet te worden aangesproken! Mijn naam is Hammer. U kunt mij aanspreken met meneer Hammer.

Hier dwars doorheen in dezelfde secondebreuk dendert Eva door zijn gedachten. In de rolstoel parkeert ze hem, vastgezogen aan de zuurstofflessen, tussen zijn kwijnende orchideeën, houdt documenten en onderbroeken voor zijn gezicht, schreeuwt.

Hij wil ogenblikkelijk uit dit invalidenvehikel op drie hoge, houten, bespaakte wielen waarin Pearlene hem voortduwt. Bijna duikelt hij tegen de vloer als hij, terwijl het geval nog rijdt, zijn voeten schrap zet tegen het korrelige marmer, daarbij ontglipt het glas zijn hand en spat het aan splinters. Het meisje raakt de beheersing over het meubel kwijt, trekt haar handen ervan weg, – het raakt uit koers, schampt na een zwenking van het logge middenachterwiel iemands achterbenen, botst tegen de muur, net niet tegen de spiegel, en kapseist kermend.

'Maar... maar...' brengt ze uit.

Hammer: of hij dronken staat te wankelen. Valt hij? Een van zijn veters is los, daar struikelt hij over in het geknars van scherven onder zijn zolen, maar hijgend blijft hij verticaal, zich stuttend tegen een lambriseringsrichel, onvast in de knieën.

'Godverdòmme professor!' Zijn engel, met een stamp van haar voetje.

De achterbenen van een slanke gebruinde jongeman, spetterend blond onder een achterstevoren gedragen petje. Er glijdt een lawine papier voor zijn lichaam langs als hij naar zijn blote kuiten grijpt waar de stoel hem heeft bezeerd. Hij zendt de eigengereide ouwe een haatblik achterna, dan glimlacht hij Pearlene toe, naakt onder haar kleertjes, die naast hem over de vloer kruipt om mee te helpen het uit elkaar gevallen script bijeen te grabbelen.

Daar staat hij, zijn zool verpulvert een stukje glasscherf, en al is hij eigenlijk wel degelijk hier, doordat hij zich een soortgelijk geluid onder zijn voet herinnert, eerder in zijn leven, verschuiven de eigenlijkheden weer eens en bevindt hij zich opeens ook, tegelijkertijd, op de plaats waar dat klonk:

Een klaslokaal.

Uitzicht op een park. Hij, zijn kaken geurend naar vijver in het najaar, nog jong want pas ergens over de helft van zestig, speelt met het krijtje, dat hij opgooit en in zijn handpalm weer opvangt. Als Aristoteles schrijdt hij tussen de tafeltjes door, waaraan de cursisten naar hem opzien.

Hij geeft schrijfcollege. Waar is hij aan begonnen en waarom, dat is toch niets voor hem, zoals hij van tevoren wist.

Of het nodig is, vraagt een der schrijfamateurs, een assistent-makelaar die altijd zijn hond meebrengt, dat een schrijver een aantekenboekje bij zich heeft, om zijn ervaringen en invallen onmiddellijk in op te schrijven voor hij ze vergeet.

Aantekenboekje? Hammer beschikt nog over zijn ferme stemgeluid, maar tegen wat voor gezelschap praat hij. Zolang hij schrijft, inmiddels zo'n halve eeuw, is hij aantekenboekjeloos door het leven gegaan, zegt hij, meteen beseffend, hij ziet het aan de verschillende reacties, dat aantekenboekjeloos een te ongebruikelijk woord is voor de leerling-beoefenaars der woordkunst. Zonder zo'n boekje dus, verduidelijkt hij. Ik onthoud de dingen zo wel en als ik ze niet onthoud waren ze kennelijk het onthouden niet waard.

Het geheugen, de brandkast waarin terechtkomt wat men onthoudt, doceert hij, maar wie zijn zijn studenten, is de schatkamer van het schrijverschap. Alle kunst, kennis, wijsheid spruit voort uit het geheugen, waar zorgvuldig dient te worden geconserveerd wat men heeft ervaren. Niet in de eerste plaats de feiten, maar alle andere aspecten ervan. De feiten zijn ondergeschikt, terwijl bijvoorbeeld de emotionele of intellectuele gewaarwordingen die zich erbij openbaren en die men zelden in staat is ogenblikkelijk secuur te formuleren, zich verdiepen en verdichten tot de materie waar de schrijver voornamelijk uit put. Aantekenboekje? Wat zou u daarin willen noteren, midden op straat naar uw balpen tastend? Hier! moet u het opslaan, meneer. Met zijn gestrekte wijsvinger tikt Hammer tegen zijn voorhoofd. Hier! vindt alles in alle eigenlijkheid plaats.

Daar zou hij eigenlijk eens iets over moeten noteren.

Maar ik heb geen geheugen, zegt opschrijfboekje, ik vergeet altijd alles.

Onzin dat u alles altijd vergeet. Wind je niet op, Hammer. Natuurlijk beschikt u over een geheugen, u bedoelt dat u uw geheugen verwaarloost. U zou er integendeel de waarde en het genoegen van moeten erkennen, zoals u deze ondervindt van al uw andere lichaamsdelen, lichaamseigenschappen, lichaamsfuncties zonder dat u er ooit bij stilstaat, maar ook zonder dat u ze ooit opzettelijk zult verwaarlozen.

Ik volg u niet geheel, professor.

Waarschijnlijk omdat u ook uw bevattingsvermogen verwaarloost, antwoordt Hammer hatelijk. Hij lijkt zijn vroegere hoogleraar Bossaert wel, de honden hebben zijn botten.

Verwaarloost u uw lichaam, bijvoorbeeld door u niet te wassen, kent u geen waarde toe aan het feit dat u kunt zien, horen, proeven, ondervindt u geen gemak van uw armen, benen, voeten, geslachtsvoorzieningen die u zonder het u bewust te zijn koestert en dagelijks traint door ze gedachteloos te gebruiken? Uw brein is even belangrijk, indien al niet het belangrijkst: u denkt ermee, hoewel het merendeel der wereldbevolking de mogelijkheid daartoe niet eens beseft. Uw geheugen bevindt zich daar, dat is de ruimte waar u kennis en ervaringen bewaart, althans zou dienen te bewaren, die mogelijk leiden tot inzichtelijkheden die u nodig hebt om wat dan ook te schrijven. U ontkent dat u een geheugen bezit, terwijl u zonder geheugen niet eens zou kùnnen schrijven, – u hebt het alfabet toch onthouden? Men dient genoegen te putten uit zijn geheugen door het te gebruiken als al het overige dat van het lichaam deel uitmaakt. In plaats van alle voetbaluitslagen door de eeuwen heen te onthouden, waar u natuurlijk wel in slaagt, dient u uw geheugen te dwingen zich te vullen met levenswijsheid en intellectuele kennis, die uw schrijverij gewis ten goede zal komen, meneer.

Wat zijn, in dit verkruimelende kardinaalspaleis op Corsica, waar hij er per associatie een secondegrein opeens aan terugdenkt, de tot wijsheid geleid hebbende aspecten geweest van zijn leraarschap in de schrijfvaardigheid?

Vlagen verbitterdheid, de overtuiging van totale overbodigheid, kervende spijt.

Er valt niets bij te brengen aan personen die helemaal niet verlangen zich het schrijversvak eigen te maken en alle daartoe te leveren inspanningen als overbodig beschouwen. Het blijft bij zielig hobbyisme, gevoed door brandende ambitie zo snel mogelijk zonder veel moeite een blauwe maandag beroemd te zijn, waar Hammer hen niet in kan onderwijzen. Schoolopstellenproza en therapeutisch geneuzel van een assistent-makelaar, zich vervelende middelbare huisvrouwen, een kantoorbediende, een vrouwelijke taxichauffeur, een winkelmeisje, die geen sjoege hebben van het metier en het ook nooit zullen verwerven. Dat winkelmeisje was Pearlene. Begin eens met honderd werken uit de wereldliteratuur te lezen, langzaam, nederig, aldus cursusgever Hammer, en weet mij dan uiteen te zetten waarom je wil schrijven, als je bovendien niets te vertellen hebt en van jezelf weet dat je geen talent bezit. Wie moet schrijven, schrijft. Die leert het zichzelf wel. Noteert u dat maar pro memorie in uw boekje.

Tweeënhalve cursus heeft hij gegeven, toen hield hij er gekweld mee op en is orchideeën gaan kweken.

Het plotseling, eindelijk, bij hem inslaande besef, als kortsluiting in een elektriciteitsmast, dat hij van zijn tijd vervreemd was geraakt. Alleen al te zien aan hoe hij zich kleedde, die stropdas!, dat hoedje!, hoe zijn haar zat, het model van zijn brilletje dat leek op de vingeropeningen van een naaischaartje. Achtergebleven sedert zo'n tien jaar tevoren, toen hij vaarwel had gezegd aan al zijn openbare functies en zich in afkerigheid had teruggetrokken in zijn verre villa. Zonder het zich bewust te zijn geweest was hij ouderwets geworden, dat is: 'niet meer van deze tijd', – hij begrijpt de mensen, de dingen en de daarbij horende woorden en begrippen niet meer, hyves, linkedin, twitter, loaden, bloggen, brengt er uit ongeduld ook geen belangstelling voor op, in dat klaslokaal staat hij zich, evenals hier, op dit moment op Corsica, belachelijk te maken als Professor Unrat onder de rokken van Marlène Dietrich.

Krijtje. Hij liet het rondrollen in zijn gesloten handpalm, over de cursistenhoofden heen zag hij het park.

Hammer het fossiel met zijn krijtje, terwijl hij de beschikking heeft over smartboard, powerpoint, touchscreen. Bestond dat in die tijd allemaal al dan? Niet zeuren. Wat zei hij nu weer?

Dat hij zijn boeken met de hand schrijft.

'Jawel, leergierig auditorium, met een pennetje op allerlei stukjes papier en niet, zoals jullie, op pc's, computers, tekstverwerkers, laptops, hoe heten die dingen.'

'Wat is daartegen?'

De jongste cursiste, haar arm, haar vingertje plafondwaarts, brak zijn predicatie binnen. Een tienermeisje, het oude karkas is vertederd sedert de allereerste seconde dat hij haar zag. Staat halfweeks in een boekwinkeltje, gespecialiseerd in esoterische paranormale occulte rambam, knutselt op haar letterscherm rijmende versjes die ze bij de tweede bijeenkomst keurig uitgeprint op zijn tafel kwam leggen. 'Ik zal er kennis van nemen, juffrouw.' 'Juffrouw giechelgiechel, ik heet Pearlene hoor.' Uit de school van de firma Cranach, zo al niet geportretteerd door Lucas, de vader, persoonlijk. Als auteursnaam vermeldde het voorste blad: Pearlene.

Intens bereid, er zelfs naar verlangend, een bij voorbaat onsterfelijke dichteres in haar te herkennen. Zijn mentorsarm als een burcht om haar fragiele meisjeslichaam te leggen. Ik zal je alles leren wat ik weet en kan, ik zal je alles, àlles, geven wat ik kan en bezit.

Zoals de wind, die plotseling de kroon van een eik door elkaar schudt in het heuvelland.

Een metafoor van Sappho.

Dat zijn zo van die gedachten.

'Wat daartegen is, dat zal ik uitleggen,' sprak hij, 'al heb ik niet de illusie dit gezelschap met veel vrucht iets aan het verstand te kunnen brengen.'

Waarom zei je nu zoiets, Hammer!

'Kunst en machines. Ik heb zelfs nooit een schrijfmachine gebruikt', begon hij in het wilde weg. 'Duizenden bladzijden met de hand en opnieuw met de hand, zoals door alle eeuwen heen schrijvers en wijsgeren hun papieren hebben volgecomponeerd.'

Het vragenstelstertje imiteerde de beweging van zijn hand met het krijtje. In haar hand bewoog een snoepje, dat wikkelde ze uit het papiertje, stak het in haar mond. Haar tanden, tong, de purperen binnenkant van haar wangen, hoe flitserig kort hij het ook zag, Hammer voelde zich koud worden en huiverde even alsof het winter was terwijl het park zich te barsten stond te fleuren in de zon. Is dit liefde of zo? Mag ik je uitkleden en bijten, zachte klapjes geven, of juist harde, zodat je schreeuwt met je coloraturen vanillesuikerstemmetje.

Hij praatte door, het kwam op het volgende neer en had geen enkel belang:

De woorden moeten met de hand worden neergeschreven, ze moeten rechtstreeks uit het lichaam stromen zoals bloed uit een opengekrabde wond. Het op de schrijftafel uitgespreide papier bevindt zich dicht bij het hart, dat vlak boven de tafelrand klopt, waar men tijdens het schrijven met het middenrif tegenaan leunt. De adem van de schrijver waait over de woorden die onder zijn hand en ogen ontstaan, worden doorgestreept, vervangen, toch weer worden gehandhaafd, verplaatst, opnieuw geëlimineerd, enzovoort, terwijl hij bij het ploeteren zijn polsen en slapen voelt kloppen. Schrijven is een lichamelijke daad, inkt is het bloed van de schrijver. De woorden en zinnen moeten ontstaan op het ritme van zijn hartslag. Tot het papier de aanblik biedt van een overhoop liggende stad waar alleen de schrijver de weg nog weet te vinden. Woorden onmiddellijk intikken op een bioscoopscherm leidt tot gemakzucht, onzorgvuldigheid, snellere tevredenheid over het resultaat. Het lijfelijke, neurologische contact met de tekst ontbreekt, alsof de schrijver zelf onbetrokken is bij wat hij niet schrijft, maar mechanisch produceert. Dat computertuig is de vloek over al het geschrevene, wat duidelijk te merken is aan de slordigheid en andere wankwaliteiten van veel tegenwoordige romans, krantenartikelen en nog andere publicaties. Wie wil schrijven, begint met die rommel uit het raam te gooien.

Hierop liet Hammers esoterische beminde opnieuw van zich horen: 'Wat een aftands geouwehoer, zeg!'

Het krijtje viel uit zijn hand.

'Meen jij dat het mij ook maar een streep interesseert wat jij van mijn colleges opsteekt, Leentje?'

'Ik heet Pearlene.'

'Jij wil toch leren schrijven, kind. Waarom precies?' Hij voelde het krijtstompje onder zijn schoenzool kraken en verpoederen. 'Die gedichtjes van je...' Hij produceerde er een varkensgeluid bij, snorkend, dat hij nooit eerder zichzelf had horen maken.

Het stapeltje A4'tjes in het omslag met er midden op een dromerig meisjessnoetje van koekblikkenschilder Renoir, háár A4'tjes waar hij afgelopen nacht aan heeft gesniffeld met zijn begerige gok uit begin vorige eeuw, laat me je ruiken, schat, en die hij zelfs met zijn tongpunt heeft gestreeld, – dit bundeltje zeilde uit zijn hand over het publiek heen in haar richting.

Van het gefladder en het geluid waarmee de velletjes door het lokaal zwierden, sprong de makelaarshond uitzinnig blaffend overeind.

Pearlene in haar strakke kuitbrock, haar aanbiddelijke vormen in reliëf te bewonderen, kroop over de planken om haar poëzietjes weer bijeen te zamelen, iedereen zag dat ze huilde.

Besef je je lulligheid, Hammer?

Daarna kwam ze overeind, haar voeten in zijn spoor van witte zoolafdrukken, de losse papieren tegen haar borst, ogen geënterd in de zijne door haar tranen heen, tussen haar kiezen vermorzelde ze het snoepje. Dat hoorde hij. Ze vertrok.

Alsof ze verdween in het decor van bomen, bloemen, struiken, een fontein in het midden. De deuren in dat park sloeg ze knallend achter zich dicht, steeds verder weg. Met verstopte keel ging hij haar achterna, schoppend naar de hond, die het op zijn broekspijpen had voorzien. Sodemieter op, hond.

Zonder opschrijfboekje is het al die jaren in zijn geheugen gebleven en zijn schaamte van toen stort zich boven op de schaamte van nu, waar hij Leentje opnieuw uit kruiphouding ziet opstaan, opnieuw haar handen vol papier.

De spiegel reflecteert het licht op haar gestalte, zodat ze uit bovenaardse gloed bestaat, die haar transparant lijkt te maken.

Naast haar een cherubijn als zij, wie het petje van het hoofd is gevallen, ook hij, omringd door glans, worstelend met het uiteengevallen draaiboek.

'Het spijt me, neemt u mij niet kwalijk, duizend keer confiteor en mea culpa', zegt de hooggeletterde ouderwetse Hammer, vertrouwd met misdadigersberouw.

Pearlene en de jongen kijken hem aan met blikken waaruit hij weer eens begrijpt dat zijn woordgebruik hun even bevreemdend in de oren klinkt als wanneer ze een motet van Sweelinck in de disco zouden horen.

Hij verduidelijkt: 'Sorry, stom van me, nog eens sorry.' Voegt eraan toe: 'Ik ben iedereen tot last. Heb ik u pijn gedaan, meneer?' Blijft toevoegen: 'Kan ik misschien helpen met uw in ongerede geraakte dossier, kan ik iets doen om mijn stommiteit te bepleisteren?'

Leentje giechelt. 'Dat verstaat hij allemaal niet. Dat is Rich. Rich, this is a famous Dutch writer. Julius Hammer.'

Ze spreekt zijn naam uit als Djoelioes Hemmer. Zo heet Eva in Frankrijk Eva Ammère. Een naam zit los aan iemands botten.

De jongeman, vriendelijk uiterlijk, maar met een grimas van ergernis en ongeduld, knikt naar hem. Wrijft zijn kuit, waar zich een felrode schram aftekent. Raapt zijn petje op. In een of andere engelsklankige tongval geeft hij te verstaan dat hij weg moet, ze wachten op hem, kinbeweging naar het busje, dat ongeduldig claxonneert. Voordat hij wegholt roept hij Leentje nog iets toe, dat te begrijpen valt als blutserig engels voor: zie ik je nog?

'I come behind you after!' antwoordt zij. Mogelijk betekent het: ik kom achter je aan, ik kom je achterna, of iets met dergelijke bedoeling.

Engels is de universele taal, iedereen kwekt engels zoals zijn schrijfcursisten de spelling mishandelden, met de machtsspreuk: Als men het maar begrijpt. Hammer begrijpt het niet. Omgangstaal die door de elektronische industrie en de popmuziek is verhaspeld tot kreten, codes, klanken, ondoorgrondelijke termen, als op een steen van Rosetta die in de komende millennia door dan levende geleerden moet worden ontraadseld. Zeik toch niet zo, ouwe blokletter.

'En ik moet ook weg', zegt Leentje.

Als ze zich vooroverbuigt om de rolstoel overeind te wrikken, kijkt hij naar de achterkant van haar benen tot hoog in haar rokje.

'Wat gaat u nu doen', vraagt ze weer.

'Ik zoek een reisbureau en boek het eerstvolgende vliegtuig naar huis.'

Terwijl hij het zegt het gevoel of hij in narcose verdwijnt. Daarbij bestormt hem het snijdende verdriet, rouwverdriet, om worgend gemis van iets, iemand. Als afvalvocht klettert hij door buizenstelsels die hem lozen, in diepten, putten, schachten, waar stank is opgestapeld en hij eindeloos blijft vallen.

'Uw veter is los.' Pearlene zakt voor hem neer.

Hij zet meteen een stap achteruit, stel je voor. Hij kan zelf de knopen van zijn hemd, de rits van zijn broek, zijn schoenveters beheren, hij heeft daar geen assistentie bij nodig, van ziekenhuisvrouwen niet, Eva niet, Mittra niet, hij slaat iedereen met de opgerolde krant van zich weg. Leentje staat hij uit liefde niet toe dat ze voor hem knielt, hij zou voor haar willen knielen.

Zijn benen buigend om de veter te kunnen strikken slaat hij voorover. Boven op haar. Zij klapt met een schreeuw, in zijn oor, ruggelings tegen de tegels met keizerlijke leliemotieven, zijn stokkerige lijf languit over zich heen, zijn hete zweet als ijskoude spatten in haar gezicht. Neerstortend tussen haar knieën botst zijn schaambeen op het hare, voelt hij haar tepels tegen de zijne, zijn wang schampt haar wang en slaat tegen de vloer.

Wat mij hier in alle eigenlijkheid overkomt, is het

vonnis voor mijn kledderige bestaan. Waarom, dit denkt hij achteraf, niet nu meteen gestorven, nu hij haar lichaam onder zich voelt, zijn armen raar verstrengeld met die van haar. Hij stottert al verontschuldigingen op het moment dat hij zijn evenwicht verliest, waarbij er iets kraakt in zijn kleren en er iets gebeurt met zijn knie.

'Sorry. O godjezus!'

Alsof hij in een tuin terechtkomt, appeltjes, die geur. In golvend gras of sneeuw die meeveert als een donsdeken. Die sneeuw is rood.

En wat, allemaal achteraf gedacht, ruikt tegelijkertijd zij van hem, die landt op haar blote buik, het T-shirtje opgekropen tot over de aanzet van haar borstheuveltjes, die uit amper meer dan aanzet bestaan, wat hij in zijn Icarusval scherp waarneemt, ook het lapje van de string tussen haar wolkwitte dijen. Natuurlijk slaat haar zijn lucht van vermolmd mens in de neus, de odorant van zijn verschraalde aftershave, die nu ook tegen haar wang plakt, zijn kleffe zweet en oudemannenadem.

In één spartelbeweging weet ze hem van zich af te rollen, hij wentelt een paar keer over de lelies, zijn knie! zijn stuit! Helga is door zijn hersens geflitst. Helga's meurende lijf te midden van potten en flessen medicamenten die als heksenkringen rondom het bed stonden.

'Shit hee!' De geliefde is tot zitten overeind geveerd. Wrijft haar lichaam. Realiseert zich de snipperigheid van haar kledingstukjes en hoe ondecent ze erbij zit in het gefocuste spiegellicht, – het biedt de oude een scherp beschenen zicht op de geheime atol, verboden te betreden, mystieke schelp, verboden uit te drinken, bron van troost, verboden in te baden.

Het strookje textiel in haar kruis heeft de glans van ivoor, gelukkig is zijn bril op zijn plaats gebleven. Het heeft zich strakgetrokken tussen de huidwelvingen, waarvan het haar is weggeschoren. Wat een jammerlijk gebruik in deze tijd.

Zij springt op en trekt de benedenzomen van haar kleertjes omlaag. Zijwaartse spastische bewegingen met haar bovenbenen, – waarschijnlijk schrijnt de string.

Ook hij kreunt zich moeizaam omhoog en stelt vast dat hij met zijn knie door de winkelhaak in zijn broekspijp is gestoten, daar is nu een scheur ontstaan.

Uiteraard acteert hij dat hij niet heeft gezien wat hem nu eenmaal niet is ontgaan en doet ook zij of ze niet heeft gemerkt waar zijn ogen waren, korter dan seconden, al kunnen in seconden werelden ontploffen.

'Shit hee! Wij doen niets anders dan op elkaar klappen.'

'Het spijt me. Sorry. Nu heb ik ook jou pijn gedaan. Wat ben ik toch een, hoe kan ik het goed maken, ongedaan maken (dat kan natuurlijk niet), wat kan ik.'

De woordenmagister vindt geen woorden. Wat stelt hij nu eigenlijk helemaal voor, hij die loopt te piekeren over eigenlijk. Kijk hem daar staan, zijn ontreddering en schaamte, knie als een obsceen uitstulpsel in de pantalon van zijn kleermakerspak, hij staat te stomen van zweet, dat van zijn gezicht en vingers lekt.

'U bent helemaal nat. Of u met al uw kleren aan bent gaan zwemmen.'

De laatste overlevende van de Titanic, compleet met het panfluitmotief uit de film. Door de branding uitgebraakt, vindt de drenkeling zichzelf terug in gloeiend hete onbewoondheid, onbegroeidheid, een tot achter de eeuwigheid zich uitstrekkend strand van krijtpoeder en glasgeglinster waar zijn voetsporen in achterblijven, maar eerst moet zijn veter geknoopt.

Dus knielt hij. Op die blote knie. En al trekt hij er niet eens krachtig aan, de veter breekt, en in zijn knie boort zich een glassplinter, nu zitten er ook nog bloedvegen aan zijn knie, vingers, kleren. Hoe zou u willen worden herinnerd, meneer Hammer?

'Ik breng u terug naar de boot.' Leentje hijst hem overeind.

'Nee kind, sorry, dank je, ik red me wel, ik red me al tachtig jaar, je bent lief.'

'U kunt zo niet blijven rondlopen. U moet zich aan boord wat opknappen.'

'Ik ga niet terug naar die schuit. Ik ga naar huis.'

Hij neemt haar gezichtje in zich op. De verliefdheid van al die jaren, geuren uit eeuwenoude bladerkronen, nooit weg geweest, nu verhevigd, nu verdefinitiefd. Hij maakt een dia van haar, vóór in zijn gedachten, waar ze nooit meer kan vervagen, zie je dan niet dat ik van je houd. Tegelijkertijd denkt hij, beseft hij, betrapt hij zich erop dat hij wel degelijk denkt aan wat zij tussen haar benen koestert en hij heeft aanschouwd toen de wereld ontplofte. Daar heeft hij ook een dia van gemaakt. Hier! moet u het onthouden, meneer.

Vermoedt zij waar zijn gedachten zijn, maakt haar dat misschien verlegen? Zij heeft het karakter niet voor zulke verlegenheid. Ze staat haar benen te bewegen als een trekpop, het koordje van haar ondergoedje zit nog steeds niet lekker.

Ze moet nu echt weg, het filmgezelschap achterna, ze heeft een afspraak, hij moet haar niet kwalijk nemen.

'Natuurlijk niet, Leentje, laat je door mij verder van niets weerhouden.'

'Pearlene heet ik.'

'Welja, lieverd, sorry.'

Lieverd. Zo heeft hij haar nooit genoemd, nooit gedurfd, niet hardop in ieder geval.

Hij merkt op dat haar ogen steeds anders van kleur zijn. Daar zal hij verder tot zijn dood over blijven mijmeren, dromend of klaarwakker, in berusting verlangend naar dingen die nooit worden vervuld. Hij ziet aan haar, haar stralende ogen, dat ze gelukkig is. Afspraak met wie, met die Rich, een andere welgeschapen jonge vrijer? Waar? In Napoleons geboortebed? Zou de oude Hammer niet toch voor één dag, de helft van een dag, een paar uur weer achttien willen zijn, zijn pik recht zo die gaat als een scheg door de golven? Van de povere dingen die hem nog resten is deze het verschrikkelijkst: *angst*, metterjaren verdicht tot een nachtzwart gordijn, wat bevindt zich daarachter? De eik waar de wind in woelde is opgevreten door houtworm en life is but a walking shadow, – onthouden uit het klokkenboek van opa Oldorff.

Dit is de laatste keer dat hij haar heeft ontmoet, dit is voor het laatst dat hij haar nog mag zien, zoals ze weghuppelt, vrolijk, de zon in. Dat zware verdriet is in hem gebleven, er steekt een bandjir op en nergens land in zicht. Die spanning in zijn strottenhoofd weer, als hij die niet krachtig weet weg te slikken, zullen de waters naar zijn ogen stijgen, stel je voor. Nooit meer sedert die dag, zijn moeder, het bombardementsgedaver in de keuken.

In de stralende deurlijst kijkt ze nog even over haar schouder. Steekt haar handje op. Waaiert met haar vingers terwijl ze weer voor zich kijkt, verdervlindert, verdwijnt als een visioen in haar glazen bol.

'Bye bye.'

Dit hoeft hij niet te onthouden omdat hij het al eerder heeft onthouden.

Er warrelt stof waar ze loopt en heeft gelopen. Dat is de materie waar herinneringen uit bestaan.

Nadat hij haar verzen door het lokaal had gegooid en haar was achternagegaan tot in het park. Daar zag hij haar driftig hannesen met kettingen en hangsloten waarmee ze haar fiets aan de paal van een verkeersbord had verankerd.

Zo jong was hij nu echt niet meer, dat hij nog in staat zou zijn te rennen zonder te hijgen, waardoor zijn stem een fluiterige bijklank kreeg:

'Juffrouw! Pierliene!' Hoe heette ze in godsnaam ook weer, terwijl hij vannacht haar dichteressennaam nog langs zijn verhemelte had laten krullen als zoete walm. 'Zo heb ik het niet bedoeld. Luister even. Laat me even iets zeggen. Stel me in staat alstublieft. Sorry. Ik heb me honds gedragen. U iets aanbieden, je, misschien, kopje thee of zo glas witte wijn.'

Hammer de geweldige. Hammer de mentor sapiens. Met zijn vingertoppen draaide hij een virtuele krul in zijn snor die er niet meer was. Wat bezielde hem. Hoezo vragen wij ons dat af.

Dat hij naar het parkpaviljoen wees, om daar berouwig-nederig met haar neer te strijken, al zat het daar weerzinwekkend vol, dat hij zijn handen uitstak in bereidheid haar te helpen bij haar geagiteerde bezigheid, al had hij nergens verstand van, zag ze niet, ze keek niet eens. Met een snuifgeluid besteeg ze de fiets, die een herenmodel bleek te zijn, niet door haar been achterwaarts over de bagagedrager te werpen, haar dichtwerk opgerold onder de snelbinder, maar door het, haar knie voor haar borst langs, over de stang te manœuvreren. Ze zette er meteen vaart in, hoofd in haar nek, nog even opwippend, middelvinger als een minaretje naast haar wang.

'Fuck you! Bye!'

Kervend besef van dood en voorbij, dat niet luwt. Na zijn moeder nooit meer een vrouw voor wie hij nog affectie heeft gevoeld, ongeacht de honderd of meer in zijn achtereenvolgende bedden, het is maar vocht, het is maar een soort heilgymnastiek, vroeg of laat beginnen ze te stinken. Nooit meer tot nu:

Leentje.

Voor het eerst in zijn leven, in het laatste kwart daarvan, weet hij wat dat is, verliefdheid, liefde, verdomd, hij is verliefd in de gutsende zon en zijn angst die bij deze gewaarwording hoort, bestaat eruit dat het voorbijgaat.

Dat hij zal sterven.

Ditzelfde denkt hij nu hij haar opnieuw in klaterend licht ziet verdwijnen, haar smalle rug, dat handje. Ze stapt de straat op en is weg tussen de slenterende lichamen, of ze is opgezogen in een vloed van zielen, waarheen zijn die op weg met hun lawaai, ijs likkend, in worsten bijtend, elkaar toeschreeuwend over het gebrul en gedaver heen dat uit helse versterkers komt en de atmosferen splijt.

Ik zal je zoeken, liefste, aartsbeminde, ik wring me alle duizenden trappen voor je af om je uit de Hadesdiepten te bevrijden. Daarna al die trappen weer op met mijn korte adem, dat wordt mijn dood, maar jou zal ik hebben teruggehaald. Ik sta niet toe dat je er niet bent.

Op de schoen met de stukgetrokken veter, die van zijn voet dreigt te glijden, is hij naar de rolstoel geschuifeld, waar hij zich neerlaat op het gat in de zitting. De veter is op twee plaatsen gebroken, hoe krijgt hij de stukken aan elkaar geknoopt met zijn tremorvingers, terwijl de bril voortdurend over zijn neus omlaag schuift. Een gedistingeerde platte veter, maar door de klunzig gelegde knopen laat hij zich niet meer door de ogen in de schoen rijgen en breekt opnieuw, op een andere plaats.

Hammer verzinkt in peinzen, dat even verrafeld is als de stukjes schoenkoord in zijn handen, hij werpt ze van zich af, vouwt zijn lichaam voorover, schouders slap, ellebogen op zijn knieën, waar zijn ene broekspijp is gehavend. Zo peinst hij en knijpt er zijn ogen krampachtig bij dicht.

'Asterix op Corsica!'

Het mens in de wijde nopjesshort met haar etterkleurige bril. Strohoed met Hollands bolgewas boven het verschroeide gezicht met witte vellen als afschrabsel van bedorven vis. Op straat in de deuropening, haar vuisten in de zijkanten van haar lijf, staat ze te grijnzen, in de boog van haar ene arm een karbies, waar halzen en met ijzerdraadjes omwikkelde sluitdoppen van flessen uit steken.

Sigaartjes. Weer doet ze hem eraan denken dat hij aan een nieuw doosje moet zien te komen. Niet dat hij nu wil roken, gelet op het bonzen tegen de binnenkanten van zijn slapen. Of daar hamers bezig zijn. Achtenveertig uur taakstraf voor deze harpij.

Een rechter mag zijn vonnis nooit laten beïnvloeden en zeker helemaal nooit laten afhangen van zijn aversie tegen de persoon, het optreden, de bril of het broekdessin van de verdachte, – als schrijver zou hij met de typering van het wijf wel raad weten. Maar zoals hij al lang geen rechter meer is, schrijft hij ook eigenlijk niet meer.

Wie zegt dat, hoezo eigenlijk, hij schrijft nog iedere dag.

Hier betekent eigenlijk zoiets als nu ja, dat schrijven van hem, hij is nog wel bezig, maar de bevlogenheid van vroeger blijft achterwege. Hij is moe, de kannen raken leeg, zijn hand met de eeltknobbels beeft te heftig, maar dat hij als het ware helemaal niet meer zou schrijven is onwaar en dus in tegenspraak met de grondbetekenis van het woord.

Eens schrijver, altijd schrijver en als hij peinst, peinst de schrijver maar over één zaak: de tekst waar hij aan bezig is. Heden is dat de exacte betekenis van eigenlijk.

'Zit u prettig zo op het gemak. Uche uche', roept het karonje.

Haar hatelijkheid slaat een echo tegen de muur achter hem, gelijktijdig weerkaatst het gehavende zaalgewelf haar stemgeluid, – de tulpen en narcissen op haar hoofdbehuiving bewegen als in Hollandse polderwind. Dan klinkt het tegen elkaar slaan van flessen:

Ze moet opzij springen om niet te worden aangereden door een plofferig soort motorfietsje, waarvan het achterspatbord heen en weer zwaait als een staart, de karbies zakt van haar arm, ze weet hem nog te grijpen. Bij haar bewegingen zien wij haar benen van lobbig deeg, blauw dooraderd.

'Ik ken dat serpent', zegt Leentje, die haar helm afzet, waarschijnlijk een artefact uit de oorlog van 1870.

Op het sputterende hobbelpaard is ze joelend, tandjes bloot, de zaal in gereden.

'Een gravin of zoiets, zo noemt ze zich tenminste. Is op jacht en neemt lovers mee aan boord, die ze ervoor betaalt, geld groeit tussen haar verslenste tieten. Iets voor u, ze staat zo te flirten?'

'Daar ben je opeens toch weer terug', brengt hij uit. 'Waar heb je dat brommertje vandaan.'

'Brommertje? Dit is een Vespa ja! Een echte. Een oldtimer, net als u. Deze is uit de jaren vijftig.'

Ze beschikt in iedere haven over een eigen vervoermiddel, vertelt ze. Een afgetrapte fiets in Marseille, een deux-chevauxtje met gescheurd dak in Palermo, waar iedereen in een Fiat Bolhoed rijdt, hier deze Vespa, die is geld waard hoor, maar ze heeft hem bijna voor niets gekregen van een geitenmelker ergens in de toendra's van dit eiland. Ze liefkoost het stuur, waarvan een der achteruitkijkspiegels als een verlamde arm neerhangt.

Hammers blik schampt opnieuw het fragmentje

ivoortextiel in het diepst tussen haar dijen. Haar ene voet staat op de bodem van het motortuig, de andere op de lelies ernaast, terwijl ze op het zadel is blijven zitten, het rokje opgeplooid naar haar liezen. Hij twijfelt of ze het erom doet, hij gelooft niet dat ze het erom doet, wat sta je je in te beelden, zwetend karkas.

'Ik kom nog even langsgetuft voor dit.' Ze toont een handgrote veiligheidsspeld, rood, van plastic, opgediept uit het rafeltasje aan het stuur. Ze wijst naar de scheur in zijn broekspijp. 'Wacht, ik doe het wel even.'

Ze stapt af terwijl haar verveloze trots wolkjes blijft uithoesten en buigt zich over zijn been. Hij voelt haar handen de broekstof bijeenrimpelen en de veiligheidsspeld erdoorheen prikken. Waar, mijn jeugd, zijt gij toch heen. Wat fantaseert hij, zijn hersens bonkend van pulserende lichtspatten, wat denkt hij nog te willen met zijn bevende ledematen en krimpende aars.

'Dank je, kind.'

Opgestaan, ziet hij zichzelf in de spiegel terug en is hem duidelijk waarom de heks met de flessen, die in de rechthoek van de deur op straat is blijven staan, in honend gekraai is uitgebarsten: daar staat hij in besmoezeld en gekreukt klam wit met een centimeters lange veiligheidsspeld op zijn knie.

'Circus Sarasani!' roept ze. 'Potsenmaker Puf betreedt de piste.'

Hammer, die zeker weet dat ze stinkt, keert haar zijn rug toe, waar zich een vochtplek in zijn jasje aftekent, misschien ook op zijn achterwerk, daar plakt de pantalonstof tegen zijn zitgedeelte. Hij wil diep ademen, maar heeft er te weinig lucht voor, hij begint te kuchen, dat overgaat in kokhalzend hoesten, hij moet zich vasthouden aan de Vespa, die uitlaatwalmen in zijn gezicht blaast, zijn voet glipt uit de schoen, opeens wordt alles wit. De nattigheid in zijn gezicht: zweet, speeksel, uit zijn ogen gutsend vocht. Die vettige onsmaak in zijn mond, vermengd met de stank in zijn neus, is dat gal, de wrangheid van een heel leven dat uiteindelijk is tegengevallen, eigenlijk. Stinkende smaak van verdorring. Als van verwaarloosde orchideeën. Als van bittere bloemen.

'Steek vooral nog een sigaar op!' krast het secreet.

Opsluiting gedurende de rest van haar leven. Hamertje. Tik!

Hij kalmeert alweer, zijn adem herneemt zijn regelmaat, waar is zijn schoen, hij stoot zijn teen, veegt met beide mouwen zijn gezicht droog, maar zijn ogen blijven mistig. De scheefhangende veiligheidsspeld aan zijn been, – hij associeert die met de schuine signaalstreep door de smeulende sigaret op de verbodsborden. De sprietige cigarillootjes, die hij niet meer mag opsteken waar anderen er getuige van zouden kunnen zijn, hebben een buitengeslotene van hem gemaakt, zoals hij zich in een ander opzicht al verstoteling voelt sedert de ouderdom in zijn vel is getrokken. Eva verstopt zijn rokertjes en trouwens ook de cognac, waar hij het mondstuk van het sigaartje in bevochtigt. Geen rook en drank in haar bijzijn, ze houdt alleen van kunst, en pa, ik vind dat je hier niet langer op je eigen kan blijven wonen, we moeten gaan uitzien naar een deftig verzorgingstehuis.

Hm? Heb je dat Cranachje nog?

Dat bracht hij soms zomaar weer eens ter sprake, zijn dochter krijgt er vlekken van in haar hals.

Ze wil van me af. Het huis is leeg, nu moet van haar de adem er nog uit. Waarschijnlijk betreurt ze dat men hem in het ziekenhuis met stroomstoten door twee strijkijzers op zijn ribbenkast opnieuw tot leven heeft gewekt.

Ontredderd kijkt hij Leentje aan. 'Ik zie er inderdaad uit als een clown.'

Met haar voet tikt ze de op zijn zij gevallen schoen recht, zodat hij er weer in kan stappen met zijn zere teen. Sok, even rood als de speld, plakt tegen de vloer, laat er een vage vochtafdruk op achter, glijdt niet meer makkelijk de schoen in en deze valt opnieuw van zijn voet zodra hij, licht hinkend, een stap heeft gezet.

De vrouwelijke demon in de noppenbroek is uit de deurlijst verdwenen, maar nu is het Pearlene die begint te giechelen, ze kan er niks aan doen, hikt ze, en dat háár van u, het staat alle kanten op, heeft u geen kammetje.

'U moet nu wel terug naar de boot voor een andere broek, dit gaat zo niet, het is geen gezicht. En ze hebben daar ook wel een nieuwe veter ergens.'

'Ik heb geen andere broek bij me.' Wel een aantal wufte onderbroeken, een ervan bedrukt met bonte postzegels waarop de afbeeldingen van exotische vogeltjes. Dit zegt hij natuurlijk niet. 'Deze pantalon is de enige waarover ik alhier beschik.' Hij veegt zijn handen af aan zijn hoofd, denkt hij daar zijn haar mee in orde te brengen?

'Aan boord is een naaister voor gevalletjes als dit.'

‘Mevrouw de waarzegster,’ spreekt Hammer, ‘ik ga niet naar dat idiotenschip terug.’ Hoe verdrietig ik het ook vind jou daar niet langer in mijn nabijheid te weten. Ook dit laat hij onuitgesproken. ‘Ten oosten van deze lawaaiige bonapartistische nederzetting is een vliegveld, zoals ik onderweg op plattegronden heb gezien. Ik ga terug naar mijn stilte.’

Hier rijst het beeld van de leeggehaalde kamers op. Zijn uitgewoonde crapaud onder de leeslamp en de definitieve versuffing. Wees eerlijk, Hammer, raak je in die stilte van je echt je pen nog wel eens aan, anders dan voor het invullen van betalingsformulieren, wat ook al uit olimsdagen stamt, want bankzaken doe je allang per computer pa, waarom heb je geen computer.

‘Mijn bagage en zo moet dat scheepsbedrijf mij maar nasturen. Als dat niet gebeurt is het ook goed. Wat heb ik tenslotte nog helemaal nodig.’

‘In ieder geval een andere broek.’ Leentje heeft beleefd geprobeerd het proesten te onderdrukken, maar het spettert uit haar weg zoals het gas uit haar scootertje. Dat omkringelt haar benen en klautert er als nevelgeesten tegenop. Al ziet hij haar verwazigen als een godinnengestalte bij Ovidius, Hammer begint mee te lachen.

Dat hij dat nog kan! Hij dacht dat lachen hem ook was ontnomen, zoals een na een al zijn vroegere lichaamsmogelijkheden. Kijk eens aan, wij zien zijn tanden, dat wil zeggen de implantaten van duizenden euro’s, zijn eigen tanden zijn dat natuurlijk niet meer, zoals hij ook zijn eigen heup niet meer heeft en links zijn scheenbeen is vervangen door een ijzeren stang. Het licht weerkaatst in zijn dure gebit en het verleent hem waarachtig iets jeugdigers, van uit de tijd dat hij al zijn haar nog had, zwart, met een dartele glans erover en hij iets weg had van Rudolph Valentino met de hypnose-ogen. Als je hem toen zou hebben gekend, Pearlene.

'Er zal hier wel een kledingwinkel zijn te vinden', veronderstelt hij. 'Ik kan niet langer beslag op je leggen, jij hebt haast en moet je vriend achterna.'

'Vriend?' Ze schudt haar korte haar. 'Heb ik een vriend? Dacht het niet.'

'Sorry, waar bemoei ik me mee', stamelt hij.

Zijn kleren aftastend zoekt hij zijn portefeuille, heeft hij wel de middelen bij zich om een Corsicaanse broek te kunnen betalen.

'Links in uw jasje', zegt Leentje, die tevoorschijn treedt uit de haar omwalmende gassen. 'En ja, u heeft meer dan voldoende bij u, veel te veel als verstandig is om zomaar mee rond te lopen in een kapersnest als dit.'

Zijn witte wenkbrauwen, zulke verbazing drukken ze uit, lijken van zijn hoofd te zullen wegwaaien.

Ze informeert: 'Heeft u na uw siësta nog geld uitgegeven, aan boord, hier aan de wal?'

Dat heeft hij niet. Hoezo.

De clairvoyante openbaart in trance: 'In de zwarte marokijnleren portefeuille met verstevigingsstrip van zilverkleurig metaal, welke u aan de zijde draagt waar zich uw hart bevindt, zie ik zeven flappen van vijftig euro, drie van twintig, een flapperdeflap van tien en drie van vijf. Controleert u waar iedereen bij is de juistheid van mijn waarneming, taraboems. U bezit ook nog een laddertje bankpassen.'

Geen engelendons aan haar schouders en armen, die ze uitgespreid heeft opgeheven, – toch is ze in het knallende licht, omwolkt door witte damp, naar Hammers besef als een wonderverschijning uit nooit beschreven werelden. Louter belazerij, maar hoe flikt ze het. Door alle waters gewassen en nog zo argeloos naïef? Wij vinden dat aandoenlijk. Welke kleur hebben haar irissen nu, waarin goudstofjes wervelen.

'En het tweede compartiment van uw papierenbundel bevat ter linkerzijde uw paspoort, tussen de voorste bladzijden daarvan een papiertje met twee lange telefoonnummers, voor het ene staat Eva, voor het andere Pa. Ter rechterzijde uw rijbewijs. Dat is al langer dan tien jaar verlopen.' Na een berekende stilte, haar toneelstem triomfantelijk: 'Heb ik dit alles correct en tevens juist, uwe hoogedelheid?' Buiging. 'Dank voor uw bedwelmende applaus, waarmee u mijn bescheiden prestatie al te gul beloont holadijee tjing tetteret!' Daar zegt ze nog achteraan: 'Het is een gave.'

Hammer grabbelt naar zijn hart. 'Merkwaardig,' zegt hij, 'dat ik mijn portefeuille anders in mijn binnenzak aantref dan ik hem er altijd in steek.' 'Mijn rechterhand', demonstreert hij, 'pakt de portefeuille bij de rug, die naar het borstbeen is gekeerd, zo pleeg ik hem op te bergen, en nu zit hij andersom en grijp ik de zilveren strip. Raar. Bovendien stop ik het ding nooit ondersteboven in mijn jasje, zodat de bankpassen niet eigener beweging uit de vakjes glibberen, zoals nu gebeurt, mevrouw, ziet u wel. Maar het valt me mee dat je hem in ieder geval links hebt teruggestopt en niet in de rechterbinnenzak, zoals mijn werkster deed, die ik zo betrapte dat ze er geld uit had ontvreemd.'

Nu hij opnieuw heeft ontdekt hoe hij moet lachen, lacht hij nog maar eens. 'Ik sta paf van je doorborende blik. Door mijn kleren heen, door een lederen portefeuille heen zie je misschien ook door mijn ribben heen mijn hart. Hoe het voor je klopt. Van bewondering.'

'En het nummer van uw deurkaart is A eenentachtig', giebelt ze.

'Die heb ik dus niet meer nodig', reageert hij, maar controleert toch of die kaart nog op zijn plaats zit, hij kan met de pochet uit het bovenzakje zijn getrokken. De heer Hammer is een neuroot.

Dat met die werkster, niet Mittra, zal nu zo'n jaar of veertig geleden zijn geweest. Ze heette Trudie of zoiets en betoonde zich aangenaam enthousiast in bed tijdens het woensdagse verzetje tussen de middag als hij even thuis was van rechtbank of parlement. Ze jatte ook overhemden, voor haar man, en dingen uit de ijskast.

Pearlene staat nog steeds met haar armen zijwaarts omhoog, of ze zich uitrekt, zijn ogen zuigen zich vast aan het glinstertje in haar navel. In dezelfde houding stond hij een aantal dagen geleden in Parijs, vlieghaven De Gaulle, voor de bodyscanner en zag hij zijn lichaam weergegeven als op een glazen lijkwade. Elektronisch licht dat hem van voor en achter doorschouwde tot onder zijn huid, of hij geen wapens bij zich droeg of drugs in zijn ingewanden, zoals Leentje met haar ogen dwars door portemonnees en portefeuilles heen zebra's ziet en geldbiljetten tot op de euro nauwkeurig.

'Daarom vroeg ik u of u ondertussen misschien iets

had betaald, dan zou ik de aantallen flappen en hun waarden niet precies meer hebben kunnen opnoemen.'

Zoals de controlescan hem doorlichtte tot in zijn geweten, zo staan beiden elkaar in de ogen te kijken, glimlachend tot in de ernst van elkaars gedachten, secondenlang, wat lang is voor dergelijke blik.

Zij kijkt het eerst weg, laat haar armen zakken en beweegt haar handen over haar frêle lijfje, heel even omkaderen ze het sieraadje midden op haar buik, – natuurlijk ziet zij dat zijn blik daar niet van loskomt.

‘En dan zit er ook nog een geheim afdelinkje in uw portefeuille.’ Ze zit weer op het invalide motorfietsje. ‘Een ritssluitinkje in de vouw van het voorste compartiment.’

‘Heb je dat ook met je helderziende steekneus onderzocht soms?’

‘Het ritsje is vastgeroest. Is deze waarneming eveneens conform de feiten? Dank u, dànk u.’

Ritsje.

Hoe lang heeft hij de portefeuille al, sedert toen is dat ritsje niet meer open geweest, maar door het soepele leer heen is voelbaar, met zijn duim, iemand anders voelt het niet, wat het geheime vakje bewaart. Hoe vaak schaft een mens een nieuwe portefeuille aan, niet bijster vaak, en gooit hij dingen uit het afgedankte exemplaar weg. Hammer heeft het nooit weggegooid, maar het in zijn hand nemen en ernaar kijken doet hij ook nooit, tenzij om de vijftien of zulk aantal jaren bij het inrichten van een zoveelste portefeuille, die altijd van een verborgen bergplaats achter zo’n ritsje moet zijn voorzien.

Hij was veertien en raapte het op uit de ravage. Hij stond te schreeuwen van het janken tussen de weggeblazen muren, de resten daarvan, waartussen vlammen omhoogschoten, boomstammen van zwarte rook, de gedeukte beschuitbus, de fluitdop van de fluitketel, pannen, suiker, partjes peren, alles bewoog door de lucht, scherven van aardewerk en serviesgoed en van het keukenraam, waar vlokkerige regen door naar binnen sloeg, toen stortte het plafond in, toen verdween het aanrecht in de vloer als een schip, waar zijn moeder nog had staan neuriën bij het wecken van de peertjes en daar de kraan bij liet lopen, die bungelde nu aan een uit de ruimte stekende verborgen ijzeren pijp en bleef lopen.

'Ja', antwoordt hij, voor Leentje zijn glimlach, gestold, handhavend. In zijn binnenzak drukt zijn duim op de plaats in het leer waar het aandenken zich bevindt als een reliëf in braille.

'Ik kan u zo niet aan uw lot overlaten.'

Ze heeft gas gegeven en lijkt al opnieuw te zijn vertrokken, de helm weer om haar hoofd, als ze haar roestmobiel toch nog inhoudt, haar voeten aan weerskanten ervan schrap tegen de vloer.

'Waarom niet kind.'

'Ik zou me schamen.'

'Ik moet me schamen voor jou', reageert hij. 'Al acht ik schaamte een zinloze emotie, evenals spijt, die er doorgaans op volgt.' Vertel de oude Hammer wat.

Het is onzeker of ze hem verstaat bij de explosies van het motortje, – waar veel rook bij vrijkomt.

'U bent nu eenmaal u', hoort hij haar roepen. Wat bedoelt ze daar nu mee. Dat hij een kleuter is in oudevandagengedaante, wereldvreemd met zijn vijf delen volkenrecht, politieke memoires, die de wrevel van ijdeltuiten in die kringen hebben opgewekt, eigenzinnige essays, polemische commentaren, zijn met prijzen overladen poëzie en romans, een stuk of dertig, alles thans in de vergeetput? Een mens zou omstreeks zijn zestigste gezellig moeten overlijden.

'Het gaat heus wel, Leentje', roept hij terug, voet in de schoen, voet uit de schoen, hij bukt zich en neemt de schoen in zijn hand. Hoestbui van de wolken uitstootgas. Auschwitz op Corsica. Zijn vader heeft Belzec overleefd.

'Pearlene is de naam, uwe excellentie doctor professor zeer geleerde hoeheethet met uw uiteenzettingen over geheugen en zo. Wat als ik u figuurzaag zou noemen in plaats van hamer?'

'Culpa.' Borstklop. 'Sorry.' Almaar sorry. Gelukkig lacht ze. Hij met zijn schoen, zijn speld, zijn doorweektheid doordat het zweet als knikkers uit zijn vel puilt, over zijn bril druipt ook, waardoor hij brandende mist voor zich ziet, zon als door dweilerige vitrage, het vocht zakt van de glazen over zijn wangen. Tränentroddel. Weer met zijn mouwen veegt hij zijn gezicht droog, de brillenglazen verhelderen niet door ze langs het colbert te wrijven, zodat hij even om zich heen tast. In de wazigheid voelt hij haar handje.

Ze leidt hem naar zich toe, waarbij hij opnieuw zijn teen stoot, dezelfde, aan hetzelfde uitsteeksel of iets dergelijks van de Vespa. Dat het haar handje is, zou hij ook weten als zijzelf nu niet in zijn nabijheid zou zijn, – hij ziet haar alsof ze uit cellofaan bestaat, zoals in zijn dag-en-nachtdromen tot in zijn coma toe, altijd hallucineert hij dat ze dematerialiseert. Nu komt ze juist uit vaagten tevoorschijn nademaal hij haar nadert aan haar hand, zijn ene been iets korter dan het andere, zij heeft zijn pink beet, waar een van haar vingers omheen sluit als een ringetje. Zoals die keer. Daaraan voelt hij uit tienduizendmiljard voelsels, voelingen, voelervaringen dat het haar hand is.

Hoewel het geheugen de schatkamer van het kunstenaarschap is, zoals hij zelf betoogt, naarmate hij bejaarder is geworden verdwenen uit zijn herinnering de verbanden, zijn geheugen reproduceert alleen nog momenten, die hij scherp voor zich ziet, maar te snel en te vluchtig voor samenhang, – het geheugen als anekdotenboek.

Hier is zo'n moment:

Bij de administratie van de schrijfschool had hij haar adres opgevraagd. Ze stond ingeschreven als Pearlene, geen achternaam, die kent hij trouwens nog steeds niet. Als adres had ze dat van het winkeltje opgegeven, waar ze drie dagen in de week werkte. Van dat baantje had ze tijdens de eerste cursusbijeenkomst verteld bij de kennismakingsronde, die toch algauw de helft van de lesduur in beslag had genomen, wat weer prettig had gescheeld.

Hij had er geen zin in, wat interesseerden hem de antecedenten van het laptopvolkje, de aanstormende nieuwe generatie schrijvers en dichters die laat maar verder, Hammer, krassende krijtpijp, wind je niet op vanuit je afschilferende middeleeuwen, – maar het meisje met die naam en de nachtogen bracht iets goetheaans in hem teweeg, een hoogromantische liefdesvertedering, bekend uit achttiende-eeuwse Europese literatuur en muziek, door hemzelf ook wel eens beschreven in een verzonnen roman, maar dat hij nooit eerder in zijn eigen gemoed had ervaren. Dat is ze! Er kwam een wielende wind in zijn hoofd, waarin stemmen het herhaalden. Zij is het! Daar is ze! Waar was ik, wat deed ik toen zij werd geboren. Ik zal je alles, àlles geven.

In zijn auto, die hij toen nog had, is hij dat winkeltje gaan zoeken. Op zijn leeftijd. Voor een kind van zowat zeventien. Aan een zijgracht, tussen ruïneuze kraakpanden, het stonk er. Hij kon het straatje niet in met zijn Volvo en had geen muntgeld voor de parkeermeter verderop. Waren die er toen al, parkeermeters?

Het winkeltje heette Arcana, de ruit voor de kleine etalage vertoonde een barst over de hele oppervlakte van linksboven tot beneden aan rechts en werd gespalkt door houten latten, in de schemerige uitstalruimte lagen in golvende lijnen tarotkaarten gerangschikt. De keizer. De hogepriesteres. De man met de beker. De wereld. De triomfwagen. De idioot. De gehangene. Het skelet met de zeis op een wit paard. Aan de binnenzijde van de ongewassen winkeldeur hing een bordje: GESLOTEN.

Liefdesonrust, hem voorheen onbekend, bedwelmend als de geuren van duizend soorten orchideeën. Belachelijk, zoals hij met zijn voorhoofd tegen het etalageraam bleef leunen en er zwaarten in zijn benen zakten. De ruimte achter de etalage bestond uit massieve bruine duisternis waar zijn ogen in doodliepen. Hij drentelde het grachtje af en aan de overkant terug. En nog eens. Waar ben je, waar ben je heen.

Zo dagen achter elkaar, waarop het winkeltje gesloten bleef, verliefde gek, altijd verse bloemen bij zich.

Toen kwam de dag. Het motregende, maar de temperatuur was zoel, het bordje vermeldde opeens OPEN en hij beefde. Zijn keel zat dicht, al kon hij nog wel slikken, van angst, maar dit leek ergens in zijn darmenstelsel plaats te vinden, waar iets verschoof. Uitgerekend vandaag geen bloemen bij zich, alleen zijn paraplu.

Zij zat met haar tengere rug naar hem toe aan een tafeltje en reageerde niet op het dunne geklingel van het winkelbelletje. Het was er niet groter dan een huiskamer, overvuld met toverboeken, kristallen bollen, piramides en dodecaëders van geperst glas, schietloden, pendels, magische stenen, wichelroeden, sterrenkaarten. Hier en daar een schemerlamp met vleeskleurige ribbelkap, – het bekleedde de locatie met onwezenlijk schijnsel, zonder schaduwen, daarin bewoog geurige nevel van wierook.

Hij keek naar haar schuimblanke nek met de karteltjes van het korte jongenshaar, gebogen naar het tafelblad, in ritselende stilte, die niet werd verstoord, hoe vertederde hem haar stille gestalte, terwijl hijzelf inwendig daverde en zijn bril besloeg van het hartstochtelijk eerbiedig kijken.

Ik wist dat u zou komen, zei ze opeens toen hij daar al minuten stond, haar gezicht niet afwendend van wat voor haar op het tafelblad lag.

Hijgend begon hij te ademen om uit te brengen wat hij zijn leven lang nog nooit en voor niemand uit zijn mond had gekregen: Ik kom me nogmaals excuseren. Voor mijn botte optreden. En of je me zou willen vergeven, Leentje. Hij de ex-magistraat met de hamer, thans vervangen door een natte paraplu, hij zoals hij eens was tijdens kamerdebatten, kromde zich onder zelfbeschuldiging en verzocht met nederige stem pardon van een winkelmeisje, maar zij was dan ook zijn zielsgeliefde, eerste liefde, enige liefde in zijn inmiddels toch tamelijk gevorderde bestaan, ik bewonder je, ik houd van je. Dit sprak hij allemaal niet uit, maar dacht het zo intens dat hij verwachtte dat zij het helderwetend toch zou opvangen, ook wat hij er moedeloos nog achteraan dacht: al besef ik natuurlijk dat ik volstrekt oninteressant, onaantrekkelijk, onbelangrijk voor je ben, afgeknaagd herfstblad tussen bloeiend groen van jonge planten.

Ik zou het op prijs stellen als u Pearlene tegen me zegt, meneer Hammer. Ze draaide zich naar hem om op haar piepende draaistoel, waarbij hij zag dat ze een balpen neerlegde op een bekriebeld blocnotevel. Opzijgeschoven, stond op het tafeltje een computer buiten gebruik. Het scherm vertoonde kosmos, – een warrelend krioelsel van lichtpunten, wie ernaar keek leek erdoorheen te worden gezogen in eindeloze oneindigheid van aangloeiende sterren, zonnesplinters, heelalaanwezigheden, die doofden en verdwenen terwijl ze opdoemden.

Hij knikte nu ze hem eindelijk aankeek, bleek in haar gezicht met de daardoor nog zwartere ogen. Zou ze toen haar buik en de oevers van haar schaamspleet al hebben gladgeschraapt met een Gilettemesje? Ze had een gedicht geschreven. Met de hand, verklaarde ze. Haar zoete witte koele hand, die hij een ogenblik mocht vasthouden, terwijl er regenspatjes op vielen van zijn brillenglazen. Dat een van haar vingers daarbij door een onvoorzien beweginkje rondom een van zijn vingers sloot als een ringetje, heel even, gebeurde het wel? Romantische onzin, men zal maar verliefd zijn.

Het cadeau dat hij haar bij zijn volgende bezoekje gaf bestond uit een vulpen met een vaasje inkt.

Heur gedichten waren bagger, maar hij hield van haar.

‘Wat is de bedoeling, Pearlene.’

Ze laat zijn hand los en neemt hem de schoen af, die ze ergens onder haar knieën opbergt. Half omgewend klopt ze achter zich op het zadel, buddyseat zegt ze, waar het leer op het punt staat te splijten als drooggevallen rivieraarde. Dat hij daarop zou moeten plaatsnemen, bedoelt ze dat?

‘Ik breng u wel even.’

Waarheen. Naar de verste ster, het reinste wit van enig oord waar geen mensen zijn, alleen jij en ik. ‘Toch niet naar de boot?’

‘Er zal wel ergens een winkel te vinden zijn voor een broek. Een reisbureautje weet ik wel. Iets anders is of er vandaag nog een vliegtuig de kant van uw huis op gaat.’

‘Dat kan ik je toch niet vragen’, stamelt hij.

De helm sluit precies rond de rand van haar haar, alsof dit in grijzig metaal is veranderd. Van Duitse makelij uit de tijd van der Hauptmann von Köpenick, erbovenop moet een piek hebben gestaan, die bij de voet is afgebroken, – daar is een gaatje gebleven waar nu een toefje haar doorheen krult.

Hij achter op dit wolken hoestend roestgeval met het als een ezelstaart heen en weer zwaaiende achter-spatbord. Samen met deze aanbeden vrolijke jonge godin op een Vespaatje. Beeft hij van ouderdom en al zijn fysieke ongemakken, of ook omdat hij heel even toch weer jong is, toen alles nog geurde en de wind uit steeds andere verrassende richtingen steeds nieuwe attracties rondom zijn hoofd kwam blazen. Zo had het moeten blijven, mijmert de oude olifant, de slurf krachteloos verslapt, wat valt er nog te trompetteren.

'Dan moet u mij de kaart van uw hut maar geven', zegt ze. 'Zorg ik wel dat uw koffers en zo, uw schrijfpapieren, pen, alles bij u thuis wordt terugbezorgd.'

'O? Is dat gebruikelijk? Komt het wel vaker voor dat iemand halverwege geen zin meer heeft in de reis?'

'Dat niet.'

'Hoezo dan?'

Haar mond al open om te antwoorden, vernauwen haar ogen of ze in de rookexplosies tuurt, wat ziet ze daar. Bij wat ze zegt voert ze het knettergeluid van haar vervoermiddel dermate op, dat hij haar niet verstaat. Als hij haar vragend blijft aankijken, beweegt ze haar schouders, haar hand wuift de woorden weg. 'Komt u nu maar zitten', geeft ze hem te verstaan.

Dit slaan wij met belangstelling gade.

Het been zonder schoen behoedzaam voorzichtig over het zadel. Het been met de scheur en de speld dreigt erbij door te zwikken, maar alles gaat goed bij de overheveling, hij klampt zich aan alles vast om zijn evenwicht te handhaven.

Hij zit.

Min of meer. Het bovenlichaam met paukend hart houdt hij star rechtop, de armen omlaag als een soldaat, waar mag hij zijn handen laten. De heer Hammer trilt met kleine schokjes op het sputteren van het motorfietsje, de gasplofjes zijn voelbaar onder zijn stuit, het kriebelt daar.

'U moet zich goed vasthouden.' Onder de helm vandaan vlokt er wat haar in haar nek, gestreeld door het licht, daar houdt hij zich met zijn ogen aan vast. 'Pak u maar beet aan mij.'

Hij beeft nog steeds, maar beveelt kracht naar zijn handen als hij er Leentjes heupen mee omvat, schroomvallig, maar de situatie gebiedt het, zoals gebeurt wanneer men, zonder uitwijkmogelijkheid meegesleurd, niet anders kan dan achter de kont van een onbekende de polonaise mee te stampen. Ademnood is er eveneens nog steeds, maar hij weet ook dat te reguleren: kleine teugjes lucht, de longen niet oppompen, wat niet meevalt in de rochelende uitwasemingen van het vehikel. Ik ben eenentachtig. Hij zou zichzelf nu moeten zien. Vijftig jaar terug hupsten de meiden bij hem achter op de Harley-Davidson. Hij beroemd en gelukkig, hoewel gehuwd met een iguana, hij lachend, voelend, grijpend wat er te grijpen viel, Hell's Angel voordat Hell's Angels bestonden, waar stormde hij niet allemaal heen met zijn wisseltrofeeën, zijn haar en dat van de tegen zijn rug geklitte gelegenheidsstoot wapperend in de gierende vaart, ik ben Julius Hammer en zal nooit sterven, Julius Hammer dat ben ik. Nee, motorhelmen waren toen nog niet verplicht en al die schoon- en hitsigheid die hij van het motorzadel af zijn sponde in wist te wippen is intussen als het nog leeft opoe van achterkleinkinderen die rondom haar rollator stoeien.

Leentje heeft de kinband van haar pickelhaube aangesnoerd, sjort zijn handen van haar lenden naar de voorkant van haar lichaam, zodat hij haar nu volarmig omhelst, zijn vingers in elkaar gehaakt op het strakke schild van haar buik, waar hij in de kuil van haar navel het sieraadje voelt:

Niet groter dan een ziekenhuispil van papierdun zilver, vormt het iets als een strikje, twee lusjes die elkaar ontmoeten in een open rondje waaruit een kruisje naar beneden wijst. Waarom zo omslachtig, excellentie. Een lemniscaat dus, waarvan het snijpunt een cirkel is en een cirkel met een kruisje naar beneden is het symbool van de vrouw dus.

Naakt wiskundig is het zo te omschrijven, maar eerder dan de liggende acht van een zichzelf in kronkels trekkende slang wenst Hammer er een opengeklapt diptiekje in te zien, de vleugels van een gracieus vlindertje, het rondje in het midden is haar lijfje, het is een vrouwtjesvlinder, haar vleugeltjes zijn zusjes.

Een gedachte van een tel, die al vervaagt voordat het besef van een gedachte er is, maar die toch al een paar keer eerder door zijn hoofd is geflitst, – ook in de variant dat het niet een in een striklijn liggend slangetje is, zichzelf in haar staart happend, en evenmin de gespreide vleugeltjes van een bloemig insect, maar als een sluis geopende meisjesdijen.

Het bliksemt door hem heen nu hij de piercing onder zijn handen voelt. Aanraken is iets heel anders dan alleen maar zien en gissen vanuit de verte zoals hij wel weet, deze zelfde Julius Hammer, zij het van oceanen aan tijd geleden, in bijbelse termen thans behorend tot de leeftijd der zeer sterken, hoewel lichamelijk gereduceerd tot kleuter, het is niet zeker meer dat hij nooit zal sterven.

Gunnen wij hem zijn ultieme genoegentje in hoge graad van verzaliging.

Zijn armen rondom Leentjes buik, zijn natte hoofd tegen Leentjes rug, zo schiet hij met plotselinge vaart uit de lijst van de spiegel weg. Een paar drempeltjes af, opgepast! – de Vespa hobbelt de balzaal uit, waar het in ieder geval koeler was in gedempter licht, dan in de overkokende straatjes.

Onmiddellijk mitrailleert de zon zijn ogen, bespringt de hitte hem als een loeiend rund, hij komt in kolkend lawaai terecht, dat van overal tegen hem op beukt, maar hij mag tegen zijn enigbeminde leunen, haar ommuren, ervaren hoe strak zij in haar lichaam zit en heus wel voelt hij dat ook zij een beetje klam is en een beetje geurt naar zweet, maar er is niets dat zijn extase afdempt, hem zijn late, laatste troost ontneemt. Kom tot rust op Corsica!

De geliefde slalomt tussen de mensen door, processiegewijs onderweg naar iets, als ze opzij deinzen schreeuwen ze dat in deze gemeentesector geen gemotoriseerd verkeer is toegestaan. Hij beeldt zich Leentjes onverstoorbare gezicht onder de moffenhelm in: geen idee wat deze eilandluitjes denken haar duidelijk te maken. Joelend snijdt ze rakelings langs het mens met de flessen, dat naar haar bril, haar tulpen, haar kapsel grijpt, ze richt haar vinger met Hema-edelstenen op Hammer, zet een keel op, hij is al voorbij, Leentje draait een steeg in, lakens, hemden, kousen, luiers, broeken dwars over straat in de zon als vorstenvlaggen in een middeleeuwse Engelse kathedraal, hij krult zijn tenen in de sok, waar in de snelheid de wind omheen grabbelt, kietelend als een pauwenveer, er zit geen elastiek met een kaartje aan zijn grote teen, het wiebelende achterspatbord groeit uit zijn stuit als een staartvin, Leentje beweegt haar zitvlak, opverend of ze een paard berijdt, onder zijn handen trekt haar hand iets in orde in haar rokje, dit alles is overstelpend geluk, en zonder Napoleon, die in tal van beeltenissen en gestalten voorbijraast, waren er de wetboeken niet geweest, die in een gestrenge rij voor hem op tafel stonden, tussen de aangeklaagde en klap! zijn hamer, pal voor de Vespa langs steekt diezelfde rothond van daarstraks de Boulevard Stéphanopoli de Comnène over, er is een associatie van rechtershamer naar hond, en naar hemzelf, het gaat allemaal snel, hard, chaotisch, alles stroomt langs aan kleuren, geuren, geluiden, mensen, paleizen, tribunes, feestguirlandes en gedachten en Hammer o Hammer is verliefd en mag Cassandra zijn geliefde, die hem vervoert, met zijn armen omklemmen.

Ze kijkt naar hem om en vraagt of zegt iets, maar dat verstaat hij niet. In een secondefragment vertoont zich de schim van Dante: in het inferno lopen waarzeggers met hun hoofd achterstevoren. Schreiend kijken ze eeuwig achterom, de tranen biggelen langs hun rug tussen hun billen zoals langs Leentjes rug een zweetriviertje neerwaarts kronkelt, dat in haar rokje verdwijnt. Hij legt er zijn wang tegen, zou het willen proeven, oplikken, drinken, grommend met dat keelgeluid van hem, maar stelt zich ermee tevreden dat zijn gezichtsporiën het absorberen, prikken zijn baardstoppels haar niet als een rasp.

Opeens zet ze het voertuig stil en stapt af, hem helpt ze van het zadel. Ze staan aan een stoeprand waarlangs water stroomt, aan de rand van een pleintje, de wind begint uit de wolken te zakken en brengt streepjes verkoeling in de massieve hitte, waar hij achter op de motor geen last van had, maar die hem nu onmiddellijk weer naar de keel vliegt.

De gehelmde aanbedene, zo goed als onverstaanbaar in het geschetter en tromgedaver van een langsmarcherend legeronderdeel, uitgemonsterd als tijdens het treffen bij Leipzig, roept in zijn oor, hij voelt haar adem:

Dat in heel Ajaccio alles dicht is vanwege het feestgedoe voor de verjaardag van l'empereur, behalve de eet- en drinklokaliteiten en de souvenirwinkels. Nergens een kledingzaak open en reisbureaus alleen 's morgens. Daar staan we dan.

Mensen vertragen hun pas om naar het stel te kijken. Eerder naakte dan geklede jonge fee onder een Duitse stolp zoals in Hitlers dagen nog werd gedragen, bejaard gekreukeld lagerwaltype met stoplichtrode luierspeld aan zijn broek, het ene been korter dan het andere staat hij te hompelen op een schoen en een sok van dezelfde kleur als de speld. Zij raapt iets op van het trottoir.

Hammer: ‘Gegijzeld door de toeristenindustrie. En jij hebt dat niet vooruit geweten met je helderziende wichelkunst?’

Zij kijkt hem ernstig aan, zoals hij staat te hijgen. ‘Wie zegt dat? Wat komt, komt. Alles komt, alles gebeurt. Niet alles hoeft te worden voorspeld.’

Achter de militaire kapel balanceert een jongleur op een eenwielig fietsje. Hij houdt witte ringen in de lucht, ronddraaiend terwijl ze zweven, ook ronddraaiend aan zijn armen en benen, of hij in een wolk zeepbellen bezig is, gevuld met mensenadem, adem van levenden, hoewel van doden kan ook, toen die nog leefden. Aan de overkant loopt een zeeman met een roeispaan over zijn schouder. Een ogenblik kijkt hij Hammer aan met witte ogen als van een triton wiens pupillen zijn weggespoeld.

Hammers hunker naar lucht, verstikkende behoefte aan adem, hij denkt aan de oxygeniumflessen thuis, zuurstof moet hij, met open mond hapt hij naar het beetje wind, dat hier en daar wat straatpapier in beweging brengt, maar te zwak blijft om het uitlaatgas te verdrijven. In stromen en spiralen kolkt het uit Leentjes brommer, met zulke kracht dat het achterspatbord ervan heen en weer zwaait als de kerkklok die opeens ergens begint te tampen. Voorbijgangers wijzen naar het wrakke vehikel, of wijzen ze naar Hammer? Hij leunt er achterwaarts tegenaan, duizelig van luchtgebrek, dat angst veroorzaakt, daar is de dood, ik hoor de doden, ik sta te sterven, zijn besef van hulpeloosheid is panisch, al is hij omringd door gestalten, bewegingen, geluid.

Sneeuw. Iets met sneeuw raast door zijn hoofd, wat een absurd visioen in deze tropische gesteldheid. Dat het sneeuwt en hij in een ijzeren kist op kogellagertjes in een ijzeren muur wordt gestoten. Zijn dochter wrikt eerst nog het dure horloge van zijn pols en hoewel niet bij positieven en als een mummie in watten van stilte gerold, hij hoort haar het ding in haar Delvauxtas moffelen, knip! tas open, hap! tas dicht. Ze steelt als de meeuwen. Eva is een dievegge. Meteen toen hij metafysisch weer tot leven kwam, eiste hij het wonderuurwerk van haar terug, – hij kan erop zien hoe laat het is in Cincinnati.

Gedachten vloeien, zoals alles vloeit. Nadat men is gestorven, blijven de gedachten dan stromen? Hij vreest van wel, hij weet het eigenlijk wel zeker ook eigenlijk. Wat sterft is het vlees en gedachten, herinneringen, angsten zijn niet het vlees, de overdoodse regionen bestaan uit gedachten, eeuwig eindeloos, die niet kunnen worden uitgesproken, neergeschreven of nog anders overgedragen.

Zo komt hij weer, terwijl hij Leentje in het gezicht kijkt, op het ovale miniatuur van Lucas of een andere Cranach in een stoffig kasteelmuseum in Gotha, Oost-Duitsland, toen de Muur de landschappen nog gescheiden hield. Het erop afgebeelde meisje is Leentje. Sedert vijf eeuwen zijn haar ogen in de zijne. Hij herkent haar.

Eva, verstand van kunst, wijst hem op de superbe schilderkunstige kwaliteiten van het kleine meesterwerk op een stukje hout, niet groter dan een hand. Hij – 'Hm?' – luistert niet naar haar uiteenzettingen, maar naar de stemmen in zijn hoofd, een koor van stemmen klinkt op, dat hem verscheurt van verdriet vol gelukzaligheid. Wat is dat voor gewaarwording.

Dezelfde als van de man die in de onderste wereld afdaalt, in tranen om de onomkeerbare dood van zijn geliefde, wier lichaam daar in stank van verrotting ligt te ontbinden, en die extatisch verheugd is als hij haar heeft teruggevonden, in de waan dat hij haar ongeschonden mee terug naar huis kan nemen, waar alles weer zal zijn en geuren als voorheen en ze leven nog lang en gelukkig.

De aanblik van het meisje met haar bleekroze bloem

als een trosje opengespreide kelkjes geeft Hammer een dreun van ontroering. Of er hoop in hem binnenstroomt, lang niet meer gevoeld, zelfs verwachting, zelfs zekerheid dat niet alles in zijn leven ijdel en vergeefs is geweest. Zo heb ik me je altijd voorgesteld, aanbiddelijke en beminnenswaardige, liefste, voortreffelijkste, en daar ben je dan, op mij wachtend met die orchidee voor je glimlach, ik ben eeuwen te laat en al die tijd was je hier met je sterrenogen, waarmee je in mijn ziel kijkt, ik heb je mijn leven lang, dat nu ver over de helft is, gezocht als de vervulling van alles, alles, en nu zie ik je, ik mag je zien, ik weet wie je bent en heb het altijd geweten, al weet ik niet hoe je heet.

Terwijl orchideeën toen nog niet in Europa bekend waren, zegt Eva. Wat heb je, pa?

Hij staart alleen maar en wijst, draait zich dan van het meisje weg, – om haar jaren later, zijn leven is voorbij, de kou zit in zijn botten, opnieuw tegen te komen, talentloos dichteresje, maar levend, vrolijk, ondernemend, en zo ongedroomd mooi dat hij van haar droomt, zelfs nog in de diepvrieskist waar ze hem opbergen.

Knip! de handtas van Eva gaat open, hap! ze sluit hem weer. Later die dag realiseert hij zich deze geluiden wel degelijk te hebben gehoord, zonder er aandacht aan te besteden, en sedertdien blijven ze bij hem: Knip! als een tik van zijn hamer op ijzer, hap! als een dichtklappende celdeur.

'Bent u er nog, gaat het wel?' Leentje. Ze raakt hem aan bij zijn schouder.

‘Ik ben er nog’, zegt hij. ‘Jij ziet mij, dus ik ben er.’

‘De logica daarvan lijkt mij twijfelachtig’, reageert zij.

Hij glimlacht, teruggekeerd uit heimweeën en angsten, waarbij hij dingen heeft gezien die er in werkelijkheid niet zijn, alles bij elkaar een paar seconden, tussen de ene schommeling en klap van de luiklok en de andere, herinneringen en gedachten zijn als de vleugels van de kolibrie, hij was op één moment in allerlei levens waartussen eeuwigheden zijn voorbijgegaan.

‘Laat mij dan jou zien’, brengt hij uit. ‘Zonder twijfel zie ik jou. Nu nemen we opnieuw afscheid.’

‘Die hitte.’ Ze zet de helm op het zadel en zwaait haar haar los. ‘Jezus! Gelukkig komt er wat wind. Aan de lucht te zien waait het daar boven al behoorlijk.’

Hij volgt haar blik omhoog, waar de priemend verblindende wolkenstapels voorbijrazen met de snelheid van speedboten, landinwaarts, vogels wagen zich niet meer op die hoogte of ze worden uit hun veren geblazen, er naderen twee helikopters, die onder de wolken blijven. ‘Daar zijn ze’, zegt Leentje.

Ze staat met het opgeraapte touwtje tussen haar handen. Hij denkt dat ze er iets mee wil verhelpen aan het achterspatbord, maar ze haalt zijn schoen tevoorschijn en begint het door de vetergaten te rijgen, de resterende eindjes bijt ze af, spuugt ze weg, ziezo. Hem de schoen aanreikend, ziet ze zijn handpalm met de eeltheuveltjes, weer verschuift er iets in haar gezicht, dat ze afwendt, ze zet de helm weer op.

Je ziet er nu helemaal uit als een landloper, pa,

hoort hij Eva zeggen. Ziet zij haar vader dan? De broekspijp valt over het touw waarmee hij de schoen dichttrekt, dus wie er niet op let, valt het niet op, – dit geldt voor het hele leven als zodanig.

En nu? Wel helikopters aan het firmament, maar geen vliegtuig dat hem vandaag nog van dit eiland kan tillen, hij zal toch terug moeten naar het terneerdrukkende feestschip, zonder de geliefde, ze zit startklaar om weer weg te scheuren.

'Dank je wel voor alles, Pearlene.' Met dat benauwende verdriet weer in zijn keel. 'Ik zou je iets willen geven,' zijn hand verdwijnt in de linker binnenzak, 'mag ik je...'

'Bent u nu helemáál', roept zij, elleboog naar hem opgericht.

Juist dan houdt de klok op met zijn lawaai en valt er een moment betrekkelijke stilte, waarin haar stem lijkt te schallen, zodat voorbijgangers, ze blijven nu zelfs stilstaan, zich verheugen in hun interpretaties. Morsige oude man trekt zijn portefeuille, probeert jong ding te verschalken, waarschijnlijk een eilandhoertje, dat hem kribbig afwijst, hij ziet er dan ook niet uit, de schlemiel, zou het de dorpsidioot zijn, en zij dan met dat ijzeren halve ei op haar brutale kop.

'Klim weer achterop', zegt ze. 'Ik laat u hier niet staan.'

Stad uit, het binnenland in, geen idee in welke richting, langs de zee, die een vlakte van vloeibaar koper is, zo staat de zon erop te blaken. Witte, gekleurde, bonte zeilen tot op de einder, overal strand, dat zich sikkelvormig uitstrekt, overal branding, meeuwen, rode rotsen, verpletterend licht waarin, zegt Eva, Matisse zijn schilderdoek kwam neerzetten. Hammer doet Corsica.

Hij krijgt weer lucht, de wind komt strakker aanzetten uit zee, waarboven wolken spartelend uiteendrijven, zich ophopend tot nieuwe gebergten van licht, surfzeilen zweven horizontaal over de golven, vogels kantelen ondersteboven en Hammers haar wappert.

Zijn armen rond de leest van het meisje, zijn wang tegen de knopen van haar ruggenstreng, hoort hij bij het langswentelen van de landschappen en zeegezichten het gefluit in zijn oren in verschillende modulaties.

Leentje is een steile landweg ingeslagen, van de kust vandaan, voorthobbelend voelt hij de greep om haar taille afnemen, alsof hij opeens weer bewusteloos raakt, moe tot in zijn merg, verdwaasd van de vaart die alle gebeurtenissen en gedachten hebben genomen sedert hij met zijn speciaal voor de gelegenheid aangeschafte rolkoffer zijn barmhartig stille huis werd uit gedreven. Hij houdt zijn ogen wijd geopend, maar voelt zich wegdwalen als in rode narcose. Waar is hij nu weer. Op een heuvel, Leentje weet op de hele wereld waar ze heen moet. Eerst woeste struiken, zo te zien verkoold geweest bij een bosbrand, maar het groen worstelt zich er weer doorheen. Dan verlaten wijnvelden, mogelijk zijn de arbeiders, al dan niet verkleed als Napoleonsoldaat, naar de dorpen waar de vlaggetjes waaien. Met een hand op haar rug en een twijg in haar hand, waarmee zij een ezel op de schoften tikt, loopt een zingende vrouw op de weg, ze zwaait, Bonghjornu, de ezel draagt een witte rieten hoed met een rood lint eromheen, er zijn gaten in de brede rand geknipt, waar de oren van het dier doorheen steken. Hammer ziet de gestalten van de olijfbomen die nu voorbijschrijden, waardig, oud, vol knoesten, wratten, bochels, soms gescheurd door de bliksem, en hij herkent zichzelf erin, alleen zal hij de eeuwen niet trotseren zoals deze majesteiten, evenmin als zijn geschriften, hij was als een rieten hoed in de bries, zijn œuvre verdwijnt zoals het gefluit dat langs en in zijn oren suist.

Leentje trekt zijn armen strakker om zich heen. Ze praat, onverstaanbaar voor hem, maar hij hoort het aan geluiden in haar rug. Als hij zijn hoofd opricht, ziet hij dat ze een handtelefoontje bedient, vandaar dat de Vespa opeens zo slingert. Met wie praat ze, wat zegt ze. Alleen de klank van haar stem bereikt hem, ze moet schreeuwen om aan de andere kant van de verbinding verstaanbaar te zijn. Flarden: 'Are they already there?' 'Yesyesyes, I am along the way.' Hij beluistert het slaperig, zoals in het ziekenhuis de stemmen rond zijn bed tot hem bleven doordringen al was hij van de wereld weg, – stemmen, woorden, zinsfragmenten.

Achter op de Vespa zit hij ziek te worden, zwetend in zijn klamme plunje waar de wind zich in vastgrijpt. Er gaan rillingen door zijn lichaam, die tegelijkertijd warm zijn als Corsica en ijzig koud als de diepvriesruimte in het mortuarium. Zijn natte hoofd lijkt inderdaad bekneld te zitten in een tangachtig instrument, – dat zijn de in zijn slapen groevende veren van zijn brilletje. Houdt hij die bril op in zijn kist of niet, we doen zoals jij het wil, pappie, maar we moeten het wel weten, ook in verband met een eventueel dodenmasker, van iemand als jij met zo'n belangrijk leven wordt natuurlijk een dodenmasker gemaakt, moet dat met of zonder bril. Zet er je voet op en wat dan van die bril overblijft, dat was mijn leven. Hoe kan je dat nu zeggen, pa.

Wat wil Hammer mee in zijn houten koffer?

Sluit hem een lok van Leentjes haar in zijn linkerhand, die zij heeft bestudeerd en waarmee hij nu haar warme buik nog aanraakt, – samen met zijn schrijfhand, ook daarvan mogen na zijn dood geen gipsafgietsels worden gemaakt, bedekt hij het geheime kleinood in het middelpunt van haar lichaam.

Wat schreeuwt ze toch in dat angelsaksische abracadabra tegen de lucht, tegen iemand, tegen wie. Het is moeilijk bellen met de helm op, ze klemt het blauw-engele telefoontje tussen het staal en haar oor, het spreekgedeelte tegen haar wang. Omdat het ding zo niet blijft zitten, heeft ze er toch haar hand bij nodig, wat de scooter van de ene wegkant naar de andere zwiert. Vaart minderen of stoppen zal wel niet noodzakelijk zijn, daar zij beschikt over de acht orakelse krachten uit de universa der magie.

Hammer is niet ongerust, rillend voelt hij zich zelfs op een kinderlijke manier vredig, – moedertje zit op de rand van zijn bed, dat meeveert met haar bewegingen zoals nu het zadel. Ze vertelt een verhaal waar zijn fantasie plaatjes bij produceert, haar hand tegen zijn koortsige voorhoofd, alles komt goed. Het gaat over een mooie vrouw die wanneer de zon schijnt onzichtbaar wordt. Fantaseer daar maar plaatjes bij. Juultje kan dat. Hij zal zijn hele leven te maken hebben met onzichtbare vrouwen, daar bedoelt hij niet de gefantaseerde vrouwsfiguren in zijn romans en verhalen mee. Vrouwen vervluchtigen.

Leentje.

Nadat hij haar in dat winkeltje had gevonden, was ook zij opeens onzichtbaar en onvindbaar geworden, voorbijgezweefd, vervluchtigd zoals de miljoenen wemelende lichtstipjes op haar computerscherm.

Hij had haar daar een paar maanden lang met zekere regelmaat bezocht, altijd last met parkeren, altijd ademloos van adoratie, al viel daar geen illusie aan te verbinden, en meermaals als door een vuist teruggestoten door het bordje GESLOTEN. Wat moest hij van haar, een tienerwicht, wat dreef hem naar die wierookspelonk aan een grachtje, waar ze soms omzeurd door sitarklanken in boeddhazit op een tapijtje zat met tegen elkaar gedrukte handpalmen, wat wilde hij, wat zocht hij bij haar, haar zweverigheid zonder filosofie of kennis, haar onvoldragen versjes. Is zij dan niet mijn aartsbeminde, houd ik niet allerinnigst van haar en brandde er niet een gloortje hoop dat de vonk, de atoom van een vonk, op haar zal overslaan. Het idee dat het mogelijk zou zijn om terug te gaan in zijn leven en dan in plaats van Helga Leentje te ontmoeten, in plaats van al die andere deeltijdse vrouwentypes alleen maar Leentje, de enige voor wie hij, voor wie hij wat, een brandend huis zou in gaan om daar haar vingerhoed te zoeken, door een mijnenveld lopen, naakt naar het diepst van de Poolzee duiken, waar misschien haar gunsten liggen, wat een hijgerige onzin allemaal, en teruggaan in je leven is even onmogelijk als tweemaal met dezelfde adem je longen vullen, bovendien was dit hele Leentje toen nog niet eens geboren.

Gaandeweg ontdooide ze. Een beetje.

Een keer kon hij haar overhalen voor een etentje, maar al die opoetapijten, al die messen, lepels, vorken aan weerskanten van haar bord deden haar denken, zei ze, aan het uiteengevallen karkas van een zilveren dood beest, wat stond het kordon wijnglazen tuttig te blinkeren als opgewreven keukenhoftulpen op het blindwitte damast, gezwegen nog van het glijerige obervolk in pinguïnoutfit, dat hem aansprak met excellentie, haar met mevrouw. Wat had hij haar aangedaan, nee heus van vlees moest ze niets hebben, vis ook niet, hebben ze hier geen pizza, wat moest ze tussen deze kak, zullen we weggaan, ze hield het bij een groentesoepje en een ijstoetje, heeft het gesmaakt, excellentie, mevrouw? Na afloop wilde ze twee vegetarische kroketten uit de automaat. Hammer in zo'n vreethal. Hij overreikte de ademloos aanbedene zijn gestreken zakdoek voor haar mond en vingers. Ik vond het toch wel leuk hoor, zei ze, dank u wel. Toen liep ze weg, de avonddrukte in. Weg liep ze, opeens was ze weg.

Een keer ook, de zomer was al aan het verbleken,

mocht hij haar in de auto ergens heen brengen. In koele schemer, langs het meer, niet meer het meer van vroeger, waar hij wel eens koers heen zette met de Harley Fat Boy Davidson, wijdbeens een mooie meid achterop, haar dijen langs zijn heupen, en dat hij, easy rider, dan zei ik weet hier een uitgelezen plekje. Wat een profane herinneringen in gezelschap van de parelnamige, vlinderbloemige, bedwelmender dan al zijn orchideeënkweeksels bij elkaar, thuis in de warme serre met het violette licht. Daar keutelde hij rond met zijn nevelspuit en gietertje, zijn hele wezen vervuld van haar, alleen maar Pearlene, haar naam veranderd in Leentje, wat in zijn besef, hoopt hij nog op troost?, de godin ietwat naderbij brengt. Haar zou hij geschenken willen aandragen, knielend, als een koning in de kerststal, die haar bezingt als de pulchra decora carissima in mulieribus. Zou hij haar parels geven, een collier van haar naam? Gat nee, parels, gruwde ze, dat is voor theetuthola's en museumtotebellen, meer voor meisjes van uw leeftijd.

In de auto zat ze zwijgend door de voorruit te kijken. Blauw jurkje, hangertje van blauwe kraaltjes aan één oor, dat tegen haar wang of hals kaatste als ze zich bewoog. Hem ontging niets, haar glimlachje niet, dromerig, welja mystiekerig, haar onbedekte benen niet, het jurkje reikte tot boven haar dijen, die een beetje vaneen weken, de uitsnijding in het jurkje niet, en het vermoeden van fijnvingerig voorzichtig geboetseerde borstjes. Vroeger zou zijn rechterhand uiteraard meteen van het stuur in haar richting zijn gegaan, maar dat was vroeger.

Niet dat hij zich er nu te bedaagd voor voelde, maar het meisje naast hem was er te verheven voor, hoe zou hij het formuleren, hij durfde haar niet aan te raken, zij was de belichaming van de liefde zelf, zoals het meisjesportret van Cranach er de afbeelding of de idee van was. Nooit eerder ervaren. Al bevatten zijn romans nogal wat liefde, die kwam uit de verbeelding van de romannenmaker, verzonnen liefde, die trouwens altijd ellendig eindigt. Haar erover aanspreken, stel je voor, zijn bewondering voor haar bekennen, ze zou ervan schrikken, opdringerige oude man met zijn takjes orchideeën, geplukt uit eigen kweek, wat moest die van haar. Niets, geliefde zonder gelijke, ik verlang of moet helemaal niets van je, alleen maar dat ik soms in je nabijheid mag zijn en naar je mag kijken. Ik van mijn kant zal alles voor jou doen, ik geef jou alles, àlles wat ik heb, ik zal jou alles vertellen en uiteenzetten wat ik weet. Hier, ik geef je mijn brein. Ajakkes, wat moest ze dáármee! Ik bedoel, ik draag alles aan jou over wat ik bezit aan inzichten, kennis, kunde en ervaringen omtrent dichtkunst en andere literaturen en kunsten, omtrent liefde ook en het bestaan an sich zal ik maar zeggen, zoals mijn brein er tijdens mijn leven kosmisch mee gevuld is geraakt. Zie het als downloaden, zoals het in jullie computertaal heet, eigen het je toe, ik geef jou de geestelijke rijkdom van mijn brein, accepteer die als mijn nalatenschap. Maar u bent toch nog niet dood of zo? Misschien zit er iets tussen waar je wat mee kan voor jouw eigen ontwikkeling en ambities en de rest gooi je maar weg. Dit had hij in zijn hoofd om haar ooit te zeggen. Gelukkig heeft hij het nooit gezegd.

Haar kiezen drukten een snoepje aan gruizels. Dat hoorde hij. 'Daar is het', zei ze. 'Als u mij eruit laat, kunt u verderop de auto draaien en dan over dezelfde weg terug. Hartstikke bedankt voor de lift. Doei.' Ze beloonde hem met een tikje op zijn knie, waar het zoet bleef branden.

Een tot landhuis verbouwde boerderij, afgezonderd in het land vol koeien. Wie woont daar, wat is daar te doen, een magiërsfeest, heksenbijeenkomst, tovergeschriften geopend, tarotkaarten op tafel in een halve boog, zoals de maan in dit jaargetijde aan de lucht hangt?

Hij keek haar na, een efebe, haar gestalte zou ook die van een sierlijke jongen kunnen zijn, wat is dat voor gedachte terwijl hij ziet hoe het jurkje om haar heen dartelt. Ze liep het klinkerpaadje naar de voordeur op, de naar hem toe gedraaide hand naast haar schouder, de vingers wapperend, zonder nog om te kijken. In de voordeur verscheen een meisje zoals zij, dat haar uitbundig omhelsde, kuste, naar binnen trok, – en weg was ze. Weg is ze, dacht hij, zijn voet in de Louis Vuittonschoen weer op het gaspedaal. Weg, zoals altijd alle vrouwen. Nu ja.

Op de terugweg pauzeerde hij nog even bij het meer en stak een sigaartje op. De rook beet in zijn ogen.

Wat zou hij Leentje hebben willen geven, op die stoeprand in Ajaccio, waar hij naar de portefeuille in zijn binnenzak greep. Toch geen geld, naar wij hopen. Flappen te over, klein opgevouwen haar toegestopt als een serveerster of ander dienstbaar persoon in publieke functie?

Hoort hij tot het plebejerdom aan boord, dat personeel privileges afkoopt met geldbiljetten, zoals het thuis de kippen lokt met maïskorrels?

Het dierbaarst wat hij bezit wil hij haar geven, – het is zonder materiële waarde, niet als zijn dure horloge dus, dat hij eerder heeft overwogen haar te schenken. Men kan erop aflezen hoe laat het is in alle continenten, steden, oorden als Kiev, Tirana, Jakarta, Helsingør, Xanadu, Pulau Kapok, Wahnfried, Eldorado, Woodstock. Presentje bij zijn afscheid van de kamer van koophandel, dat jarenlang in de donsgevoerde pronkdoos in het eennabovenste laatje naast zijn bed is blijven doortikken voordat hij het zich pas weer herinnerde toen zijn vorige klokje er definitief mee ophield. Ultima forsan, zei opa Oldorff als hij de koekoek uit het deurtje hoorde ratelen. Sjül is intussen drie jaar ouder dan opa Oldorff is geworden. Hoeveel uren zijn dat, altijd met de mogelijkheid dat een ervan het laatste is. Leentje heeft zijn pols nog eens dicht bij haar gezicht gebracht, nieuwsgierig naar hoe laat het zou zijn in Cincinnati. Wat interesseert jou dat nu, ergens in de Verenigde Staten, ik weet niet eens waar het precies ligt, zei hij. Ze droeg toen een behaatje met ijzer erin, per ongeluk vluchtig gevoeld aan de rug van zijn hand toen ze zijn arm naar zich toe trok om de wijzerplaat te bekijken, en dat daarbij zijn mond zich vulde met iets zoutigs. Wat men zich zoal herinnert. En haar adem streelde de haartjes op zijn pols en hand. Dat wist hij zelfs nog in de vrieskist: – iemand kamde zijn haar zoals het niet hoorde te worden gekamd, toen werd het met een klap donker, Leentje verscheen als een wezen van licht en troost in zijn hoofd, op haar zachte adem bewogen de blaadjes van de orchidee tussen haar parelmoeren vingers.

Het dierbaarste wat hij bezit, wat mag dat wezen. Helga heeft het eens omhoog gehouden: Wat is dit? Hij nam het haar woedend af, blazend, wit van drift. Van een van je vriendinnetjes? Wat voor geheimpjes hou je nog meer voor me achter? Het zat in een envelopje voor de visitekaartjes die hij er toen op na hield: zijn naam, dienaar van de kroon, schrijver, et cetera, en dat was deels zichtbaar, wat niet de bedoeling was, onder een hoek van het vloeiblad op zijn schrijfbureau. Vanaf daar dateert de verstolen ruimte in zijn portefeuille, onder het ritssluitinkje, dat hij nooit opent. Of hij zich betrapt voelde en zich schaamde. Waarvoor. Omdat iemand een steen had opgelicht, waaronder het krieuwelde van duizendpoten, pissebedden, doodkloppers, die daar iets bewaken waar niemand vermoeden van heeft: Hammers enige tastbare blijk van sentimentaliteit, een in de knoop geraakt en roestig verschoten relikwietje, het houdt zijdelings verband met het feit dat de gevoelige schrijver geen geweckte peertjes blieft.

Wat zou Leentje ermee aan moeten. Ik ben uw moeder toch niet.

En hoe laat is het inmiddels op Corsica, waar nu van boven de wolken een stroeve wind neerdaalt, waarin Hammers kleren flapperen en hij voortdurend niest. Als hij de neusontlading voelt naderen gaat hij scheef hangen om niet tegen Leentjes rug te spetteren, dan regenen de speekseldruppeltjes tegen zijn bril en in het zweet op zijn eigen gezicht. Een uur of vier, halfvijf zal het zijn, al weegt de zon nog met ongetemperde kracht op het land. Zijn wonderhorloge drukt in Leentjes buik, die hij steeds angstiger omklemt.

Waarheen zijn ze onderweg, heuvels op, steeds hoger, waar ze vogelkolonies opschrikken. Met honderden tegelijk ratelen de beesten uit bomen en spelonken, en stijgen schreeuwend, kwakend, gorgelend naar hoogten die Hammer zich herinnert.

Waarom is dat een gevaarlijke vogel, had hij gevraagd.

De mantelmeeuw hypnotiseert je en maakt zich met zijn ogen meester van je geest en ziel en wezen om ze mee te nemen, zei Leentje, onderwezen door leermeesters met supranormale vermogens.

Mee te nemen waarheen?

Naar hoogten van grote diepte, sprak ze augurisch, waarbij hij gelaten knikte. Godweet wat het betekent.

Leentjes orakelwoorden passeren zijn gedachten doordat sommige van de vogels terugkeren vanuit hun hoogten en als extremisten naar de Vespa duiken. Ze laten de lucht los en storten zich op het scootertje, dat met zijn giftige geratel hun de stilte en rust ontrooft, hun blik op de zee verstoort, pas op het allerlaatst zwenken ze weg. Hammer krijgt een vleugelklap in zijn nek, plof! vlak bij het kaakbeen, de krijs van de kamikazevogel in zijn oor en vandaar door zijn hele lijf.

Dit droomt hij niet, zoals hij denkt in de seconde dat het gebeurt, het is een eigenlijk feit, wij zijn er getuige van. Als hij er bijna door van de motor wordt geslagen, Leentje meesleurend, het voertuigje steigerend in een ravijn ten onder, maar hij zich blind weet vast te houden, zijn armen rond de geliefde, die joelend, schaterend opveert en weer neerploft op het zadel waar stro uit steekt, bliksemt door hem heen: De dood raakt mij aan. Dit is het.

Nooit zo dicht bij de beminde geweest, nooit zo intiem, hoewel door aanstormende vogels belaagd. Hij verdwijnt in een geestesdiepte, slikkend van angst bij het geluk tegen haar rug te mogen kleven als het pantser van een schildpad.

Het dierbaarste wat hij bezit. Hij zal het restaureren en in Leentjes handpalm leggen.

Arcana is een term in de kaartlegkunde, legde Leentje uit, met hetzelfde geduld als hij haar aan het verstand probeerde te brengen wat poëzie is. De grote Arcana openbaren de verhalen van de zot aan de wereld, zei ze. Die zotsverhalen wijzen op gebeurtenissen en toestanden in het leven van degene voor wie de kaarten zich laten lezen. Uit de omringende elementen is af te lezen dat u onrustig bent, uit uw evenwicht en ritme, er is iets, er is iets, haar stem ging omhoog, haar handen bewogen in zwevende cirkels boven de tarotkaarten, alsof u reikt naar iets waar u niet bij kunt, het is onaanraakbaar, het is onbereikbaar, wat is dat, wat is dat.

Tsja, zei hij.

De kaarten lagen in kruisvorm en in horizontale banen op haar bureautje, ze tikte ze een voor een aan met de vulpen, die hij haar daarjuist als liefdesgeschenk had toegeschoven, het sarcofaagje waar de gouden schrijfsteel in was opgebaard geweest lag nog met het dekseltje open naast de pentagrammen, staven, bokalen, zwaarden die de kaarten openbaarden.

Zwaarden negen, klonk het uit de mond van de sibille in de zoete wierookwalmen, nieuweeuwse muziek in de ruimte, tjemig. U staat in een lege vlakte te roepen en te zwaaien en te gooien met zwaarden. U wordt moe. Uw ogen zijn gebarsten.

Hij nam verbaasd zijn bril af en hief die naar het licht, voor zover er sprake kon zijn van licht in het schemerige uitdragerijtje. Wat bedoel je.

Het gaat om wat de kaarten zeggen, ikzelf bedoel niets, reageerde ze.

Waar ik tegenaan kijk door mijn ongehavende bril is de barst in je etalageruit.

Uw kernkaart is Koning van Bokalen, sprak de lieftallige kol met de zwarte ogen. Rood. Nee, het verbleekt, het wordt witter. Wit water. Het stroomt over de glazen, komt omhoog, omhoog. Zoveel water.

Tsja, zei hij weer. Waar waren zijn gedachten werkelijk. Die waren uitsluitend bij haar, hoe zij zich aan hem openbaarde. Ze was gehuld in iets gebreids, afhangend tot haar voeten, zo strak rond haar figuur dat het leek of ze gebreid naakt was.

Bent u eigenlijk getrouwd of zo als ik vragen mag, hebt u een hond?

Toen was Hammer nog niet met het woord eigenlijk bezig, maar nu de gebeurtenis opeens in hem terug is, zet hij er een rood golfstreepje onder. Eigenlijk betekent eigenlijk niets, zo vaak als het kan worden weggelaten.

Eigenlijk getrouwd, nee, ook niet of zo. Verder zweeg hij erover, als basalt.

Ze bewoog de vulpen, de dop er nog op en naar boven

gekeerd, of ze er niettemin lettertjes mee kriebelde. Nieuwe verskunst in het verschiet, vreesde hij, nu met de hand geschreven, gesigneerd Pearlene. Heur haar. Vond ze mooier dan haar haar. Heur was echte poëzie.

Waarom gaat u niet eens leuk op reis, vroeg de zieneres, van wie hij zich nu, met haar op reis, realiseert dat ze geen achternaam heeft, in ieder geval dat hij die niet kent, nooit haar volledige naam geweten, zoals hij van zijn orchideeën de nomenclaturen kan voordragen als latijnse madrigalen. Als ik jou met je voornaam mag aanspreken en mag bejijen en bejouwen, had hij gezegd, zou je mij dan dezelfde eer willen aandoen, mijn naam is Julius. Weet ik toch, ze lachte vertrouwelijk. Jij mag Juul zeggen. Ik zal het proberen, beloofde ze, zonder dit gestand te doen, ze heeft de hoogwaardige Hammer nooit getutoyeerd. Haar gevraagd hoe ze voluit heette, zei ze:

Ik heet Pearlene.

Dit alles vond plaats bij de tweede keer dat hij haar in het Arcanawinkeltje durfde te bezoeken, de vulpen en het kristallen flesje inkt in roosjespapier. Hij trilde en sprak met houten tong, diep verlegen van haar aanschijn. Drie weken na zijn eerste opwachting, – tot weinig meer in staat dan haar sprakeloos aanstaren, bedwelmd van bewondering. Ik kom je stelen, ik verlang je voor eeuwig.

Daar bent u opnieuw, bracht ze uit, hij zag haar verbazing.

Ik was toevallig weer eens in de buurt, mompelde

hij, terwijl wij weten dat hij loog. Etmalen, weken heeft hij door zijn vertrekken geslenterd voor hij de moed had gevonden om nog eens bij haar langs te gaan, – misschien reageerde ze, hem wantrouwend, als een diertje dat de stoeptegel boven haar wereld ziet omhooggekrikt, misschien had ze een vriend: Wat moet die ouwe toch van je. Hoe de dingen beraden te arrangeren.

Wat een mooi cadeau, prees ze hem, en veel te duur voor mijn nederige sonnetten.

Hij glimlachte, de gedachte onderdrukkend: Die versjes van je, daar groei je wel overheen, kind.

Dank u wel. Weet u wat, zal ik de kaarten voor u leggen om u een plezier terug te doen.

IJs gebroken, concludeerde hij. Dat is al iets. Hoe nu verder.

Ze serveerde er blauwige muzelmanse thee bij, zo gloeiend heet dat het een klap tegen zijn tanden gaf.

Hond, nee, ook geen hond. Hoezo.

Kaarten omdraaiend met de plaatjes naar boven, plaatjes naar beneden, weer terugdraaiend, naar elders verschuivend, in een waaiertje ter hand nemend, sprak ze: Er is iets met een hond.

Hij vertelde het Leentje niet, maar in zijn hoofd, tegen de schedelwand, klinkt nog de noodlotstik van zijn rechtershamer: levenslang, de enige keer dat hij dit vonnis uitsprak, snotneus, voor drie moorden, een moordpoging, miljardenfraude, en zoals men maar een knop hoeft aan te raken en de televisie toont taferelen, zo weinig is voor Hammer nodig om in zijn hersens de zaak weer te zien oplichten in knetterend, zwart bliksemlicht. In het epicentrum daarvan ligt een hond.

Doe mij uw hand eens, zei Leentje, uw linker alstublieft.

Hij woonde met Helga en Eva, die toen net kon lopen, in de wijde flat in het appartementsgebouw met uitzicht op de gazons, de waterpartijen en de beelden tussen de heesters. Zijn auto stond niet in de ondergrondse garage, maar op straat onder zijn hoge raam aan de rand van het park, want er wachtte nog een ontmoeting met een gelegenheidsgeliefde in de binnenstad, waar hij zich na al het gedoe in de rechtszaal, journalisten, televisie, radio, op verheugde. Ook om weg te zijn uit de geuren van Helga en het kind en van de in zijn kleren trekkende lucht van verdrassende andijvie uit de keuken. Nu eventjes niet, Evaatje, je bent zoet, pappie eventjes krantje lezen.

In het avondblad stond zijn gezicht bij het verslag van de zaak. Jammer dat het portret van jaren terug dateerde: hij nog met melksmoeltje, gestoffeerd met dunnig snorbeginsel onder de secuur getrokken haarscheiding als een meridiaan midden over zijn schedel. De zaak kwam ook in het televisienieuws en de commentaren op dat nieuws, maar dat zou hij allemaal niet zien.

Beneden in de statige laan barstte lawaai uit, zware bonken, glasgerinkel, geroep, – door het lentegroen van de bomen zag Hammer, overeind gesprongen, hoe zijn Porsche door iemand die op het dak ervan had postgevat en er deuken in stond te trappen met een moker tot schroot werd geramd. Anderen waren bezig koplampen en ruiten te verbrijzelen, de portieren werden gesloopt, de banden platgestoken, men wrikte de auto op zijn kant, Hammers trots en troetel kwam ondersteboven te liggen, buikje en pootjes omhoog, toen smeet iemand er een brandend vod overheen, waarop een explosie klonk.

Deze viel samen met de dreun en het schreeuwende gekraak waarmee de deur van het woonappartement werd versplinterd, – daar kroop Eva rond met haar pluchen poesje met het belletje in de buik, dat ze heden, op vorderende leeftijd, nog steeds bezit. Er stormden drie kerels, bivakmutsen over hun hoofden, de flat binnen, Helga stond de tafel te dekken, en smeten iets de kamer in, – het kwam op het witlinnen tafelkleed met de platte en de diepe borden terecht, er zou soep vooraf zijn.

Het duurde tellen voordat de heer Hammer en zijn echtgenote zich realiseerden wat er op hun eettafel kwakte: – twee van de mannen hadden het tussen zich in staan jonassen voordat ze het met een boog de ruimte in zwierden, het schoor langs het plafond, waar een baan rood achterbleef. Het servies ging aan diggelen, daarbovenop en -tussen lag een rasloze zwarte straathond, overgulpt met bloed, zijn keel was doorgesneden, maar hij hijgde nog, tong als een vermiljoenkleurige lap over zijn rode tanden.

Het zwart van die hond, het zwart van de rook die

voor het raam in proppen omhoogstulpte, dat zwart dreef het brein van de edelachtbare Hammer binnen om nooit meer te vervluchtigen. Hetzelfde zwart als van zijn rechterstoga, die vanmorgen nog, tik! deed zijn hamertje, in wufte plooien rond zijn knappe en telegenieke gestalte viel. Stroboscopisch flakkerde de hondgedaante van de emeritus Bossaert door het zwart, alles werd zwart, dat was de nacht die over Hammers carrière in de magistratuur viel.

Het valt in archieven en bestanden na te slaan, als wij dat zouden willen, enige weken bood het stof voor internationale commotie. Hammer kon niet meer de straat op zonder lijfwachten, die zolang de deur niet was gerepareerd ook binnenshuis bleven rondhangen en met Eva legotorentjes bouwden op het vloerkleed.

Het hoort bij zijn ankerherinneringen, vastgezogen in de diepten, daar waar dood is.

Hij trok zijn hand terug uit de greep van Pearlene en veegde de kaarten door elkaar.

Ik wil het allemaal liever niet horen, zei hij.

Berglandschap. Het omringt een open vlakte, afgezoomd met maquis. Er staan wat dennen in de heideachtige bodembedekking, hier en daar rotsfragmenten, die als drakenkiezen uit de aarde steken. Verderop ligt de lazuren zee te kartelen in opstotende wind, waarin het wolkenwit begint te verschieten, maar het glanst nog en draagt bij aan het verpletterende licht.

Leentje zet haar brommer stil, die nog even blijft doorhoesten. Ze verwijdert Hammers handen als een gesp van haar buik, stapt af, zijn hoofd, dat niet meer tegen haar rug mag leunen, knikt voorover en is versuft, alsof zich in de binnenkant thermogene mossen tegen zijn zintuigen hebben vastgezogen. Overal zwetend schiet hij wakker, benauwd door ademtekort, – hij dacht dat hij in ijs lag, in een ijzeren kist vol gloeiend ijs in verstikkend donker, waar hij zich niet kon bewegen, maar wel stemmen hoorde, boosaardige, van Gorgonen. Geholpen door zijn geliefde kan hij zijn voeten op de aarde zetten, maar zijn benen zijn gekrompen of gekreukt of opeens van rubber, ze zakken onder hem in elkaar, zodat hij meteen weer moet zitten. Op het treeplankje van de Vespa, heet als een bakblik, ziet hij waar hij is, al heeft hij geen idee waar hij is, hij niest, vangt het sproeisel in zijn hand, veegt het aan zijn broekspijp, waar hem een rode veiligheidsspeld in het oog springt, die hij probeert te verjagen, want hij denkt dat het een mediterraan insect is.

Wat een gedoe en geluid ook hier, het trekt een kras door millennia stilte. Wandelaars en fietstoeristen worden tegengehouden door hekken rondom het terrein. Aan de kant van de roodgrauwe bergen staan caravans en houten bouwsels, waar uiteenlopend volk in en uit en omheen loopt. Vrachtwagens, helikopters, er stijgt er juist een op, wind toevoegend aan wind, die Hammers hoofd met een ruk opzij blaast, in deze luchtverplaatsing, in de eerste plaats toch door het malende, klapperende lawaai boven zijn gebogen nek, dat doorstoot naar zijn maag, denkt hij weer te moeten overgeven, hoofd tussen zijn knieën, maar hij niest opnieuw, drie keer, vijf keer, zes keer.

Wij zijn op een filmlocatie. Mannen en vrouwen bewegen zich ogenschijnlijk ongecoördineerd door elkaar, alle wel degelijk met iets in de weer, een paar met een voor hun gezicht bevestigde spreektoeter, die hun stemgedruis versterkt en weerkaatst tegen de bergflanken, tot ver in zee verstaanbaar maakt, ze roepen woorden en zinsdelen in het hedendaagse verloederde engels.

Iemand komt Hammer vragen wat hij hier te zoeken heeft, want hij draagt geen badge die hem indiceert als betrokkene bij de filmsekte. Leentje bezit zo'n insigne ook niet, maar zij zal deze functionaris, die zich uit in het frans, drijvend op italiaans, of omgekeerd, waar ook dat engels bij is ingekookt, wel eens te woord staan. Zij klutst een keur aan taalklanken tevoorschijn, waar ze haar ledematen onbedorven gehaaid bij inzet, de zon spettert in het juweel op haar slanke buik, waar de surveillant zijn ogen niet van wegwendt. Met haar rug naar haar verkouden leermeester opent en sluit ze haar benen op een manier die het vermoeden wekt dat haar iets hindert in het snijpunt ervan.

Zij plooit achterlangs, alleen Hammer ziet het, een hand onder haar rokje en terwijl ze haar knieën om de beurt buitenwaarts knikt als een oosterse danseres, pulkt ze het koordje van de string naar beneden, – het blijft haken aan haar duim en toont zich in de fractie van een lichtschijnsel onder het rokje uit voordat het terugflepst. Hammers duim en wijsvinger beschrijven draaibewegingen naast zijn mondhoek, waar niets te draaien valt.

De terreinwachter drukt zijn op elkaar gelegde handen beneden tegen zijn buik, het bovenste kootje van zijn pink verstolen in de overslag van zijn gulp, – is daar alles in orde? – en wipt op en neer op zijn gymschoenen. Hij laat zich door Pearlene charmeren, die informeert of die en die, iemand, een vrouw, al op de set aanwezig is. Nee, hij begint toeschietelijker te worden, die komt met mevrouw Kidman mee. De daarjuist opgecirkelde helikopter komt dadelijk terug met mevrouw Kidman aan boord en die is nooit zonder haar visagiste.

In de verte loopt Rich met een bundel papieren,

Leentje trekt uitbundig zijn aandacht, roepend, zwaaiend, opdat de controleur zou geloven dat ze waarachtig wel iets met de filmbedrijvigheid uitstaande heeft, al blijft de mogelijkheid dat dit merkwaardige tweetal deel uitmaakt van de klittige pulppers, zowel deze aanvallige nimf als gene verkruimelde ouwe zal hij alert in het vizier blijven houden en hij gedraagt zich naar dit voornemen. Hij beveelt de scooter van het filmterrein te verwijderen en wijst een plaats achter de woonwagens en houten optrekjes aan de periferie van het gebied, waar meer voertuigen en machines zijn geparkeerd, daar staan twee kanonnen tussen. Ook excellentie geeft hij te verstaan zich onzichtbaar te maken en te houden, deze ziet er al helemaal te wantrouwen uit, nadrukkelijk vermomd als landloper, geen dubbeltje voor een schoenveter en moet je die broek zien, waar zit de lens van zijn fotocamera verstopt? Is hij misschien een figurant, nee, bij de opnamen van vandaag zijn geen figuranten.

Buiten adem klautert Hammer weer achter op het zadel, wat doen we hier, Pearlene, de Vespa slipt even alvorens vaart te zetten, hij grijpt Leentje in de lenden, zijn stille huis met de duizenden boeken, ach, de serre met de orchideeënstekjes, breng hem daar toch terug, al zijn de boeken weg en de orchideeën geknakt, verdord, hij wil niet zijn wie hij op dit ogenblik is.

Op zee is een veelzeilig schip verschenen, alle zeilen anders van kleur, bevlagd, bevaand, bewimpeld, alles wapperend en waaiend, trots en vrolijk in de nu heus grimmiger aantrekkende wind, die Hammer door de zweterige kleren slaat. Op de wal is men met handtelefoons in contact met het fregat.

Achter de schermen, waar hij neerzakt in een linnen stoeltje, hijgend, min of meer uit de wind, ontmoet hij, zelf een oud wrak met onttakeld tuigage, die andere staatsiesloep uit vroegere waters: de acteur die hij op de Carta Mundi wel eens over het A-dek ziet schuifelen. Deze vermaardheid met zijn schilferige, dun bepluisde bovenhoofd, waar hij regelmatig zijn vingernagels als een eg overheen kerft, komt op een ander textielen stoeltje bij hem zitten.

Handdruk.

Met sonore filmstem, Hammer herinnert zich die uit de drama's vol dood en donkere bossen van een halve eeuw geleden, spreekt de man een paar woorden uit, klinkend als scandinavisch, die wij niet begrijpen en Hammer ook niet onmiddellijk. Tot hem invalt dat het de titel van een zweedse, deense, noorse of dergelijke vertaling van een van zijn romans is, wanneer schreef hij die, wanneer verscheen die, waar ging die over, hij heeft er nog een prijs voor gekregen, het ding verdween decennia geleden in de ramsj, net als hijzelf.

Wat een charmante manier van kennismaken, hij zou die eensgelijks willen beantwoorden, maar hoe de noordgermaanse rolprenten in de oorspronkelijke taal hebben geheten, waarin deze heer liep rond te somberen in de gestalte van de Dood in een zwarte cappa magna, reproduceert zijn brein niet meer. Evenmin, nog steeds niet, weet hij zich de naam van dit bioscoopicoon te binnen te brengen. Hij met zijn getrainde geheugen, – alles raakt door erosie aangevreten, waar is alles gebleven. Als alles verdwijnt, waarom is het er dan eerst geweest. Wie drinkt van de Lethe verliest zijn geheugen.

Het waren hoogst intellectuele zweedse arthousefilms, de acteur toen in de bloei van zijn jaren, net als hijzelf, maar ze werkten op zijn zenuwen en joegen hem nogal eens voor het einde de zaal uit. Welke herinnering bewaart zijnerzijds deze lezer aan zijn roman, gesteld hij heeft er meer dan de titel van gelezen, – heeft hij die even geïrriteerd en ongeduldig dichtgeklapt voor de slotakkoorden klonken?

De heren onderhouden zich in het duits, de acteur met een Vikingaccent, dat ook te horen is als hij in andere films dan in zijn eigen taal spreekt. In die andere films is hij altijd aangespoelde vreemdeling in hem onbekende omgeving, zodat zijn accent verklaarbaar is, belgisch piloot in de smokkelstad Tanger, iets met staatsgeheimen en hartstocht, tsjechisch geleerde in chinese ondergrondse woestijnfabriek om er een wereldvernietigend kernwapen te ontwikkelen, – in al zijn vertolkingen en vermommingen blijft de cinefiel hem kennen aan zijn stem, ietwat schrapend, maar warm van resonantie, onveranderlijk het geluid uit de monnikskap van de vermoeide figuur met de zeis uit zijn vroegste films.

En het accent van Hammer? Hammer spreekt duits op de klanken van opa Oldorff.

'Uw vriendin?' De filmspeler duidt met zijn kin op Leentje, die hij, meent hij, aan boord wel eens op een toneeltje heeft zien staan, kan dat, in een illusionistische goochelvertoning? Hij laat een brandend stompje rookgerei tussen zijn voeten vallen en trapt het uit met nog een witte damppluim uit zijn neusgaten. Opgepast, brandgevaar in deze dorre hitte.

Ze parkeert de Vespa achter een bolvormige gele struik die eruitziet als een uit het heelal neergestorte sterrenglobe. Moeite met het lamme achterspatbord, dat steeds in het groeisel blijft haken. Het minieme rokje aan haar voorovergevouwen lichaam, van achter gezien, haar benen die ze buigt, strekt, om het motortje door het stugge gras en over keien te dwingen, sierlijkheid door kracht, voor de oorlog heette de gymnastiekvereniging zo, waar hij uiteraard geen lid van was. Het T-shirtje is tot haar oksels omhooggerimpeld en geeft haar crèmige rughuid aan de zon, de wind en de blikken der beide grijsaards. En van Rich, die komt toegesneld, de klep van zijn petje nu aan de zijkant van zijn hoofd, met wie ze achter het geel verdwijnt, aanbiddelijke Leentje, regenboog van troost, tedere wilde mooiste bloem, naakt onder haar kleertjes.

De oude schrijver moet niet vergeten door te ademen, hoe moeizaam ook, bij het aanschouwen van wat hem nog is vergund te aanschouwen, zijn lieveling in de verstrijkende middag, weet hij niet van haar geur, weet hij niet van haar geheimpjes. Deze laatste flonker van zijn hart is ja, zijn vriendin, antwoordt hij, maar hoe gedevalueerd is ook de betekenis van het begrip vriendin. Eigenlijk is Leentje niet zijn vriendin volgens de huidige uitleg van het woord, dat is maar een droom, – anderzijds is ze eigenlijk inderdaad zijn vriendin, al vermoedt zijzelf dat niet, het ligt eraan welke duiding men aan het woord vriendin en aan het woord eigenlijk hecht.

Voor je het weet verglijd je van betekenisleer in filosofie.

De gespreksgenoot knikt, schedelkrabbend dat het ritselt, zijn ogen dwalen naar het zeilschip. U en ik zijn als die oude schuit in de dartele golfjes. Denkt hij dat? 'Ich verstehe', zegt hij. Na mooi getimede stilte wijst hij naar de horizon, zee en lucht vouwen zich er in elkaar: 'Daarachter ergens moet het schatteneiland Monte Christo liggen.' 'Alexandre Dumas', voegt hij eraan toe, overbodig voor de geletterden die wij zijn.

Leentje en Rich vertonen zich weer, Leentje met een knoestige stok, van een boom gevallen, die ze omhooggooit en opvangt als een majorette. Ze slaat ermee in de struiken, waar krijsend van schrik of agressie vogels uit tevoorschijn schieten. Ze beschrijven lasso's in de lucht, duiken als jachtbommenwerpers omlaag, is dat dezelfde meeuw van daarstraks, hij kan een lel met de stok tegen zijn harses krijgen. Lachend, elkaar aanrakend, komt het stel naderbij.

Jaloezie, die hem als harpoenen in de hartstreek treft, is natuurlijk bespottelijk, Hammer ziet dat zelf wel in, het is dan ook iets anders dan jaloezie, nog smartelijker: het besef dat alles in zijn mager geworden leven voorbij is, als een rots achter de horizon, de plaats van alle utopieën, in zee verzopen. Wat zou hij nog kunnen verlangen dat niet vergeefs is, de liefde van die spring-in-'t-veld met haar stok en het schitterpuntje siermetaal in haar navel?

De jongen legt een arm om haar leest en trekt haar tegen zich aan, onder het gewiek en geschreeuw van de vogels weert ze hem af, ontwijkt zijn kus, alles lachend, hoe vrolijk dat ze is en hoe onbereikbaar.

Hij dreigt weer weg te doezelen, in plaats daarvan niest hij. Transpirerend in de hitte, blijft hij zich verbeelden dat hij uit ijs bestaat, rillend van kou speurt hij naar iets waarmee hij zich koelte kan toewaaieren.

'U zit shit hee helemaal te stomen, de damp kringelt uit uw jasje.'

Pearlene hurkt bij hem neer. Is ze zo argeloos of provoceert ze door hem opnieuw inkijk tussen haar dijen te bieden, het ivoren eiland waar ook het geoefende cameraoog van de filmspeler een ogenblik verwijlt, waarheen elders hun ogen te dwingen. 'U had terug naar de boot moeten gaan, ik had u hier niet naartoe moeten brengen.' In zijn hoofd heeft hij nieuwe momentopnamen van zijn geliefde gemaakt, voor later, want ze zal weer uit zijn leven verdwijnen, bij hem komen wonen zal ze wel niet willen, haar ogen zijn mauve. Ze voelt aan zijn schouder, haar vingertoppen raken zijn hals, die nat is en koortsiger dan de temperatuur die het eiland verzengt.

Een moederlijke vrouw in stofjas komt de acteur zeggen dat het tijd is om zich klaar te maken voor de opname. Sedofsk heet hij. Natuurlijk, er gaat een schijnwerper aan in de verduisterde archieven, de wereldberoemde Maximilian Sedofsk. Met haar meeschrijdend nodigt mister Sedofsk de schrijver uit, aan wie ook de kleedster ziet dat hij na aan bezwijmen toe is, om mee te gaan naar de luxecaravan waar de voorbereidingen plaatsvinden, daar is het koel. Lachend richt de vrouw haar vinger op excellenties broekspijp, de speld, de bloedveegjes, en op het touwtje in zijn designschoen, you are in the wrong movie.

'Gaat u maar met Ugolina mee,' zegt Pearlene, 'zij maakt wel weer een mooi standbeeld van u. Gaat het?'

Ze stut hem als hij moeilijk uit de stoffen stoel komt, wat hem aan zijn stuit herinnert, en het onzeker is of zijn benen hem zullen houden.

'Jawel, het gaat. Dank je, je bent meer dan lief, dank je. Ik zeg de hele dag niets anders tegen je dan dank je.'

'Hoeft niet. Graag gedaan. U bent ook lief.'

Hij staat afgeleefd te hijgen, hand voor zijn neus en

mond want er is weer een nies in aantocht, die niet komt, overrompeld door wat hij haar hoort zeggen, op slag ontroerd. Zijn benen dreigen het alsnog onder hem te begeven, maar zij reikt hem de stok om overeind te blijven.

Rich, hij streelt nog even haar arm, gaat terug naar zijn taken, de schram aan zijn kuit is verkleurd tot okerpaars. Bij een piepschuimen decorstuk staat hij telefonerend instructies te geven aan onzichtbaren, de twee kanonslopen schuiven uit het groen en worden recht omhoog gericht. Is het een oorlogsfilm?

Toch niet weer over Napoleon of gesitueerd in Napoleons dagen, met Napoleonse zeilschepen en geschut dat de slag om Austerlitz heeft overleefd? Er lopen geen honderden mannen in empire-soldatenpakken over het terrein, in het leger van de keizer waren het er miljoenen, geronseld of gedwongen om te schieten en te moorden, afkomstig uit alle door de imperator onder de voet gelopen gebieden. Die miljoenen hebben, voordat ze zelf in 's keizers dienst crepeerden, miljoenen doden veroorzaakt, het totale aantal lijken in Napoleons oorlogen is niet noemenswaard minder dan dat uit het identieke terreurbewind van Hitler. Allons enfants, de slachter is morgen jarig.

Leentje heeft ook geen idee wat voor film hier wordt gedraaid, of dan toch fragmenten voor een film, die misschien niet eens op Corsica is gesitueerd, zoals men wel naar poolse wouden trekt om woud te filmen voor een in Nederland spelende rolprent waarin de regisseur woud behoeft. 'Iets met liefde zal wel.'

Hammer, hijgend: 'Uiteraard, wat gaat niet over liefde.'

De heer Sedofsk zet uiteen dat het een surrealistische sciencefictionfilm moet worden. Het verhaal, al is er nauwelijks een verhaal, vindt niet een paar honderd of paar duizend jaar na onze tijdrekening plaats, maar millennia maal millennia na ieder denkbaar aards bestaan. De aarde is een onbewoonbare, verlaten, vergeten, weggedreven stofbol in het heelal, – voor dan levende intelligenties, woonachtig in een onergens ergens in de ether, is wat eens de door ons bewoonde planeet was een onbekend door de sferen drijvend lichaam, te vergelijken met wat thans voor ons een nog onontdekte maan of zon of ster is achter de onbereikbaarste oneindigheid van het firmament. Welnu, eines Tages...

Die scandinavische spraakklank, oporgelend uit buikdiepte, Hammer is terug in vroegere jaren, in bioscoopzalen waar nog mocht worden gerookt, al rookte hijzelf toen nog niet, en waar op het scherm het personage van de Dood door nicotinewalmen werd omwolkt. Zoals de naast hem met voorname tred bewegende acteur zich uitdrukt, het beeld dat hij oproept van ultieme verlatenheid, met stemgeluid tenderend naar gregoriaans, doet Hammer aan eindigheid en sterven denken, aan zijn eigen sterven, al weet hij eigenlijk niet exact wat dat voor ervaring kan zijn, zodat eigenlijk ook hier te onpas wordt gebruikt. Na het sterven als een stofje door het heelal, zoals de wereldbol in het filmscenario, is er na het sterven een heelal, van welke aard is dat stofje en blijft het eeuwig zwevend een stofje of ontbindt het ten slotte, wat is daar de zin van en wat kan de dode dat schelen, beschikt hij als stofje over enig bewustzijn? Hij denkt, zoals tal van keren eerder: de dood treft niet degene die sterft, al sterft hij, maar degene die zit opgescheept met mogelijk verdriet of andere emoties om het overschot. Zijn moeder scheurt voorbij, niet als een stofje, wat besefte ze op het moment dat de bomsplinter haar ledematen wegsloeg en van haar hoofd alleen de ondertanden in een kinfragment overliet, waarschijnlijk niets en wat is een stofje. Wat beseft hij als hij zelf, plof!, wel eens sterft, in ieder geval niet dat iemand verdriet om hem zal hebben, terwijl het sterven van zijn moeder, het laatste beeld dat hij van haar overhield, zijn hele leven bij hem is gebleven.

Over stof gesproken:

Er ontstaat een knallend lawaai als van inslaande projectielen. De filmvorst maakt wel zijn zin af, maar zonder dat hij verstaanbaar blijft. Eines Tages... Over het filmterrein loeit een stofstorm, waaiende gordijnen stuifzand, bladeren, takken, vlokken schuim, de eilandbegroeiing slaat plat tegen de grond, de decors trillen en van ieder lijken de kleren van het lijf te worden gezogen. Daar is de helikopter van miss Kidman, de wieken slaan vogels ondersteboven door de lucht, hij komt uit zee, waar het droomschip onder het geweld van de luchtturbulentie van bak- naar stuurboord wankelt. Hammer niest, hij neemt zijn bril af, die over de neusbrug omlaagglijdt en van zijn gezicht dreigt te worden geblazen.

Het ruimtetuig uit toekomstige eonen landt als een

brullende monsterlibel midden op de vlakte. Leden van de crew rennen erop af en omringen het of ze inboorlingen van een achtergebleven melkwegsatellietje zijn, weggeraakt in het universum, nooit zo'n glazen stolp aan krankzinnig rondzwierende molenarmen gezien, zomaar neergedwarreld uit de wind. Zakken ze erbij op hun knieën voorover, armen boven hun hoofd ter aarde tot aanbidding van het hemeltuig?

Als het lawaai is weggeflapperd, opent zich een rechthoek in de glasbol, daarin verschijnt de godin haarzelve, het gebaartje waarmee ze het gouden in ongerede rakend haar van voorhoofd achter oorschelp drapeert, voorhoofd van albast, oorschelp ook, gaat over in aanminnig zwaaien naar het opklaterend applaus.

'Die is ook niet meer wat ze geweest is', zegt de bejaarde acteur.

Naast de even bejaarde schrijver staat hij achter het raam van de luxe gefaciliteerde woonwagen, alleen voor hem, voorzien van leunstoelen, een rustbed, verse boeketten, alles herhaald in spiegels die de ruimte vertienvoudigen.

'Ze had haar gezicht en figuur niet moeten laten straktrekken om beginnende wallen, rimpels, verzakkingen weg te werken, waar nu de aandacht juist op wordt gevestigd. Ze is voor in de veertig en heeft het gezicht van een middelbare kleuter.'

Er treedt, geheel in het wit, een jonge man uit de spiegels tevoorschijn, hij noodt de acteur plaats te nemen in de schminkstoel. Vult in het engels aan wat hij de scandinaviër in het duits heeft horen opmerken: 'Behalve op haar hoofd heeft ze al het haar van haar lichaam laten schrapen.' Dat weet hij van een vrouwelijke collega.

'Ze moest een bedscène doen met haar vorige man, Tom Cruise, waarin een zweemsel van haar you know down there door de camera kwam schemeren, flitserig kort en vaag, without any krulletje of sprietseltje begroeiing. De regisseur, dat was mister Kubrick, besloot dat het over moest en stuurde miss Kidman, toen nog breekbaar mooi en nog niet onherstelbaar gerestaureerd, in haar blote you know terug naar de kleedkamer. Daar werd haar down there door die collega van me een bontje voorgeplakt, wat uren in beslag nam, zoals bewuste scène zes volle dagen. Het fragmentje fake pubic hair van miss Kidman is in de film een kwart seconde te vermoeden en mister Kubrick is er een paar dagen later van doodgevallen door een hartklap.'

Men schatert, behalve excellentie, die beweegt zijn mondhoeken een beetje, achter zijn ogen, waar het donker is, lichten dia's op van Leentje.

Daar gaat ze, hij ziet haar naar de helikopter rennen, is het in orde met het draadje tussen haar geëpileerde glooiingen, snijdt, bijt, schrijnt het niet, ze wordt afgeremd door de toezichthouder, ze stoot hem weg.

Miss Kidman is verwelkomd en weggeleid in haar beige broekensemble, dat in de plooien glanst als munten, en schudt handen, wordt omhelsd, omringd door regisseur, opnameleiders, assistenten en alle anderen voor wie ze is als slagroom. Ook voor haar is er een privéverblijf tussen de dennenstammen, die zacht krakend staan te deinen in de wind, stoeiend met de kleren en het kapsel van de diva, de diva kijkt zorgelijk naar het langsrazende zwerk.

Huppelend zet Leentje haar voet op de onderste trede van de hefschroefmachine, de terreinwachter rukt haar er aan de bovenrand van haar rokje van weg, twee andere gorilla's snellen toe, die haar met hun armen omsingelen, zijn geliefde wordt tegen het heidegras getrokken. Hammer ziet het schoppen van haar naakte benen, met haar vuisten slaat ze om zich heen, hij bonkt van woede met de stok op de houten vloer, zodat de acteur, de grimeur, de vrouw in de werkjas via alle spiegels naar hem kijken. Ze komen bij hem staan aan het kleine raam, weer schaterend, om het tafereel dat nu ook zij te zien krijgen. Het bovendek van de acteursschedel is besmeerd met een hardroze fluorescente brij, gestold als tot glazuur op tompoesgebak, daarin valt in deze seconden een web van fijne barstjes. Ja! ja! Ihre Freundin wehrt sich wie ein! hij laat het zonder nadere woordbepaling, – wie ein was?

Beuk met die stok niet op je voet, Hammer, denk aan je toch al pijnlijke teen. Zijn hersens vullen zich met rood, met hitte, drift, hij proeft het in zijn mond, als hij die knoestige stok niet had zou hij omvallen.

Uit de helikopter komt nu een tweede Leentje, een meisjesachtige jonge vrouw als Leentje, zij het blond, geprononceerder van vormen.

Boven aan het trapje begint ze te gillen naar de mannen die het trappende en meppende welhaast ontklede lichaampje tenger als het is tegen de grond drukken, geagiteerd beweegt ze haar armen, in iedere hand een schoonheidskoffer.

Van dit gebeuren dringt geen geluid door tot het gezelschap achter het raam, het voltrekt zich als in een stomme film, die zich afspeelt in een nog op te nemen film, Hammer als protagonist in een raamvertelling. Hij is geen politicus meer om diplomatiek te bemiddelen, geen rechter meer om met een hamerklap de zaken te beslechten, alleen nog min of meer schrijver is hij, al dateert zijn laatste publicatie van twaalf jaar geleden. Waar is zijn lichaam, waar de kracht van vroeger, om met de belagers van zijn droombeminde op de vuist te gaan, zijn ridderlijke moed om in gevecht tegen overmacht zijn bril aan splinters te laten slaan, gezicht onder het bloed, twee voortanden zijn slokdarm in geramd. Hij staat zielig te rillen, koud of hij bevroren is, hoewel vlammen hem uitslaan, hoe oud is zijn lichaam intussen, heeft hij daar zelf nog enig besef van, er stroomt water uit zijn neus.

U moet gaan zitten. Sit down. Sit. Sit! Is hij een hond, rood rondom zijn muil? Als iemand een stoel in zijn knieholten drukt, voelt hij of de krul van zijn snor nog aangepunt tegen zijn wang plakt. Hij zit. De stok tussen zijn benen, zijn handen rusten erop, op zijn handen zijn kin. Blijf bij positieven, stuk antiek.

'Dat is de collega over wie ik het had,' zegt de visagist, 'de lijfverzorgster van la Kidman.'

'Ach so.'

De blonde verschijning is als een Jeanne d'Arc in de mannenkluwen, met haar koffers rost ze om zich heen, het openwaaiende blond is van vonkend staal.

'Ze heet Nadia.'

Leentje komt onder de lichamen uit en voordat ze

haar shirtje, rokje weer naar behoren aan haar lijf heeft gerangschikt, zien wij wat men achter het raam ook ziet, Hammer nog voldoende bij bewustzijn:

De meisjes kaatsen tegen elkaar, kleven hun lichamen buik tegen buik, borsten tegen borsten, armen als zuigwortels om elkaar heen voor een kus van vele secondewijzertikjes op excellenties bijzondere dure horloge, dezelfde seconden als in Guatemala en het goudland Ofir.

'Na ja.' De acteur richt verstolen een blik naar Hammer.

Het vindt plaats in roerloosheid, alsof de vrouwen zijn veranderd in Niobes. Als ze elkaar eindelijk loslaten blijven hun lichamen samenhangen, ze strelen elkaar, hoofd, gezicht, armen, rug, lager, of ze nu gaan dansen, iedereen mag kijken, dat doet iedereen dan ook. Is me dat een weerzien sedert wie weet weken of maanden van twee tovenaressen, de ene met een glazen globe op een cruiseschip, de andere met kalefaterpreparaten en haarplaksels aan het voorheen diviene vlees van een cinemaster. De wind doorschudt de kronen van eiken.

'Als u uw jasje eens uitdoet', suggereert de moederlijke Ugolina, hand op Hammers schouder. 'U zit kou te vatten in uw zweet. Ik zal het stomen, is het in ieder geval weer droog en uit de kreuk, voelt u zich wat prettiger.'

Hij veronderstelt dat ze iets dergelijks bedoelt. Ze staat in haar witte schort tussen hem en zijn zicht op de meisjes, dat hij ervaart als een vervoerend visioen of hersenspinsel als toen hij in coma verbleef en naar een pen zocht om er meteen een gedicht van te maken. Is hij dan terug in de ziekenfabriek, betutteld door witte spoken, zuster, zou u mij als-tu-blieft, hier zijn uw pillen, meneertje.

Ze trekt het jasje al langs zijn armen omlaag, de tweede keer vandaag dat hij het lijdzaam toestaat. Ze haalt er zijn portefeuille uit, controleert de andere zakken, de chipkaart, frommelt dan het chique Armani-jasje als een vod onder haar oksel en wijst weer, lacht weer, met het geluid van een lama: 'See that pantalone! Et vos chaussures!'

Opnieuw knielt er een vrouw voor hem neer, hij laat haar begaan, opnieuw verwijdert een vrouw de schoenen van zijn voeten, het leven bestaat uit bestendige herhaling, soms gebeuren op één dag eendere ongebruikelijkheden, de schoenen moeten uit want de broek moet ook uit. Dat decreteert ze in haar tot cryptogram geprakte taalcompote, en mocht hij die niet begrijpen, dan verduidelijkt ze haar oogmerk wel even: ze haakt haar vingers achter de broekband. 'Viens, monsieur, come with Ugolina.'

'Es gibt ein Douche-Kabinet', zegt Herr Sedofsk tegen de spiegel. 'Geneer u niet.' Waarna hij meteen de gedachtenwisseling met zijn gezichtenmaker herneemt: 'The beloved Nicole is het allervorstelijkst betaalde lieveheersbeest uit de filmgeschiedenis en haar films renderen het minst. Zijn het rotfilms, krijgt ze altijd verkeerde rollen, of is ze au fond tweederangs?'

Met een tussen beide handen strakgetrokken linnen doek politoert de visagist de scalp van de acteur, tot deze glad en glimmend is als een kerstboombal. Alle spiegels in het rond geven het weer, zodat het achterhoofd van de zweed gelijktijdig zijn gezicht lijkt te zijn, het linkeroor zit tegen de rechterslaap, als hij praat schemeren zijn tanden in zijn nek. 'Neem de film die we nu opnemen,' betoogt hij, 'daar is geen acteerkunst, zelfs geen acteerervaring voor nodig.'

De grimeur vraagt: 'Waarom doet u zelf dan aan deze onnozele vertoning mee, een gigant als u.'

'Om van huis te zijn. Ik moet altijd wèg en gedoe om me heen. Blij dat ze me nog vragen. Anderen kweken bloemen. Kunst en zo maakt mij niets meer uit. De dood ligt al bij mij in bed.'

'Ze heeft een mooie kont', brengt de gespreksgenoot in het midden, als we ervan uitgaan dat de plaats waar hij staat het midden is van de ruimteloze ruimte waarin wij ons bevinden, de ene ruimte zich voortzettend in de andere, zoals in het universum. De gammele heer Hammer, door Ugolina bij de overhemdmanchet genomen, meent allang dat hij in de uitgestrektheden van de weerkaatsingen is geatrofieerd, is hij hier is hij daar, welk hier welk daar, verkruimeld tot een atoom ziet hij zich zweven door het veelvuldig gespiegelde licht.

'Laat u de stok maar hier.'

Vanuit de verte toch dichtbij verstaat hij, meent hij in ieder geval te begrijpen wat de vrouw in het corsicaans zegt. Waaruit de conversatie van de andere heren bestaat, valt zonder taalprobleem te volgen:

De acteur, die zijn scandinavisch duits heeft verwisseld voor scandinavisch engels, merkt op, met zekere hoorbare melancholie: 'Vroeger ja, had ze een aanminnig achterwerk.'

Terwijl hij met gestrekte vingers de hoofdhuid van de filmspeler beroffelt als een bongo, beaamt de soigneur in zijn hollywoods: 'Je ging naar haar films in de hoop haar blote kont te zien te krijgen. In die schaamhaarprent van Kubrick laat ze nog vóór het begint alles wat ze aan haar lijf heeft rondom haar voeten vallen, als aperitief, of ze eerst nog even onder de zonnebank gaat voordat de titel en haar naam op het doek zijn verschenen. Helemaal naakt op haar rug gezien. Superb vormgegeven billen, door Nadia opgeglansd tot perziken om meteen je lippen omheen te sluiten.'

Er staat een formica stoeltje achter het douchegordijn, waar Hammer zich gedesoriënteerd op neerlaat, waar is hij nu weer, in zijn hut aan boord beschikt hij over een jacuzzi. Zijn broek moet dus uit, er is een vrouw aan de andere kant van het glazig rimpelende, golvende ringetjesdessin die hierop aandringt. Ringetjes, rondjes, bolletjes, luchtbelletjes. Visjes happen ernaar of laten ze uit hun elastieken mondjes ontsnappen, alsof hij, zelf pompend naar lucht, omringd door die visjes in zee zweeft, die hij hier kan horen.

'En geef uw overhemd dan ook maar meteen.'

Of hij Mittra hoort, met de plastic wasmand op weg naar de bijkeuken, waar de wasmachine staat. Die wasmand is blauw. Mittra zonder hoofddoek, of is het Eva met dezelfde wasmand, je tot rafels versleten onderbroeken heb ik weggegooid, pa.

Daar zit hij in zijn rode sokken, waarin hij zijn tenen strekt, en in zijn boxerpijpjes met postzegels waarop vrolijke vogeltjes in schaterende kleuren.

De vrouw steekt haar hand tussen het gordijn om ook het overhemd dat hij traag, willoos gelaten, heeft opengeknoopt, van hem aan te nemen. Die hand heeft een geur die hem niet aanstaat.

Hoe denk je dat je zelf geurt, Hammer?

In Gotha, het verspinnewebde slot met de schilderijen, – daar is hij per associatie terug als hij boven zijn hoofd Ugolina's hand en pols tevoorschijn ziet steken.

Nog trillend van emoties om het Cranachmeisje dat hij over oceanen van tijd heen heeft herkend, staat hij elders in het museum in een zaaltje, waar stof beweegt als blauwe vitrage in de binnenvallende zon. Zijn voeten zakken er weg in wollig tapijt, of ze aan de vloer worden vastgezogen, en hij verstart opnieuw, hoofd achterover naar het intrigerende plafond, verbijsterd, terwijl een oud verdriet in hem neerslaat, waarvan hij dacht dat het was verdrongen, om een gebeurtenis, een herinnering, die zich nooit heeft laten verdringen.

Hij staat onder het grauwe zaalgewelf als op het moment dat het scheurt: er puilen lichaamsdelen uit de zoldering, armen, schouders, handen, rompen, heupen, borsten. Is daar de hemelse engelenoorlog gaande, misschien het laatste oordeel, waarbij de abjecte elementen door de wolken heen omlaag worden getrapt, of is het omgekeerde het geval en zijn het lichamen van opvarende uitverkorenen die boven het plafond mogen deelnemen aan een feest zonder einde. Tussen het gekrioel tekent zich een gezicht af, tevoorschijn komend uit de verfloze kalk dan wel daarin juist verdwijnend en op het ultieme moment heel even nog zichtbaar. Naar dit dodenmasker staat Hammer te staren als een Tränentroddel van veertien,

toen de keukendeur waarvan hij de klink nog vasthield uit haar hengsels scheurde en hij, dreunende pijn aan zijn trommelvliezen van de explosie of opeenvolging van explosies, zijn moeder, opeens helemaal rood, naar het plafond zag opstijgen. Door het plafond zag vliegen als een vogel in vrouwenkleren. In het plafond zag ontploffen tot moederfragmenten, die later niet meer aan elkaar konden worden gepast, ze werden ook niet allemaal teruggevonden. Haar verbogen been, arm, vanaf de elleboog met hand, niet alle vingers er meer aan, een stuk van haar bekken, een onbekend ontveld bot, verbrande haarlok. Op het moment dat hij de deur opende had zij haar gezicht nog naar hem gekeerd en zei ze iets dat door het geknal uit haar mond werd geslagen.

Alsof het museumverwulfsel uit de achttiende of nog eerdere eeuw, vervaardigd door een krankzinnige kunstenaar met visionaire vergezichten, de voorspelling verbeeldt van wat Julius aan het begin van zijn leven in werkelijkheid zou zien. Onder dit plafond beleeft de heer Hammer, nu toch al een eind in de vijftig, de gebeurtenis opnieuw, hier voorgoed weergegeven in verstarde vormen, minstens zo realistisch. Dat mensengezicht in de hoogte, in vaag reliëf tussen bewegend rag, proppen stof, kijkt naar hem omlaag, de mond geopend of het iets meedeelt, de ogen blind gelaten, herinnert hij zich zoals hij een kwartier eerder het gezicht op het meisjesminiatuur had herkend, van ooit, van ergens. Had zijn moeder een gezicht? Alle foto's van haar, van zijn vader trouwens ook, zijn verkoold, op een paar kiekjes in het album van opa Oldorff na: zijn toekomstige moeder in een voorgaande eeuw als baby, kleuter, schoolmeisje en in die gestalten ook verschimd, het album is bij een verhuizing zoekgeraakt. Wie zijn moeder was had een been, rond de knie zat nog een flard kous, aan de voet een schoen met bandjes en een opening in de neus waar de grote teen met roodgelakte nagel doorheen stak, en ingewanden had zijn moeder, en een onderkaakbeen met tanden, en wat er nog meer van haar in het puin lag en eronder werd teruggevonden, of niet, en dat alles stonk. Hij hoeft niet naar de hel om te ervaren hoe het daar stinkt, dat weet hij sedert toen. Zoals wanneer men een lucifer tot ontbranding brengt, zwavel, gas, brandend hout, rook, maar dan miljoenmaal krachtiger, daar de stank van, gezwegen dan nog van het dode mensen- en dierenvlees dat onder de ruïnes vandaan komt die dergelijke miljoenenontlading tot gevolg heeft. Stank vermenigvuldigd met stank, stukken van zijn moeder, zwart in alle gradaties van zwart, alsof zijn moeder een negerin is geweest, anders zwart dan negerhuid, werden pas dagen later uit de onderwereld opgedolven, hij was daarbij, uit liefde, een keukendoek tegen zijn neus en mond gebonden, omdat de graflucht onuitstaanbaar was, en almaar grienend, moeders stinken, alle vrouwen stinken.

'Wat sta je hier nu, pa.' Eva voegde zich bij hem, langer tussen de Cranachs en diens tijdgenoten gebleven met haar loep en notitieschriftje, ook zij heeft moeite met de vloerbedekking, ze botst halvelings tegen hem aan. 'Je gaat hier toch niet staan roken. Wat zoek je dan. We moeten hier weg.'

Zijn nek masserend keert Hammer terug uit de chaossen. 'Alsof daar iets verschrikkelijks is gebeurd', zegt hij. 'Alsof deze rotmoffen daar nog hebben toegeslagen, of de maffia, er hangt nog net geen dode hond tussen. Daar moet een granaat of bom tussen de mensen zijn gegooid.'

Eva trekt hem mee. 'Dat is een van de beroemde plafonds van' – ze noemt een naam uit de kunstgeschiedenis, het zal wel, we zoeken het op bij wikipedia. 'Kom, pa. Wat sta je daar nu te wroeten in je binnenzak.'

Met plakkende zolen sjokt hij met haar mee door de verlaten lokalen, langs de gobelins, het eet- en drinkgerei van uiteenlopend edelmetaal, het wapentuig, de geschilderde gelaten van vergane hertogen en dergelijke types uit het geslacht Sachsen Coburg-Gotha die hier ooit hebben rondgeklost, sommige van diens nazaten hebben het tot koningen geschopt, een paar daarvan heeft hij gedurende zijn excellentiejaren wel eens de hand geschud in hun paleizen te Brussel en elders. Nergens suppoosten, nergens bewakingscamera's, nergens koorden waar het publiek niet overheen mag, alles staat en hangt of men mag aanraken wat men wil en als men iets aanraakt, al is het met zijn adem om er het stof van weg te blazen, loeit er geen alarmsignaal. Op twee spichtige dames en een jongetje na, zijn Hammer en zijn dochter de enige bezoekers.

'Waarom hebben we opeens zo'n haast, ik kan je niet bijhouden, Eva. Wat loop je nu opeens als een gek te rennen.'

In zijn binnenzak omklemt zijn hand de portefeuille, hij is weer op verschillende plaatsen tegelijk, waar hij zijn duim in het leer drukt, om het te voelen, omdat hij het moet voelen, het aandenken, dat er altijd is, hij draagt het mee door al zijn levens als een litteken in zijn eigen vel.

Met die keukendoek voor zijn gezicht bukte hij zich naar iets dat als onwezenlijk lag te glinsteren tussen de hopen steen, glas, ijzer, hout, rotzooi, stank, waar hij zijn moeder zocht. Ook anderen, buren, wroetten er rond naar wat voor overblijfsels dan ook, de hele straat lag in puin. Later hebben ze een herdenkingssteen met namen onthuld, daar staat Grethe Hammer-Oldorff tussen, maar hij is er nooit naar gaan kijken.

Kettinkje. Gebroken halskettinkje, het sluitinkje nog intact, het gitsteentje dat eraan hing was weg. Zijn moeder had het altijd om, vaak dat steentje, als ze las of luisterde of staarde, met haar vingertoppen ronddraaiend. In de motregen lag het goudachtig glanzend om de steel van een houten lepel gedraaid tussen het puin en zijn handen sidderden toen hij het opraapte en bijna weer liet vallen zodat de hades het dan voorgoed zou hebben opgeslokt. Dat sidderen kwam terug toen hij over de ramp een cyclus schreef voor de dichtbundel waarmee hij, wonderkind!, zou debuteren, en kwam nog eens terug, jaren later, toen hij er in een roman op terugkwam, en weer jaren later opnieuw, welk gebeef aanwijsbaar is gebleven in het manuscript van zijn memoires. Het is of zijn hand altijd onzeker is als hij naar het kettinkje in zijn portefeuille tast, waar het zich achter het dichtgegroeide ritssluitinkje bevindt, hopeloos verknoopt, zwart uitgeslagen, relict van de herinnering die ook hemzelf in knopen heeft getrokken. Geen vrouw hierna ooit in zijn leven is zoals hij gelooft dat zijn moeder is geweest, al kan hij haar lijflijke gedaante ternauwernood nog voor de geest halen, alleen dat ze toen de beschieting plaatsvond een streepjesjurk droeg. Vrouwen zijn schimmen, men kan ze alleen ruiken. Ach, dat sentimentele kettinkje.

Gotha, het meisjesportretje en het plafond, het straatbombardement, zijn moeder, zijn cynisme, alles in één flits, alle associaties gecomprimeerd tot de essentie, dit is, ziedaar: het eigenlijke. In de werkelijkheid van dit moment houdt hij zich op, grotendeels naakt, in een acteurskleedruimte op Corsica, waar een hand, los van een lichaam, door een afscheiding heen zijn portefeuille aanreikt. Zijn duim, het is een automatisme dat hij zelf niet meer beseft, is naar de nauwelijks voelbare uitstulping in het leer gegleden nog voordat hij in een vlaag van nog geen seconde de geur van de vrouwenhand had opgesnoven: wasgoed, ziekenhuis, mortuarium, ze kleedden hem uit en trokken hem een soort laken aan, mouwen aan de voorkant. Met de duimreflex is er de gedachtereflex aan Leentje, zijn zwaarmoedige genegenheid voor haar, zijn mistroostige verlangen, dat al smeult van voordat hij haar ooit had gezien. Toen dit gebeurde, zij met haar versjesbundeltje in het hopeloze schrijfklasje, zij met haar occulte glimlach, zij zoals ze hem verscheen, wist hij zeker zich haar te herinneren, – van een meisjesfoto in het album van opa Oldorff, van het miniatuur uit Gotha, hem verpletterend van verdriet, van geluk, daar ben je dan, heb ik je niet door alle eeuwen heen gezocht, jij bent het, al die tijd mij hier verwachtend met je Cymbidium-orchidee, waarvan de afzonderlijke bloempjes doorgaans geel zijn, maar Cranach vond frêleroze mooier, passender, karakteristieker bij de magie van je ogen. In de verzenging van zijn verliefdheid heeft hij overwogen het kettinkje om Leentjes hals te hangen, daartoe eerst ontknoopt, gerestaureerd en opnieuw voorzien van een gitsteentje in de vorm van een traan. Hij overweegt dat nog steeds, maar zij zal het niet willen, wat moet ze ermee, wat wilt u van me. Omdat ik van je houd zoals ik voor het laatst als puber, die ik veel te lang ben gebleven, nog van een vrouw van wie dit kettinkje is geweest er is nooit meer iemand meisje vrouw in mijn leven zoals zij zoals jij ik bedoel ik dacht.

Wat een armetierig geëxalteerd zelfzielig betoog, Hammer, meestertaalkunstenaar, redenaar, rechtspreker, jij de Harley-Davidson der eloquentie en verleidingskunst, is dit wat je voor de dag zou weten te gorgelen, niet verbazend dat ze je hartengeschenk zou afwijzen: ik ben toch uw moeder niet!

In de museumburcht is een toonbank waar ansichten met afbeeldingen van geëxposeerde schilderijen en voorwerpen te koop zijn, maar die is onbemand. In afwachting van enig personeelslid draait hij de kaartenmolen rond, hij zoekt het gezichtje van het meisje van Cranach om het ook in zijn portefeuille te bewaren voor de rest van zijn bestaan, om ernaar te kijken en aan te ruiken, om het soms met zijn tongpunt te strelen, de ouwe idioot, hij wil haar op het voorplat van de roman die hij zeker over haar en hem zal schrijven zonder die ooit te schrijven.

Eva, ongedurig heen en weer, zelfs stampvoetend: 'Schiet nou op, pa. Je kan wachten tot er mos op je groeit, er komt hier niemand. Ze hangt er trouwens niet tussen.'

Wie bedoelt ze hangt er niet tussen.

Haar hand als een klem om zijn arm, alsof hij wordt gearresteerd, *hij* nota bene, nu nog mooier, dwingt ze hem te lopen, veel te snel dan hij aankan. 'Wat hèb je, Helga?'

Ze duwt hem de auto in, die ze schichtig start, haar ogen overal om zich heen, en met een schok in beweging brengt, meteen in volle vaart, haar arm tegen zijn borst als een veiligheidsriem, waar toen niemand nog ooit van had gehoord. Achterover tegen de rugleuning gedrukt ziet hij zichzelf de heuvel afrazen, op de top waarvan het kasteelmuseum uitziet over de einders van Thüringen, waar zijn dochter de auto doorheen jaagt of ze wordt achtervolgd, door wie, door wat? Pas een halve dagrit verder luwt de sirocco in haar hoofd, haar handtas houdt ze tussen haar benen tegen haar buik geklemd, ze ruikt naar zenuwen, ziekte, zoals Helga rook. Een sigaartje opsteken in de wagen voor een aangenamer aroma verbiedt ze hem agressief.

Waar laat hij de portefeuille nu hij slechts gekleed in onderbroek met olijke motieven verwezen voor zich uit zit te staren, niezend. Het kaartje met het nummer A81 steekt hij in de portefeuille tussen het andere plastic waarmee de moderne mens geldbesognes kan afhandelen mits hij bijbehorende codes, cijfers, getallencombinaties weet te onthouden. Dat hij straks zal zijn vergeten waar hij het heeft gelaten, hij die anderen wijst op het genoegen van het geheugen, vermoeden wij nu al. Hij legt de portefeuille onder het stoeltje op de tegeltjesvloer en legt er zijn sokken overheen zodat hij het straks nog zal weten. Met de boxershort om zijn lenden staat hij op en vermijdt het naar zijn lichaam te kijken, dat niet meer lijkt op wat het was in het dolle vroeger, waar ben ik gebleven.

De douchesproeier piept, het water wordt niet warm, is het wel verstandig in deze kille regen te gaan staan terwijl de hitte broeit in zijn huid en hij toch staat te rillen of het vriest. Hij buigt alleen zijn hoofd onder de stralen, zijn ogen dichtgeknepen, verbeeldt hij zich omhoogwoelende knopjes te zien zoals in mineraalwater, ze spatten stuk en roepen iets. De op zijn achterhoofd neerkletterende stortbui is zo koud dat hij bij impuls geneigd is zelf ook iets te roepen, maar de adem ervoor slaat uit hem weg. Of hij opeens helemaal wordt leeggeroffeld en er vacuüm in hem oprijst. Hij heeft het niet meer warm, niet meer koud, er is zwart licht, hij heeft nooit bestaan, en terwijl hij zich met zijn rug langs de muur bedaard naar de vloer laat zakken, knarst er iets onder zijn voet, waar hij geen belang meer aan kan hechten. Laat hem zo maar zitten in foetushouding in de spetterende regen, hij stelt nog vast dat er iets rondom zijn grote teen zit, dat spant, het knelt. Zijn ogen zijn weer open, maar hij is blind, zo ook zijn mond, maar er komt geen geluid uit. Hoort hij nog iets, voelt hij nog iets, probeer eens in mijn hand te knijpen meneertje. Zijn gezicht is bestraald en bedruppeld, wat de indruk wekt dat hij huilt, wat hij natuurlijk niet doet, wij kennen hem, bovendien waarom zou hij.

Waar verblijft hij?

In dat buitenbewustzijnse bewustzijn dat hij de laatste tijd vaker ervaart. Enerzijds is hij er niet, of hij dood is, mocht dit zo zijn wordt het vanavond in het televisienieuws bekendgemaakt, anderzijds en tegelijkertijd, al zou er dan geen sprake meer zijn van tijd, is hij in volle helderheid aanwezig bij de dingen die het geval zijn. Zo weet hij dat hij in zijn schamele blootheid is neergezakt naar een vloer van een natte ruimte met waaiend plastic gordijn, ringetjes, vissenmondjes, en dat het met warme vlagen tocht langs zijn gerimpelde dunne huid en benauwdheid op zijn borstbeen drukt. Denkt hij iets, zoals hij altijd wel iets denkt? Als Leentje mij zo maar niet ziet.

Leentje.

Het moet twintig, vijfentwintig jaar terug zijn dat hij het miniatuur met haar gezichtje en de bloem in dat spokerig museum heeft gezien, maar dan ook gezien met duizend ogen en gezien tot in zijn nieren, als een voor hem persoonlijk bestemde belofte, hem toegefluisterd op de adem van eeuwen. Had het zich toen meteen zo scherp in zijn geheugen vastgezet dat hij van het smoeltje iedere trek en teintnuance was blijven onthouden, zo, dat hij in het schrijfklasje Leentje onmiddellijk herkende van Cranachs portretje? Hij probeert het te verdringen en wil er niet aan denken, maar probeer eens niet te denken aan wat je niet lukt te verdringen. Als fantoompijn blijft het knagen, met niemand te bespreken tenzij met Eva, die er niets voor voelt.

'Beter erover te zwijgen, pa.'

Als hij nu dood is, draagt hij het mee door de eeuwigheidssferen, waar het vol hangt met geheimen, die er ten slotte niet meer toe doen, – moet hij ook de eeuwigheid in met de eraan vastgesoldeerde beklemming, onrust, dreiging?

'Ooit komt het uit, Eva.'

Onderweg moeten ze in een versleten dorp de auto stilzetten voor de slagboom tussen Oost- en West-Duitsland, waar aan de communistische kant het hoofd van Ulbricht op verwaaid, verregend papier tegen het douanekantoortje hangt te flapperen. Met die heb ik ook nog aan tafel gezeten, merkt Hammer op.

Ze moeten het gebouwtje in voor bestudering van hun paspoorten en autopapieren. Eva, bleek van beheersing, haar handen trillen niet, brengt alles tevoorschijn uit de Guccihandtas, – op de bodem daarvan ligt haar opgevouwen zijden sjaal. De beambte werpt een blik in de tas, die Eva voor hem moet opensperren als de muil van een snoek, maakt een terzijde schuivend handgebaar, geeft de documenten terug.

Kunsthistorikerin, zegt zij. Wat kwamen zij en der Herr machen in de DDR? Museumbesuch. Hammer moet zijn portefeuille op tafel leggen, die niets bevat dat de douanier wantrouwig maakt. Und was haben Sie da, Herr Exzellenz? Nur eine Schachtel Zigarli und ein Feuerzeug, antwoordt Exzellenz. Het woord vuurtuig bliksemt door zijn hersens, zijn duim gedrukt op een bepaalde plaats in de portefeuille als hij deze in zijn binnenzak terugstopt.

Buiten zijn twee man bezig de auto te visiteren, stoelen, dashboardkastje, opbergmogelijkheden in de deurbekledingen, achterbank, motorkap moet open, achterbak moet open, met spiegels aan bezemstelen onderzoeken ze de onderkant van de autovloer. Eva drentelt heen en weer terwijl haar vader een sigaartje opsteekt, zij draait haar ogen ongeduldig naar boven, nerveuzig zich gedeisd houdend, de tas in haar oksel, elleboog tegen de ribben gedrukt.

Welke contrabande ze erin vervoert, blijkt 's avonds

bij haar thuis, toen nog niet in Chantilly. Als Hammer zich in de logeerkamer heeft teruggetrokken, vindt hij op het zwarte hoofdkussen het meisjesgezichtje met de bloem. Eva heeft het Cranachje eenvoudig van de spijker gehaakt en onder de sjaal in haar tas verduisterd.

'Je stond er zo verheerlijkt, zo ontroerd, zo buiten jezelf naar te staren, pappie, ik heb het gewoon voor je meegebracht, voilà. Het hing daar toch maar te verstoffen op een plekje waar in geen eeuwen nog een vlieg is neergestreken.'

En het vervolg? Dat trekt in secondesegmenten als episodes van een feuilleton door Hammers brein:

'Ben je gèk geworden', roept hij. 'Weet je wat daarop stáát, op kunstroof.'

'Kan je haar boven je schrijftafel hangen,' oppert Eva, 'of boven je bed en altijd met je ogen aanraken, je leek in dat museumpje je leek wel verliefd. Op jouw leeftijd. Mijn pa.'

'Je moet het onmiddellijk terugbrengen, het ze terugbezorgen. Ze hebben natuurlijk al vastgesteld dat het weg is en er politie bij gehaald.'

'Nou en?' Behept met de borstenvesting van Helga, daar haar armen gekruist overheen, staat Eva wijdbeens als een betonnen beeld van Käthe Kollwitz aan de andere kant van het bed met het opgebaarde meisje te grijnzen. Ze mogen je opsluiten voor jaren, denkt de ex-edelachtbare, en ik kom je niet bezoeken.

'Eva, dat kàn niet', zegt hij. 'Bovendien heb je mij medeplichtig gemaakt. Ik zie de kranten al voor me.'

'Pappie, wie zegt dat het ding vandaag zou zijn gestolen, dat zou ook vorig jaar al kunnen zijn gebeurd, bij wijze van spreken, zonder dat het ooit iemand is opgevallen. Er is daar geen toezicht, geen controle van camera's, geen hond die het mij heeft zien doen, geen douanemannetje dat mij heeft betrapt met mijn eerlijke gezicht.'

'Spreek mij vooral van hond in de misdaadwereld waar jij nu ook bij hoort.'

'Pappie!' Ze stampvoet en beweegt haar schouder of ze de muur zal bestormen. 'Hier heb je je gedroomde lieveling, je zonneschijntje, neem haar mee naar huis, zet haar voor je bord als je gaat eten, ben je niet zo alleenderig in je ongezellige kamers met al die papierrotzooi, een foto van mammie heb je niet eens.'

Hammer, cement in zijn benen, zakt neer op het bed. Zwarte lakens, het beddengoed opengeslagen, hij kan zo gaan liggen, zijn lippen gedrukt op het ovale stukje hout met de meisjesogen. 'Waar heb je me aan blootgesteld aan die grenspost daarginds. Daar herinneren ze zich een zenuwachtige Kunsthistorikerin te hebben doorgelaten, nota bene in gezelschap van een Justizminister der Niederlande, die binnen een kwartier kan worden geïdentificeerd.'

'Schrijf je niet te veel romannetjes, pa?' Eva legt het miniatuur op haar hand en kijkt ernaar met profane kennersblik: – 'Leuk dingetje anders wel.' Als ze haar andere hand erop legt, is het verdwenen als tussen de in gebed samengevouwen vleugeltoppen van de aangevreten engel op het graf van opa Oldorff, die zij niet heeft gekend. Zo loopt ze er de kamer mee uit, waar haar vader het grootste deel van de nacht klaarwakker in het zwart blijft kijken.

Een afbeelding van het verdwenen portretje verscheen in de krant, in alle kranten, 'van het kleine meesterwerk ontbreekt ieder spoor'. Hij heeft het fotootje sentimenteel uitgeknipt en in een boek gelegd om vaak naar zijn onbereikbare geliefde te kijken, hij weet inmiddels niet meer welk boek, het zal na Eva's opruimingsfurie wel uit zijn huis zijn verdwenen ook. Zijn geheugen wordt klein, hij heeft er nooit bevlogen colleges over gegeven, en ook de diefstal zelf zou al in de opstuwende vaagten binnen zijn hoofd zijn opgelost, als Eva alles niet opnieuw had opgedregd:

Eer- of een ander gisteren, op de vooravond van zijn inscheping op de Carta Mundi, in de huiskamer boven haar kunstgalerie. Opeens stond ze voor hem met op elkaar gelegde handen. 'Weet je nog?' Ze opende ze als een relikwiecassette en op haar vingers sluimerde het Cranachmeisje, dat naar hem is blijven glimlachen, zoals ze al glimlacht sedert de zestiende eeuw, de jongste kwarteeuw in het donker. Hij gromde van verrassing, van ontroering, haar terug te zien als uit de diepten, zoals toen ze hem voor het eerst verbijsterde met haar stille aanwezigheid in een doods museumpje. Het suizelde, alsof er in zijn hersenkronkels wind begon te fluisteren, die gedachten aanvoerde, herinneringen, dromen, alles vloeide in elkaar als verschillende waters tot eenzelfde stroom en daar dobberde hij in weg. Wat hij zich zogenaamd herinnerde te dromen of omgekeerd, of nog anders, het imbroglio van geestesbewegingen, waar komt dat vandaan, uit welk bewustzijn, alle bewustzijnen behoren tot wat het onderwerp van zijn essaytje is: het eigenlijke, dit is: de essentie.

Dat Eva het schilderijtje altijd in haar bezit heeft gehouden, in een bankkluisje in het buitenland, weet hij, ze heeft het niet in een ontraceerbaar postpakketje teruggestuurd naar het museum en het verkopen in haar kunstwinkel ging natuurlijk niet, ze biechtte het hem jaren geleden alsnog op na enig alcohol, maar hij heeft het tot deze avond nooit meer in het echt gezien. Om smeltend naar te kijken, vergelijk het eens met de affreuze canvaslappen in het ziekenhuis, beklodderd door hetzelfde slag ongetalenteerde amateurs als op het schrijfschooltje.

'Ik vond dat het in jouw leven hoorde, pa.'

Wat hoorde in Hammers leven? Alles wat erin heeft plaatsgevonden, ook het verlangde, maar nooit verworvene, het miniatuurtje is daar maar een afbeelding van, zoals de romans die hij heeft afgescheiden maar voorstellingen zijn van mensenlevens waarin van alles zou moeten horen dat toch niet in de puzzel kan worden gepast. Wat schiet men op met afbeeldingen en voorstellingen.

'Ik wil het niet', zei hij en schoof het van zijn knie, waar zij het had neergelegd, op de leren bank waar hij zat, – in de hoek daarvan het speelgoedpoesje van mottig ruiend pluche met iets vanbinnen dat niet meer rinkelde. Zo bezat Julius in zijn kinderjaren een beer die praatte, met een sopraanstem, het beest verdween op de dag dat alles verdween, zo was hij meteen volwassen. 'Ik bedoel, ik wil dit schilderijtje niet in mijn leven, want het is gejat', verduidelijkte hij. 'Het erop vereeuwigde meisje, dat is iets anders.' Hier zuchtte hij. 'Dat is een dichteresje. Ze doet aan wichelen en planetenlezen.'

Eva: 'Hè? Waar haal je dat vandaan. Dat ben ik in geen enkel kunsthistorisch Cranachboek tegengekomen.'

Op dat moment sprong aan de buitengevel de lichtreclame aan. Eva Hammer Arts Antiques, waarvan het schijnsel binnenskamers aan het gezicht van de directrice bleef plakken, in wie Hammer Helga herkende, sprekend Helga, maar wie was Helga ook weer.

'Bemoei jij je liever niet met wat jij vindt dat in mijn leven hoort', zei hij.

Hoofd als van Michelangelo's Mozes: er staan twee stompe horentjes op.

'Herr Hammer. Herr Hammer!'

De acteur, zijn schedel en gezicht bovendien beplakt met tot proppen gekneed zilverfolie, hurkt bij hem neer, maar de visagist trekt zijn juist voltooide creatie van de douchestralen vandaan. Hij sluit de kranen en met zijn assistente in het stofschort tilt hij het naakte scharminkel overeind, in wie wij nog amper Julius G.M. Hammer herkennen. Of hij Belzec heeft overleefd, hij kan niet staan op zijn dunne benen, die wegglijden op de natte tegels. Ze vouwen hem op het kille stoeltje, druipend uit al zijn poriën rilt hij van de kou die hem thermogeen doortrekt, merci madame, de vrouw drapeert handdoeken over hem heen, hij niest vijf keer.

Ecce homo. Hell's Angel en don Juan de la Mancha, zijn fucking achternaam is dezelfde als van de starfucking held uit de boeken van Mickey fuck Spillane, de rechter is zijn bef en hamertje kwijt, de hoogleraar zijn krijtje, de politicus zijn praatjes, de schrijver zijn volle zinnen, hoe wil hij worden herinnerd.

In het raam is wind te vermoeden en wat is dat voor een grijzigbruinig gedwarrel. Als hij zijn bril opzet, kan hij dan ook weer coherenter denken? De bril klemt rond zijn grote teen, alsof een geniepig dier er zijn kaken omheen heeft gezet en niet meer loslaat, de vrouw bevrijdt hem ervan, reinigt de glazen met haar schort, beademt ze, wrijft ze opnieuw, houdt ze tegen het licht, dan gebeurt er iets onbedoelds.

Coherent denken? Er is maar één gedachte: dat meisje, Leentje, als Leentje hem zo maar niet ziet, als door een bodyscanner, gelukkig is ze er niet om hem in deze staat te minachten, maar wáár is ze, waar is de parelschone.

Het zilveren hoofd met de horenstompen praat tegen hem, zoals iedereen door elkaar heen dingen tegen hem zegt. Niet dat hij niets verstaat, hij verstaat alles, maar hij heeft moeite met begrijpen. Hoofdzakelijk is hij verbaasd, alsof hij, naakte grijsaard, weer de naakte zuigeling is, die hij zich niet eens herinnert ooit te zijn geweest. Zoals in de wieg zo'n spartelende bol rosbief door ogen als vergrootglazen de wereld met verbazing ziet bewegen, terwijl hij zelf niet beseft dat hij bestaat en zich kan verbazen. Daar is moedertje, ze ruikt naar peertjes, doet hem in het badje, ze doet hem kleertjes aan, als u even zou willen meewerken, hoogheid, wij tapen u de incontinentieluier om.

Iemand, de vrouw, verwijdert de doorweekt rondom zijn voeten gezakte hupse onderbroek, waarin hij ook kan zwemmen, en wringt hem uit, dan rolt ze de kardinaalssokken over zijn wreven naar boven. Thank you, danke, grazie, gratias, hoe zegt men het in het corsicaans. Waar hebben al die stemmen, tongen, talen het over, bespreekt men nog steeds de kont van Kidman?

Niest u maar eens flink, dat reinigt de hersens. Hier is uw overhemd, gewassen, gestreken, uw pantalone, gestoomd, in de vouw, de scheur onzichtbaar gerepareerd, dankzij Ugolina, kom bij de film, bij de film is niets onmogelijk, net als in romans, u ziet er weer keurig uit, weet u dat een snor u goed zou staan.

Dit zegt, hoofd scheef, de gezichtenmaker.

Hammer, zijn broek weer aan, niets eronder, moet in de behandelstoel gaan zitten, waar hij zichzelf in de spiegel vóór hem ziet, althans veronderstelt dat hij het is die daar als een wazig spook in het glas hangt, hij mist zijn bril, spectacles, Brille, lunettes. De man kamt edelachtbares haar. Zoals dit pleegt te gebeuren met het haar van een overledene, gesoigneerd door iemand die het lijk, toen het nog leefde, niet heeft gekend. Al ziet hij onscherp, al zou hij helemaal niets zien, hij hoeft zichzelf niet te zien om te voelen dat er een scheiding in zijn haar wordt getrokken, midden over zijn schedel. Zo zit mijn hoofdbegroeiing al vijftig jaar niet meer, het is de coupe van vroeger, jeugdige schrijver, jeugdige rechtsmagistraat, naar wij op de foto's en karikaturen uit die dagen nog kunnen zien. Van de Wilhelmknevel aan zijn bovenlip zat de scheiding perfect evenwijdig met die in zijn haar, – dat deelde zijn gezicht in twee helften: te ener zijde, hier sprak de hondenkop Bossaert, de aanwezig veronderstelde bezonnenheid der rechtspleging, aan de andere kant de flierefluiterigheid der schrijverij.

Er gebeurt nog meer met zijn hoofd, wat hij op dezelfde manier waarneemt, zo goed als blind, op gevoel, al weet hij niet wat hij voelt. Hij wordt gedept, bestreken, gelikt door een kwastje, getrimd door een schaartje, getamponeerd, gestreeld, beklopt, gemasseerd.

Daar zweeft zijn bril naderbij, er is iets met het linkerglas. Ugolina, hoge stem, verklaart nerveuzig: het glas had los in het fragiele montuur gezeten, dat was verbogen doordat het zich aan monseignores teen bevond, toen ze het poetste is het eruit gevallen, toen is ze erbovenop gaan staan, toen knapte het in tweeën, dixmilles fois mi dispiace, toen heeft ze met een reepje sellotape de scherven aan elkaar geprutst, u heeft zeker geen reservebril bij u.

Of er matglas voor zijn linkeroog wordt geplaatst, een miststrook waarin hij gelooft een klein reptiel te zien, staart in een kronkeling, dwars door het lijfje heen het pulserende hartje, de slingerbaantjes van de ingewanden. Hij dekt de troebelte af met zijn hand, zodat zijn rechteroog nu waarneemt wat de plastische artiest bij hem heeft aangericht:

Het grauw is uit zijn gezicht, hij is gegrimeerd met blosjes, zijn wenkbrauwen zijn bijgeknipt en opgepenseeld, er is kleur aangebracht op zijn mond en dat haar, dat háár. Zo zag hij eruit als hij op de televisie moest, goddank tijden geleden, maar in zijn ministertijd wel honderden keren. Altijd die schok van schrik en afgrijzen, waarvan hij ook nu verstart, om zijn geflatteerde vervalste voorkomen. Nieuws-, politieke en andere duidingsprogramma's, panelgesprekken, praatgedoe rondom een tafel, literatuurrubrieken, een keer in een uitzending over het kweken en verzorgen van orchideeën, ja zelfs eens, het behoort tot zijn schaamten, in een spelletjesshow, – overigens won hij toen. Altijd moest zijn kop eerst worden geplamuurd en beschilderd, er moest rommel in zijn haar en, toen hij die nog had, zijn snor, waarna hij eruitzag zoals in maffiafilms de door kogels getroffen godvader in zijn sarcofaag ligt uitgestald, gezandstraald en verplastict.

En dan heeft hij de restauratiewerken nog maar met één oog aanschouwd. Als hij zijn hand van het andere brillenglas verwijdert, vervaagt hij opnieuw in de spiegel, zoals zijn hele aanwezigheid op aarde bezig is te vervagen, zoals zijn hele bestaan.

De preparateur hanteert nog een nevelspuit voor een geurvlies over zijn wangen, – niet het vage bitterzoet van een vijver in het najaar, het ruikt naar iets, naar iets, waarvan hij explodeert in een nieuwe niesbui. Daarbij schokt zijn hoofd, zodat de haarscheiding in de war schiet, dat ziet hij nog en het heeft zijn goedkeuring. Verder ziet hij niets meer, want de bril met het verwrongen montuur zeilt wederom van zijn gezicht en komt op zijn schoot terecht. Hij heeft geen zin meer in die bril, geen zin meer in zijn ogen, dat wil zeggen geen zin meer in kijken, want van wat hij ziet breken de angsten uit hun kettingen.

Beesten zien die er niet zijn, doorzichtige hagedissen op de spoorrail door zijn haar, vissen met zoenmonden, creatuurtjes in verschijningsvormen van bolletjes, belletjes, kwallen op een transparant douchegordijn, dat heen en weer beweegt als algen in water, water. Delireert hij, verdwaald in waanvisioenen, slaapt hij, droomt hij, welnee, en al zou hij slapen, al zou hij zelfs dood zijn, alles openbaart zich in heldere beelden, verstikt hem met reële benauwdheid zoals het, je zal het zien, de hele komende eeuwigheid het geval zal blijven.

Ugolina heeft de bril weer in haar hand, de visagist verbiedt hij de scheiding op zijn hersendak te herstellen, hij wil helemaal geen scheiding, sorry, thank you, en dat odeurtje, zou dat weer van zijn gezicht àf kunnen, please, het wekt reminiscenties aan terminale ziekte.

Het volgende gebeurt: de vrouw en de gezichtenpatissier bedekken zijn linkeroog met een lapje, donkerrood, dat met een donkerrood koord rondom zijn hoofd wordt gehecht. Waargenomen, weergegeven door duizend spiegels verleent het hem opeens iets heldhaftigs. Of hij oogletsel heeft opgelopen tijdens Napoleons terugtocht over de Berezina, hij natuurlijk aan de kant van maarschalk Koetoezov, of heette de kerel Zjoekov. Hij beseft dat hij lacht, alweer, voor de tweede keer vandaag, hoe is het mogelijk, en wel degelijk hardop, ha ha ha. Over het lapje heen komt de bril, het plakbandje is verdwenen, aldaar vertoont het glas een barst, zoals de etalageruit van Arcana, Leentjes toverwinkel.

'Here you are, mister!'

De omslagdoek wordt van hem afgezwierd en hij staat licht wankelend op. Het jasje van zijn maatkostuum, als nieuw, Ugolina spreidt het voor hem open en hijst het over zijn schouders, zijn portefeuille zit er weer in, links in de binnenzak, hoe buitengewoon attent, zorgzaam, lief van het goedige mens. In de kleedruimten van het gerecht, vroeger, stond altijd een serviel iemand klaar die hem in zijn toga takelde. Niet gebruikelijk dergelijk persoon ook maar met een afgemeten hoofdknik te bedanken. Edelachtbare, toch al met zijn rug naar de knecht gekeerd, die hem tevens de plooienbef ombond, schreed gewoon van de ondergeschikte vandaan, voetvolk is er om machtsbekleders als hij te dienen. Nooit ergens gelezen dat men plebs erkentelijkheid zou moeten betonen. Je krijgt een slab voor, ouwe, anders wordt het een kliederboel waar wij verpleegkundigen dan weer voor kunnen opdraaien.

Pas sinds hij aan boord is gestapt gedraagt hij zich als de klok van opa Oldorff, in plaats van rrrkoekoek produceert hij dank u en is nog niet in de gelegenheid geweest zich erover te verbazen, zoals wanneer hij op de valreep van zijn leven nog katholiek zou zijn geworden.

Ugolina, die hem uit de verslonzing heeft opgericht, wil hij niet als een ratelend mechaniek bedanken. Geeft hij haar een fooi als het personeel dat hem 's morgens het kopje thee in zijn hut komt brengen? Ze kijkt geïntrigeerd naar de wijzerplaat van zijn horloge, dat onder de douche uiteraard niet van zijn pols is geweest aangezien water er geen vat op heeft, vuur ook niet, neerstorting, mokerslagen, straling ook niet, zodat hij het altijd draagt, zonder er aandacht voor te hebben, even onbewust van het feit dat men zijn navel altijd bij zich heeft.

Hij schuift de gouden schakelband van zijn arm, waarin de sporen van de beknelling achterblijven, bevrijd van tijd legt hij Ugolina het Montblancuurwerk uit de ateliers van Nicolas Rieussec in de hand. Het mens deinst achteruit van schrik en wisselt kameleontisch van kleur. 'O nò!', haar stem glijdt ervan uit, ogen gesperd kijkt ze de cycloop in het gezicht. Ze wil hem het techniekwonder teruggeven, zoiets moois, zoiets kostbaars, maar Hammer vouwt haar vingers, die naar mediterraan voedsel geuren, kruidige worst, spaghetti, mosselen, over het horloge dicht. Dat ze er niet alleen op kan zien hoe laat het is op Corsica, maar desgewenst, je zal het maar willen weten, ook in Shangri-la, Knittlingen, Einighausen, Cincinnati, Tir na Nog, Erebos, Atlantis, Ultima Thule, zegt hij.

Dank u in het corsicaans, Ugolina herhaalt het zingend als een litaniegebed, eerst ongelovig, dan gelovig, dan jubelend voordat ze de schat neerlaat in het dal tussen haar borsten, is a ringrazià ti.

'She says thank you', licht de schminkcaravaggio hulpvaardig toe.

Zonder tijd, die gesmolten is, valt te leven, met een verduisterd oog ook nog wel, zonder onderbroek geen probleem, maar waar, verdomme, zijn zijn schoenen.

Beesten die er niet zijn?

Levend levensgroot met zilverbepokt bovenhoofd en gelaat staat Herr Maximilian Sedofsk voor hem. Alsof iemand achter zijn hoofd voor de grap twee vingers opsteekt, zo grotesk staan hem de horentjes, al is de rest van zijn verschijning eender bizar. Zijn handen zijn zilvergeschubd, voorzien van uitgegroeide, naar boven omgekrulde blikken nagels, de vorm van zijn ogen, die nog wel dezelfde blik vertonen als in al zijn films, is vertekend tot wimperloze, bij de slapen omhooggetekende gluurspleten. Intussen is hij bespannen met een strak over zijn romp en ledematen getrokken kledingstuk, metalig van glans, waarin hij ongekleed lijkt te zijn, als een oude balletdanser wiens vormen en contouren door zijn maillot heen te bezichtigen blijven. Stelt hij zo een wezen voor van millennia maal millennia na alle aardse bestaan, afkomstig van een eldersergens in het heelal, of is hij een mensoïde levensrest die is achtergebleven op de verlaten stofbol, ooit de aarde. Wordt hij in deze uitdossing door filmtrucage vergroot tot monster uit nooit eerder ontsloten universumgebied, uittorenend boven de hoogste laricio-den op Corsica, dan wel integendeel verkleind tot microbeformaat van een kruipsel dat in het desolate stof van de achtergelaten wereld is blijven wonen, zoals er insecten zijn die vanaf de dauw der tijden alle natuurcalamiteiten hebben overleefd.

Hammer interesseert het niet echt, dit is dus: niet eigenlijk, – de op te nemen film heeft hij al gezien, alle films heeft hij al gezien en alle romans al gelezen, inclusief de nog ongeschrevene, waaronder enige van hemzelf, hij is de niezen die hij uitstoot. Mogelijk hebben de dingen nog betekenis en zin, maar hij is er niet nieuwsgierig meer naar, wat erop neerkomt dat hij beseft de schemer te zijn in gelopen, het definitieve zwart tegemoet.

De acteur is ritselend, zacht rinkelend naast hem komen zitten. Zijn latexhuid is volledig bezet met minuscule pailletjes, glinsterend als zijn neus- en mondloze gezicht, al kan hij nog wel praten, en zijn handen met de vreemdslachtige nagels. Opgetrokken uit radieuze schildplaatjes is hij een gordeldier of iets aanverwants, een gebladderde entiteit die onagressief en geduldig knikt tegen de over hem heen gebogen gezichtenmeester die hem met Ugolina in het pak heeft weten te persen.

'Alles für die Kunst.'

Ziet Nicole Kidman er ook zo uit?

Men lacht. Miss Kidman blijft gewoon miss Kidman in haar eigen vlees en fraaiheid. Zij voert het gezag over het zeilschip op de rede van het eiland. Het draaiboek bepaalt dat de aarde nooit helemaal vernietigd en verlaten is geraakt, maar dat er wel een nieuwe evolutie heeft moeten plaatsvinden, waarin van voren af aan het vuur, het wiel, de harp, de broodrooster, het maandverband en de scheepsbouw zijn ontstaan in een deel van de planeet, de rest ervan is nog de woeste en ledige stofmassa. Eines Tages landt de heer Sedofsk als pangalactische nomade in de stofwereld, hij is afkomstig van godweetwaar, aldaar wonen lichamen die uit lichtende pailletten bestaan, voorzien van rotspunten aan het hoofd en omhooggekrulde vingernagels. Daar treft hij de avontuurlijk ondernemende Nicole, die juist tevoren uit het nieuwgeëvolueerde wereldgebied mit dem Schiff wie ein neuer Columbus...

Dit alles komt dofklankig uit het strak tegen het gezicht gespannen masker, waarin alleen de ogen bewegen, – maar Hammer, 'Hm?' raakt zichzelf weer kwijt. Zijn ogen blijven open, zoals hij stemmen en geluiden blijft horen als uit een andere kamer. Zijn moeder zegt wanneer de zon schijnt is ze onzichtbaar, hij ziet de tanden in haar onderkaak. Columbus komt uit Genua. Er loeien gevaarlijke vogels rond het lege huis waarin hij zichzelf voorbij ziet varen als de gsm begint te ratelen en wat is dat voor geplof opeens. Eva zakt door een linnen stoel. Sorry, zegt hij, de hele dag sorry. Iemand spreekt hem aan in een museum waar Leentje ook is. Het is zijn voorganger aan de universiteit Bossaert. Zijn moeder zegt alles komt goed.

'Evolutie leidt niet per se tot intelligentie', zegt het wezen naast hem.

'Voilà.' Ugolina puft ervan en veegt haar gezicht.

De hele dag dank u, hij kan het nu ook in haar eilandtaal zeggen.

Ze is op haar knieën voor hem neergezakt om met schroevende bewegingen zijn schoenen aan zijn rode voeten te wrikken.

Kan zijne achtenswaardigheid dat zelf niet?

Zijn voeten zijn gezwollen, Oedipus op Corsica. Als hij wil opstaan tast hij naar evenwicht, wat komt door zijn blinde oog, u bent het besef van ruimte en oriëntatie kwijt, gelooft hij dat de vrouw zegt wie hij zijn horloge heeft geschonken. Ze trekt de schoenen krachtig dicht, ze heeft ze opgeglansd, ze heeft er nieuwe veters in geregen, witzilverige, als het lichaam van de ufonaut, hij hoopt niet dat zijn chique stappers nu naar worst en mosselen rieken, de pijn aan zijn teen waar hij die gestoten heeft aan Leentjes Vespa, is weg.

Heen en weer tussen de spiegels, roepend in conversatie met het telefoontje in zijn hand, gebarend, vloekend, stampt de visagist over de tapijttegels, aangestaard door de anderen. Dat zijn er tientallen in al dat glas, waarin iedereen iedereen van alle kanten ziet, het personage in het drakenpak, voorheen de Dood, is het centrum van alle spiegelweerkaatsingen, vermenigvuldigd tot de oneindigheid waar hij als ruimtewezen uit afkomstig is.

Wat is er aan de hand.

Wat er altijd aan de hand is bij filmopnames: we have to wait, wir müssen warten, de kans dreigt zelfs tot morgen of godverdomme wanneer dan ook en ik heb hem juist in dat worstenvel weten te wringen en ben in de visagie urenlang met hem bezig geweest. De make-upkunstenaar kankert tegen iemand aan de andere kant van de verbinding, die hij vanuit het raam kan zien. Is dat Rich?

Aan het raam: Corsica onder tot storm aangewakkerde wind.

Daar stuift vlokkerigheid doorheen als herfstbladeren, terwijl de temperatuursgesteldheid hoogzomers is en de zon zich niet laat wegblazen. Wat wervelt daar in het rond, tot ver in zee, waar wel vijf brandingen achter elkaar aan steigeren, materie die alles met een donkergrijze deken onderstopt, het uitzicht veranderend in dat van levenloze dorheid.

Naar wij begrijpen is dit de oude wereld als desolate stofwoestenij uit het boeiende filmscenario.

De in schilfers neerdalende, door de joelende wind opgejaagde neerslag wordt door de twee kanonnen met plofexplosies de lucht in gestuwd. Beide geschutstukken zijn bemand met rekwisiteurs die de grauwe substantie naar de wolken schieten, terwijl ze er zelf al mee zijn beplakt of ze door huidaandoeningen zijn aangevreten. Ook daar gaat de telefoon. Ophouden maar jongens, er is zo niet te werken.

Rich, inderdaad, staat midden op het terrein in de gsm te roepen, armzwaaiend in snokkende kleren, het petje steekt uit zijn broekzak, en niet wetend in welke richting hij zich moet draaien tegen de wind en de rondstormende asflinters, die hem, zoals het hele panorama, bedekken als in de dagen van Pompeji. Strand, zee, rotsen, bomen, decors, rennende mensen, alles, ook het middeleeuwse fregat op de golven, ook de golven, is bestoven, ingekapseld, ondergeduffeld door kleverige aanslag, die lijkt op een vacht van lood, wat de schrijver bekend is uit angstvisioenen, maar Hammer weet zeker dat hij de realiteit aanschouwt, al bezit hij de zekerheid ook als zulke visioenen zich aan hem voordoen. Lood waar de zon op staat te stralen, dat is te vergelijken met liefde die wil verwarmen wat er koud onder blijft. Hij denkt aan zijn geliefde, niest, niest nog eens. Is Leentje in dit landschap ook gemetamorfoseerd tot een zwarte doemgedaante alsof ze is verkoold en scheurt de storm haar lichaam in stukken, die hij van onder het puin met zijn handen moet opgraven? Er kolkt verdriet in hem bij deze gedachte, het besef van finale verlatenheid dat hij kent van toen de straat erbij lag zoals nu deze filmset.

Het doffe lachgeluid van alien Sedofsk achter zijn rubberen masker klinkt sarcastisch. Het zonlicht spat op zijn zilveren lichaam, alsof hij met halo's en aureolen is omhangen, zodat Hammer met zijn gehalveerde blik een moment gelooft dat er een geestverschijning naast hem staat, samengesteld uit louter licht. Hij schrikt, verstrooid, verbaasd, verrast. Weliswaar functioneren zijn hersens en bestaat hij dus, maar wáár bestaat hij. In een zonovergoten weeldeparadijs waar alles heeft staan geuren en bloeien dat is gebombardeerd met as, zoals illusies onder decepties, terwijl het iets in zijn gezelschap niet van hier is maar afkomstig uit de contreien van UDFY-38135539, waar men giraffehorentjes draagt en rinkelt.

'Ich bin's', zegt de acteur, geruststellend als de dood. Komt deze zilverbeslagen gedaante naar de turfplaneet met vredelievende bedoelingen of met de taser? Zou de film die dit decor voorschrijft niet eerder in de Sahel kunnen worden opgenomen? Herr Sedofsk wil aan zijn hoofd krabben, maar realiseert zich dat zijn jeuk onbereikbaar is geworden tussen de horentjes.

In de Sahel is geen water, merkt hij op, miss Kidman moet over water in beeld komen, niet op een kameel of op de fiets, dit zegt de visagist, en het schip van Nicole daarginds komt uit een nautisch-historische instelling onder staatsbeheer in Genua, dat verbiedt dat het verder wegzeilt dan zij met hun verrekijkers kunnen blijven waarnemen, dus het mag niet naar Afrika, voegt Ugolina toe.

Daar zal die instelling in Genua gelukkig mee zijn: – het schip hangt te deinen in het smerige water, romp, masten, zeilen beflard met zwarte confetti, die ook aan land alles ritselend overwoekert als termieten. Het had niet mogen waaien, al helemaal niet had de wind tot stormkracht moeten aanflakkeren, waardoor het stof als door een centrifuge werd rondgejaagd, het stof had vóór de opnamen zachtjes moeten zijn neergedaald en de aanblik van roerloze verlatenheid moeten opleveren, naargeestig verstild en verstorven in al die miljarden lichtjaren, de bomen versteend, de zee zonder beweging als een zwarte vloer, de zon schijnt nog wel maar verspreidt sedert de eeuwigheden zijn ingetreden een almaar modderiger geworden antilicht, daartoe zet men speciale lenzen voor de camera.

Verlatenheid is eenzaamheid in eindeloos meervoud. Zoals het uitzicht nu bestaat uit grauwe leegte waar wind doorheen giert, zo verlaten beseft men altijd te zijn, gevoegd bij het zekere weten dat daar geen verandering in zal komen. In de steek gelaten, zoals dit panorama suggereert te zijn, zo is hijzelf, mijmert hij, zonder dramatiek, die is er allang van af, en zonder zelfcompassie, die hij ook niet meer tot zich toelaat, het is niet meer dan een objectieve vaststelling. Hij is niet van was, dus nooit gesmolten. Hij is integendeel van ijzer, dat niet is gaan roesten van zijn tranen, want die slikt hij door bij het ophalen van zijn neusinhoud.

Het brengt hem op de laatste keer dat hij, na weer maanden onrust en smachten, opnieuw de moed vond Leentje in haar winkeltje te bezoeken, dat opeens Leentjes winkeltje niet meer was.

Een lentedag, 's morgens, geen zon, maar het geurde naar knoppen, het grachtwater stroomde en er gleden zwanen overheen. Daar liep hij te veren van vreugde, verwachting en gloed in zijn hart met een liefderijk samengecomponeerd assortiment orchideeën uit eigen huis en nog een ander, groot cadeau. De aanbedene was jarig of jarig geweest of werd het binnenkort. Zou ze met hem naar de opera willen, nee natuurlijk. Misschien suggereerde ze zelf iets waar hij haar een plezier mee zou doen. Ik doe alles, alles wat jij wil, zie mij hier voor je staan.

Van de overkant van de gracht merkte hij dat de spalklatten tegen de etalageruit waren verdwenen, er zat geen barst meer in het glas, dat glansde van zeepsop en was omlijst met verse verf in een optimistische kleur. De tarotkaartenbaas voor wie Leentje de occulte rimram mocht beheren heeft de aanblik van zijn nering opgefrist, meende hij, toch verbaasd, zonder een blik in de etalage, de nooit veranderende uitstalling kende hij inmiddels voldoende. De zegewagen. De gestreepte man aan de galg. Jonkvrouw met spiegel. Pastoor, dokter, matroos. De ark, de slang. De koning der bokalen. Een zilveren asteroïdenverschijnsel. De wereld. De zonnewijzer. De zeis. Zou hij voor het binnengaan wel hebben gekeken: de in golven neergelegde magische kaarten lagen er niet meer, de naam Arcana was van het winkelraam verdwenen.

Hetzelfde bordje OPEN, hetzelfde klingelbelletje, maar het diffuse schemerlampjesschijnsel was vervangen door kraakhard ziekenhuislicht, waarin hij verbijsterd op- en om zich heen keek, ook omdat hem trof het vertrouwde new-age-gejengel niet te horen, er was geen enkel geluid. Het interieur rook niet meer naar Leentje en haar wierook en exotische theeën, het bestond nu uit glazen vitrines tegen alle wanden, van vloer tot plafond, intern verlicht, zonder geur dan die van dagelijks gepoetste glaspanelen. Daarachter voorwerpjes van siersmeed- en kristalkunst, prijskaartjes erbij, wat allemaal tot Hammer doordrong in dezelfde secondesprong dat het floers van verdriet over hem heen viel terwijl hij nog op de drempel stond. Ze is er niet meer, mijn liefste, je bent er niet meer.

In een donker pak, decente stropdas, stond een jeugdige man over de van binnenuit verlichte toonbank gebogen als over een ijsspiegel, verdiept in een met juwelen geïllustreerd drukwerk op glanspapier, luisterdozen tegen zijn oren, zodat hij de bezoeker niet onmiddellijk opmerkte.

Daar stond haar schrijftafeltje met de computer, hier legde ze de kaarten met de drudenvoeten, de hexagrammen, de kelken, de zwaarden, de lotussen, de ouroborossen en de tralies voor me, iets met overstromend water. Er stond een plankenrek tegen die muur, waar ik met mijn schouder tegen leunde toen ze me haar gedichten, geschreven met de vulpen, zwarte meisjesletters, liet lezen. Heur haar had ze veranderd in krolse krullen en dat was ook niks, maar hij hield van haar vanuit het diepst. Alles, alles wil ik je geven, zal ik proberen je wat benul van literatuur bij te brengen?

Meneer. Goedemorgen. U komt een kleinood uitzoeken voor uw echtgenote of iemand anders dochter secretaresse. Wat mag ik u tonen.

De verkoper had de walkman afgezet en de sieradencatalogus opzijgeschoven. Uitspraak tikje volks, verder ben ik allerminst gediend van jouw vrijpostigheden, oordeelde Hammer, die bewegingloos sprakeloos bleef, gestold in poolkou die zijn lichaam had doortrokken tot in zijn gedachten. Zo staarde hij de jongeman aan, die met stipte glimlach terugkeek en naar de orchideeën wees en naar de platte doos in emailwit papier die zijn cliënt onder de arm droeg. U hebt iets heugelijks te vieren, vandaar bloemen, vandaar die luxedoos pralines. Kijkt u gerust even rond.

Hier waar ik sta nam ze mijn hand en draaide hem met de binnenkant voor haar ogen. Haar ogen. Mijn linkerhandpalm, waar ze met haar vingertop de naar goden en hemellichamen vernoemde heuvels en vlaktes streelde, hoofdlijn, hartlijn, levenslijn, ze bracht er de kabbala bij te pas en nog andere geheimheden, haar adempje gleed over mijn vingers.

In de stilte klonken als uit een diepe verte de klanken uit de walkman, die de winkelier op de bladzijden met de juwelen had gelegd. Verkoolde diamanten, gesmolten kristal op papier waarvan de glans was verdoft. Een bekende deun aan de grens van het gehoor, een zangeres, die in ieder geval niet Wagner vertolkte, Senta die zich van de rotsen stort omdat haar scheepskapitein niet meer uit de einder opdoemt. Het toonbankschijnsel smeerde een groenig waas over het gezicht van de verkoper, – dat zal nu ook op mijn gezicht te zien zijn, dacht Hammer, veranderd in lood, ik zie er grauwgroen uit, als een lijk. Waar ben ik aan gestorven. Aan gemis. Waar ben je, waarheen, geliefdste.

Al stond hij op het blinkende marmer, dat de afgetrapte houten vloer uit het voormalige winkeltje had vervangen, het leek alsof hij niets onder zijn voeten voelde en daarin wegzakte. Diepte zonder bodem, duizelend neerstorten in een krater, wijd als het firmament, vol nacht. Weg. Gewoon weg is ze. Als een luchtspiegeling. Tuin met deuren die ze achter zich dichtslaat. Middelvingertje fuck you! omhoog. Bye!

Groene tanden, bovendien had de juwelier een wratje op zijn tong. Wat denkt meneer van een gouden zilveren beertje egeltje grappig hondje met ondeugende glinsteroogjes een collier een broche een armband. Ken ik meneer trouwens niet ergens van?

Zijne beroemdheid greep zich aan de toonbank vast, groen tegen zijn brillenglazen, zijn hersens vol wratten. Hij kuchte alsof hij als een Tränentroddel zijn emotie niet meester zou zijn, maar meteen was zijn stemgeluid terug, waarmee hij de rechtszaal-, college- en parlementstribunes zo karakteristiek kon toespreken.

Waar is ze, waar is ze heen.

Toch iets wanhopigs in zijn dictie.

De tong met het tepeltje, enigszins lispelend als wij erop letten, reageerde met een weinig spuug in de mondhoeken:

Meneer bedoelt dat meisje, hoe heette ze. Lette zo'n beetje op het winkeltje dat hier vroeger was. Speelkaarten, gezelligheidsartikelen, jojo's, vliegers en zo. Ik heb haar drie minuten gesproken, samen met de makelaar, toen ze me de sleutels overhandigde. Waar ze heen is, ik ben er niet bij blijven stilstaan, meneer. De VS, zou dat kunnen?

Cincinnati, zoals Hammer na al die jaren sedert vanmorgen weet. Een soort Jezuschristes van de hand- en sterrenleeskunde, waaruit toekomstverschieten zijn af te lezen, vertelde ze, bij wie ze cursussen had gevolgd. Toegerust met die kennis voert ze aan boord een showtje op, ze heeft er een boekje over gepubliceerd ook, dat hij natuurlijk meteen gaat lezen zodra hij op de Carta Mundi terug is. Zou die magische nevelmeester haar in zijn bed hebben weten te plooien, was haar venusgebied toen al gladgeschuurd als gesteente waar geen gewas op gedijt, moest ze er van haar auctor een tulband bij op?

Een boekje lezen, alleen omdat het háár boekje is, hoogedelgestrenge, doe je dat soms niet met het voor jezelf hypocriet terzijde gehouden verlangen dat het haar lichaam zou zijn, – zoals je het openspreidt en de welvingen van de pagina's langs de middengleuf met je vingertoppen streelt, de geur ervan opsnuift, de snede likt, het geschrevene binnendringt met even hitsige gretigheid als totale oninteresse, zoals vroeger de blondjes achter op je Harley-Davidson?

Uw bloemen meneer, riep hij met het wratje toen

Hammer al onder het getingel van het winkelbelletje door was en de gracht weer op stapte. Hij keek niet om naar zijn kweeksels, die op de toonbank achterbleven. Dat belletje, de klank van dat belletje is wat van haar overblijft, dacht hij, en lente was het ook niet meer, al motregende het niet en hoefde hij zijn kraag niet op te zetten tegen opeens aanjakkerende wind, zoals bij dergelijke situatie in romans en films gebeurt. Hij wist zich geen raad in de zoele atmosfeer, al bijna zomers, waarin hij hijgend overmatig liep te transpireren, het was geen lente meer omdat het nooit meer lente zou zijn, de oogst staat te rotten, de voorhangen zijn gescheurd, hij overwoog in bed te gaan liggen met een plastic vuilniszak over zijn hoofd, stevig dichtgesnoerd rond zijn keel, geen afscheidsboodschap, van wie zou hij afscheid moeten nemen, of met zijn auto het water in. Zij is weg, zij is weg, zomaar, en ik nu verder? Zo pathetisch kennen wij hem niet. Hoe zijn we zelf als het ons overkomt.

Hij zette Mahler op, de vierde, toen hij naar bed ging, doopte het mondstuk van het ultieme sigaartje in de cognac, maar in plaats van het aan te steken dronk hij de fles leeg, die tegen zijn voetzool lag toen hij nat en hikkend naar adem de labyrinten had weten te ontvluchten en ontwaakte, de lente nog altijd misplaatst aan het raam. Bij zijn kleren vond hij de platte doos terug in het witte papier met de glans van email zoals in pareloesterschelpen.

Eva kwam er na al die jaren opeens mee aan: 'Wat is dit, pa?'

Hij wist zijn rolstoel naar haar toe te draaien, waarbij het ding nog bijna omsloeg vanwege zijn ongeduld. 'Hm? Wat nu weer.' Meteen herkende hij wat ze voor de meloenen in haar overgooier met beide handen voor hem ophield, zoals hij zich ook meteen herinnerde dat toen hij die bewuste vergevorderde middag uit dronkenschap herrees, zijn weerzin zo overweldigend was, dat hij ogenblikkelijk niet meer wilde weten wat er in het papier zat, sterk als hij is in verdringing van schaamtedaden, feiten, gebeurtenissen. Zich herinneren wat hij wilde en ook daadwerkelijk is vergeten? Zo werkt het geheugen, dames en heren, hoort hij zichzelf doceren, – als men er het minst op verdacht is komen de kadavers opeens terug aan de oppervlakte, altijd op momenten waarop het inslaat als een bom in de keuken, men hoeft er geen notitieboekje voor op na te houden.

'Laat maar. Geef hier', zei hij geïrriteerd, maar Eva had het papier al opengepulkt en onmiddellijk was dat wicht weer jarig of jarig geweest of zou ze het nog worden, trutje van zeventien, achttien, waar hij nog verkikkerd op was, en daar liep hij weer, zeg maar hij danste, onder het uitbottend groen met zijn orchideeën en groot cadeau, belachelijke zot, orchis is grieks en betekent kloothommel, het kind had een merkwaardige naam en ze stond in een zilverwinkeltje waar nu die moskee is.

'Pearlene.'

Eva las het van rood fluweel, waarmee een foedraal was overtrokken, daar stond dat woord of die naam of die titel in met pareltintige letters. De doos bevatte, wist hij, maar hij wendde zijn ogen af, een in parelglanzend perkament gebonden boekwerk: het bundeltje papier met haar computerversjes dat hij haar door het klasje heen naar het hoofd had gezwierd. Hoe de vellen door de ruimte dwarrelden en er een hond begon te blaffen. Aangevuld met de proeven van rijmkunst uit haar vulpenperiode en alle varianten ervan in haar handschrift met de wolkige lussen en omhooggerichte lijntjes met een krulletje aan het einde van de woorden, de schat. Alles door hem met schroeiende liefde geschikt en geaaid. Met vlammend leeslint in het foedraalrood. Is het allemaal niet een tikje te voor zo'n paar gekreukte bevlekte blaadjes, had de meesterboekbinder gevraagd. Het kon niet te genoeg. Zijn liefdestribuut voor haar, de enige, hij geneerde zich alsnog voor de benaamsels en benoemsels die hij haar in gedachten vol devotie had toegezongen. Wat zou ze verguld zijn met het majesteitelijke geschenk, verwachtte hij, speciaal voor haar uitsluitend voor haar en haar ter eer door de uitgelezenste ambachtkunstenaars. En nog terwijl hij dit dacht knalde als een heiblok dwars door hem heen ze is er niet meer, ze was weg, verdwenen is ze, opgelost, vervluchtigd, Leentje, liefste. Vanaf hier heeft hij nooit meer op zijn polsklok gekeken.

'Wat is dit, wat *is* dit, pa.'

'Geef hier, dat gaat je niets aan, waar haal je het opeens vandaan.'

'Ik vond het ergens.' Zijn dochter las voor, met die dragonderstem: 'En in de sterrenregen, blikkend omhoog, verwoei heur haar.’ ‘Is dat van jou, heb jij dit ooit geschreven, ik ken geen bundel van je die Pearlene heet, ongepubliceerd jeugdwerk van je of zo, wat ziet het er protserig uit.’

De rolstoel schoot onder hem weg toen hij driftig probeerde overeind te komen om haar, ‘geef hier zeg ik je, Helga!’ het kleinood uit handen te grissen. Hij kwam voorover op het tapijt terecht, waarbij de zuurstoftoevoer uit zijn neus schoot, pijnbliksems in de buurt van zijn heupprothese. Eva en Mittra kregen hem in zithouding terug in het meubel, waarin ze hem met riemen vastgespten.

Dat verdriet, alle verdriet, sloop weer als gas in hem binnen. In de steek gelaten door zo’n nest, begreep ze dan niet wat zou ze hebben moeten begrijpen, dat ze goddomme werd bemind, door wie dan wel, afgezakte bretel, door jou? Het ging om haar of de dood, zonder ander alternatief. Juul waar zit je verstand. Liefde of wat je ervoor houdt is als die aftershave van je, die een ogenblik je huid prikkelt en vervliegt terwijl je het ruikt.

Eva, als met crawlslag bezig zich door de papieren te slaan: ‘Je moet om je hart denken, pappie. Ik begrijp hier niets van. Wat betekent Pearlene. Wat zijn dit voor versjes, die zo luxe zijn ingebonden of ze of ze. Wiens handschrift is dit, pa, zo schreef jij toch niet als schooljongen.’

Met geopende mond smakte hij naar lucht, die hij niet kreeg omdat de slang van de zuurstoffles was dubbelgeknakt. Zoals elektrische stroom opeens kan uitvallen, zo viel bij hem het duister binnen en verdween hij weer in warrig coma, waarin hij Helga, nee, Eva bleef ruiken en horen.

'Moet dit ook naar dat letterkunde-opslagmagazijn? Pa, je luistert weer eens niet als ik je wat vraag.'

Daar ligt hij.

Of hij uit hoogten, diepten, verten terugkeert. Achterover op een soort sofa in het kleedvertrek met de spiegels, waar de acteur zich weer in de stoel van de visagist bevindt.

De caravan schommelt, omdat de wind er van alle kanten tegenaan duwt, alsof hij ondersteboven moet, zoals Hammers Porsche indertijd. Het is schemerig in de ruimte, de ramen zijn ondoorzichtig van de stofrommel die zich er aan de buitenkant op heeft vastgezet, de zon schijnt erop maar kan er niet doorheen.

Als hij met het gewoontegebaar naar zijn snor tast, voelt hij zijn bril, die links naar zijn wang is gezakt, barst in het glas, de duisternis vindt ook een oorzaak doordat er links iets tegen zijn oog plakt, onmiddellijk weet hij het allemaal weer, ook waar zijn horloge is gebleven en zijn hoed. Hij blijkt te zijn gewassen en gekamd, niet onmogelijk dat hij dood is, zoals hij hier ligt opgebaard in schone kleren, gepoetste schoenen en iets parfummigs rond zijn hoofd dat hij niet zelf op zijn kaken heeft gespoten. In de mist flonkert haar naam op, die de hele tijd door zijn sluimer is blijven zweven als in water. Pearlene. Volgens Eva geschikt voor een afwasmiddel, of een vrouwenglossy. Daar verschijnt Pearlenes gezicht bij, dat gezichtje en frêle lichaampje, androgyn als sommige orchideeën, het is naakt en zonder dons, zij is het, en niet Nicole Kidman in die film. Je bent ergens hier in mijn buurt, ik kom uit mijn dood overeind om te zien waar je bent, laat me je zien, dus in heldere eigenlijkheid anders dan ik me je nu alleen maar inbeeld, misschien zie jij mij ook.

Als hij zijn benen van het rustbed zwaait, klatert de stok tegen de vloer. Die hebben ze me meegegeven om in de hades de weg te voelen. Er gaat een rilling van zijn nek tot diep beneden en hij niest, wat hij zich in de spiegels ziet doen, tegelijk dat hij het ooglapje ziet en dat zijn oude kop is geschminkt.

'Wieder da', 'Back in town', zeggen de filmspeler en diens verzorger op hetzelfde moment. Herr Sedofsk heeft zijn gewone stemgeluid terug, niet meer afgedempt vanuit het strakke mombakkes. Hij begint ook zijn eigen gezicht terug te krijgen, de maskermaker is bezig de plasticine te verwijderen die als een dubbele opperhuid over het hoofd van de acteur zat gespannen. Het wordt als een varkensblaas over het gezicht naar boven getrokken, waarbij het scheurt en blijft vastzitten op de bovenbotten van de oogkassen, waar het verstevigd zit vastgekit. Men hoort de acteur kermen en vloeken, in zijn moedertaal, als hem met het materiaal een deel van zijn wenkbrauwen van het gelaat wordt gerukt, hij trappelt en grijpt naar zijn hoofd, waar zilver achterblijft als op een icoon. Ongeduldig breekt hij de hoepelvormige filmnagels van zijn vingers om voorovergebogen in de stoel met zijn eigen nagels zijn bevrijde schedelpan te bekrassen. Daar stuift meel van opgedroogd lijm van op, dat zich hecht aan de stugge restjes haar waarover hij nog beschikt. Zo herkent Hammer in ieder geval grotendeels het hoofd van de acteur weer, de oogleden willen niet van elkaar, tussen de lippen spannen zich witte draden als hij praat.

'Alles für die Kunst.'

Ugolina besmeert zijn gezicht, zijn hele hoofd met handenvol roze vla, daarna zijn meters absorberend papier nodig om die weer te verwijderen. De beroemde Sedofsk loopt met haar mee naar het douchekabinet, daar moet het glinsterende paillettenpak uit, dat met drukknoppen, klitband, onzichtbare ritsen rond zijn lichaam sluit als de schil van een vrucht. Al wenden wij onze ogen af, evenals Hammer weten we met al die spiegels niet waarheen, het plastic blijft open, toneel is toneel, het kostuumchangement vindt plaats à vue. Niet rechtstreeks kijkend is Hammer, tenzij hij zijn ogen sluit, toch genoodzaakt het te zien, tienvoudig in al dat wrede glas, en hij heeft het gevoel niet de acteur te zien, die hij kent als de Dood, maar zichzelf. Het zilveren vel wordt secuur en voorzichtig, want het moet nog dienen wanneer de opnames worden voortgezet, van de heelalbode afgestroopt, centimeter na centimeter komt er een blote oude man uit de rinkelende lichtvonken tevoorschijn, alsof er een moeizame geboorte plaatsvindt van een even vaal, tanig, gerimpeld lichaam als dat van de schrijver. Hammer beseft dat zijn eigen schamelte een paar uur eerder door dezelfde ogen en spiegels is gezien, waar is zijn boxerbroek trouwens, de acteur bergt zijn geslacht in een soort beursje zoals te zien op oude schilderijen en hij herkent zijn eigen nietigheid onder uitgedund verschoten schaamgewas, ook bij hem zijn de ribben en botten door zijn huid heen zichtbaar terwijl hij vroeger, vroeger,–

over welk vroeger hebben wij het. Op een paar episodes na is er geen vroeger meer in Hammers benul en het is de vraag of hij er met genoegen op zou terugblikken. Indien niet met genoegen, met voldoening dan misschien, – heeft hij niet dingen verwezenlijkt, vereigenlijkt, die als voetstappen achterblijven en hem de vervulling bieden van zijn bestaan? Hij is het vergeten en valt steeds in slaap, wie is hij, wie is hij geweest, ooit in de tijd, het vroeger waar wij het over hebben. En voetstappen, de afdrukken daarvan hebben in de sneeuw gestaan die is gesmolten.

De visagist is zichtbaar uitgeput neergezakt in de behandelstoel, die langzaam in het rond beweegt, zodat het lijkt of hij zichzelf als een draad zit op te winden. Het telefoontje, op handbreedte van zijn oor, schreeuwt tegen hem, hij schreeuwt ertegen terug, er komt veel God in de conversatie voor.

Buiten wordt geclaxonneerd, eerst een keer, een paar keer met nadruk, ten slotte uitgerekt tot ononderbroken geloei, zoals wanneer in films de corrupte geldtransporteur wie de keel is doorgesneden met zijn hoofd voorover op de toeterknop is gestort.

Ugolina opent de woonwagendeur, waar de wind haar grijpt en tegelijkertijd alles in het interieur wat niet met schroeven en touwen vastzit, Hammer voelt de warme trek door zijn kleren slaan, flapperend tegen zijn karkas, het douchegordijn krult rondom Herr Sedofsk.

De visagist klemt de gsm in beide handen boven zijn hoofd en brult: 'Shut that door Jesus Christ goddamn!' Dat is pas engels!

In het corsicaans vindt tussen Ugolina en iemand buiten een tegen de luchtstroom in geschreeuwde uitwisseling van mededelingen plaats. Verstuivende taalflarden, alles wappert, terwijl de deuropening ook stralend vrolijk zonlicht binnenlaat, al moet het intussen avond zijn.

Er waait een middelbare vrouw binnen, blijkbaar een kennis van de kleedster, de kartonnen Napoleonhoed, oranje en gedeukt, met elastiek om haar hals, is tussen haar schouderbladen geblazen, de op de filmenclave neergedaalde stofmaterie kleeft aan haar klompzolen. Men verstaat, tevens begrijpt, het internationale woord catering: zij staat buiten met een voertuig en of iedereen daar maar in wil stappen om naar een eetgelegenheid te worden gereden.

Hammer voelt dat hij honger heeft, maar geen eetlust, hij zal trouwens niet worden uitgenodigd om mee te gaan, illegaal geïnfiltreerde buitenstaander die hij is. Waar moet hij nu naartoe, waar is Leentje, die hem hier heeft gebracht, hij ruikt zichzelf zodat er weerzin naar zijn ingewanden zakt.

Herr Sedofsk ziet er weer uit als vóór zijn vermomming, er zijn wat zilversplinters achtergebleven op het hoogst van zijn hoofd.

'Natuurlijk gaat u mee iets drinken. Een eilandwijntje van sciaccarelludruiven, wat figatellu erbij, pace è salute.'

De vrouwen kijken verrast op, lachen, gaan door in hun taal, die zij uiteraard niet met een noords accent spreken. Ugolina haalt het horloge uit haar kleren, laat het haar cateringrelatie zien, kirrend, blozend, en wijst naar Hammer. Die kijkt naar de vloer.

Als hij is uitgevloekt, kondigt de visagist aan dat hij in zijn verfwinkel blijft, om op te ruimen wat hij voor zijn vergeefse arbeid overhoop heeft moeten halen, om in gereedheid te brengen wat hij morgen nodig heeft om opnieuw een cyberspacegedaante uit de acteur te boetseren, waar hij god in hell krap gerekend zeker drie uur mee in de weer zal zijn. En aangezien ze morgen om zeven uur met de opnamen willen beginnen, mister Sedofsk, sir, and you, Ugolina, tomorrow at four o'clock here. Volgens het weerbericht zal in ieder geval de storm vannacht overtrekken richting vasteland zodat.

Yesyesyes, de aangesprokenen heffen hun armen op tegen zijn norse onbehagen, het wordt een korte nacht yes, we zijn allemaal de dupe van de weergoden, Wettergötter, zegt de acteur, hij wrijft met beide handpalmen over zijn schedel, het lijkt niet zeker of het met die haartransplantatie nog in orde komt. Hammer zien wij naar zijn bril grijpen, die niet naar behoren op zijn gezicht blijft. De knik van de linkerveer, die rond zijn teen heeft gezeten, klemt niet meer achter zijn oor, want is zijn spanning kwijt, aan die kant zakt het glas van het ooglapje naar zijn wang. Dat lapje ziet hij in de vaagte aan voor een plakkaat rode lak waarmee in zijn vroegere ambtspraktijken documenten werden verzegeld, voorzien van aanduidingen, opklimmend in graden van behandeling: vertrouwelijk, confidentieel, geheim, zeer geheim. Hij moet zien thuis te komen, hij wil naar huis, breng hem toch thuis, waar een reservebril op zijn schrijftafel ligt, hoewel dat ook niet zeker meer is.

'Sigaartje?' De scandinaviër houdt hem eenzelfde doosje voor als edelachtbare vanmorgen leeg in zee heeft gegooid, Rosquitta, 10 cigarillos sweet vanilla taste. Het merk waarvoor hij zijn scheepskajuit heeft verlaten om er tussen Napoleons wieg en jongensbroek naar op zoek te gaan. Brengt u en anderen rondom u ernstige schade toe, kanker, gezichtsafname, impotentie, veroudert de huid, slecht voor zwangere vrouwen en de vrucht van hun schoot. De acteur heeft er al een opgestoken, er wolkt witte rook uit zijn neusgaten, van het Vaticaanplein stijgt gejuich ten hemel.

Hammer reageert verheugd verrast, maar zijn hand schiet bevend over het doosje heen, hij wankelt bij het overeind komen, maar de stok houdt hem staande op zijn onzekere voeten, opeens zwaaien er zwarte lakens door zijn hersens. Ugolina slaat haar armen als een steiger om hem heen, comu si?, hij knikt, het gaat, natuurlijk gaat het, a ringrazià ti, sorry. Dat ze een klein opgevouwen pakje textiel in de zijzak van zijn colbert stopt, merkt hij wel, maar zijn aandacht is er niet bij. Herr Sedofsk schuift het Hammer geoffreerde sigaartje bij deze op de plaats waar de pochet en de chipkaart zitten, al zitten ze er niet.

Hij moet oppassen zijn broekomslagen niet te besmeuren in het modderige afvaltapijt dat zich ritselend op alles heeft vastgeplakt zonder nog in het rond te stuiven. Het hecht zich onder zijn zilverbeveterde knellende schoenen als hij van de kleedruimte oversteekt naar het cateringbusje. Hij klemt zich vast aan de boomtak om niet door de wind te worden weggedrukt. Dezelfde warmte is er nog, uitgeademd door de bries, die geen verkoeling brengt in het befloerste avondlicht, – daarin schudt en schokt het loof van bomen en struiken en wordt het rechtopstaande zeewater tot schuim en spetters geslagen. Ugolina drukt hem tegen zijn zitvlak de auto in, de bril verdwijnt van zijn gezicht, blijft aan zijn rechteroor hangen, blind en niezend grijpt hij de hand van de filmspeler, die hem verder naar binnen trekt. Het stormgeluid dringt er niet door, maar de stofbladders, door de autobanden in beweging gebracht, pletsen tegen de ramen, of er gordijntjes worden neergelaten, zoals in de ambulancewagen waar Hammer na zijn hersenklap, al was hij buiten bewustzijn, bleef waarnemen dat de ramen werden geblindeerd door de sneeuw.

Een restaurant met raamvlakken en glazen schuifpuien naar alle uitzichten.

De acteur legt zijn walmende peuk op het bord onder een bloeiende plant die op tafel staat. Hammer inhaleert de aroma's van thuis: de vanillesuggestie van het sigaartje, vervluchtigend in zware bloemengeuren. De glasomheinde ruimte is als zijn serre, waar de orchideeën naar honing roken, naar wijn, naar meisjes, – alles daar is nu vervallen tot dor hout en roken mag hij er van Eva niet. Als thuis ook, waar serre en tuin in elkaar overlopen, is hier het buitenlandschap in het interieur geïntegreerd, waar wij zijn omringen ons lavendel, cyclamen, affodil, er staan mirte- en rozemarijnstruiken om ons heen en zelfs bomen die door het plafond groeien.

Het verzamelde filmvolk heeft het kanonnenstof van zijn kleren geslagen en is koesterend bezig met in veiligheid gebrachte camera's, geluidsapparatuur, ander elektronisch instrumentarium. Daar komt de regisseur binnen, die op een tafel gaat staan voor een toespraak. De italiaan spreekt engels als een jazzpianist. Beneden hem staat Rich, de gewijzigde instructies noterend in zijn bundel papieren. Waar is miss Kidman. Die is per taxi naar haar hotelsuite of buitenhuis in Bonifacio, miss Kidman was humeurig. Hoe morgen de set er zal bij liggen, we'll see, het neergedaalde spul bestaat uit een of andere afbreekbare kleefstof die zich enige etmalen vastzuigt aan de dingen waar het op en tegen terecht is gekomen, daarna lost het spoorloos op. Bij de film is alles mogelijk, het is dan ook kunst.

Men wordt aan tafel bediend door meisjes en mannen met steken op het hoofd, zoals hun eilandkeizer er een droeg: – wij denken per flitsassociatie aan iemand anders, eveneens uitgedost met dergelijk incroyabel:

Er bestaat nog een korrelig zwartwitfragment van een nieuwsjournaal, prinsjesdag, bijna onheuglijk lang geleden. Zijne excellentie, pantalon met zijden bies, draagt zo'n schuit, voorzien van witte pluimen, niet dwars op zijn schedel zoals de corsicaan, maar met de voorplecht in de richting van zijn gezicht, bril, snor, de achtersteven gewend naar de opstaande kraag met goudversiersels in zijn nek. Zo liepen die praalhanen er toen bij. Minister Hammer neemt de vederbos van zijn hoofd en steekt hem groetend op, de strakke scheiding blijft in zijn haar, hij glimlacht fronsend. Een tafereel van hooguit drie seconden, wij kunnen het ter nadere observatie vertraagd bekijken. Wil hij zo worden herinnerd?

Vissoep. Een Napoleonmeisje zet twee kommen neer voor de beroemde acteur en zijn kompaan met de ooglap. Ze legt er een stapeltje papieren servetten bij, zodat de ex-bewindsman het vocht van zijn voortdurende niesuitbarstingen niet langer in zijn hand hoeft op te vangen, dat hij vervolgens aan zijn sokken smeert. De regisseur komt aan het tafeltje, steekt gezellig een pijp op, richt zich met egard tot Herr Sedofsk, vriendschappelijk aangesproken met Maximilian, de plant met de vlinderbloemen plaatst hij terzijde. Hammer schuift de soep van zich af, bevend in de hitte die hem ijzig op het hoofd blijft vallen, zijn hoofd vol nevel, misselijkheid bij zijn middenrif, hij hoeft niet te eten, dank u.

De Carta Mundi steekt pas overmorgen om elf uur weer van wal, richting Napels, hoort hij zijn metgezel zeggen, om de passagiers morgen in de gelegenheid te stellen desgewenst naar de kerk te gaan, Notre Dame de la Miséricorde in de rue Forcioli-Conti, in verband met de opstijging van de allerheiligste maagd, welke gebeurtenis in dit oord pontificaal wordt herdacht in combinatie met de feestelijkheden rondom Bonaparte, die in 1771 te dezer kathedraal werd gedoopt. Hij declameert het uit de geel-en-blauwe reisgids van de cruise-onderneming, ergens uit zijn kleren tevoorschijn gebracht. Dus Alejandro, zo stelt hij de regisseur gerust, ik zit nog twee nachten op die hulk en morgen ben ik hier op de afgesproken tijd opnieuw present, zo vroeg dat ik vannacht niet eens naar bed hoef, maak je geen zorgen over mij. Lukken de opnamen morgen ook niet, dan overmorgen, hoe ziet de agenda van Nicole eruit? Ik heb geboekt tot hier en trek met jullie en het hele circus verder, allemaal per contract geregeld. In Napels ben ik al eens geweest en ik leef nog.

Hij krabt hartstochtelijk zijn hoofd met het geluid als van kopspijkertjes, schurend over een trommelvel, zijn andere hand neemt het nog smeulende sigaartje weer op en brengt het naar zijn mond, schilfertje zilver aan zijn onderlip. Mollige wolken krullen rondom de tafelplant en stijgen op naar het glazen plafond, waarboven de storm van alles in alle richtingen meeslingert. Ook elders in het artiestenterrarium zijn sigaretten en andere fumogoederen opgestoken tussen de welige planten, die ervan opfleuren. Hammers bevinding, hij geniet zijn cigarillootje gewoonlijk in de serre, is dat tabaksrook geen kwaad aan zijn orchideeën toebrengt, in de walm geuren ze krachtiger, hun kleuren verhelderen. Beter in de vijandige maatschappij hier maar over te zwijgen.

'Rauchen Sie nicht?'

'Danke, nein.' Ook daar geen zin in. Het liefst was hij ergens anders, al zou hij niet weten waar, anders dan in zijn serre, in ieder geval alleen. Het gevoel dat hij depersonaliseert. Hij verandert in een personage uit een van zijn romans, uit een roman van iemand anders kan ook. Hij gelooft te verdampen tot het object van een of andere biografie van zomaar iemand die er toevallig ooit is geweest en er toen niet meer was. Ouderwets, inwisselbaar, overbodig geworden, achterhaald, uit de tijd, in de ramsj, het huis is leeg, toen kwam de dood als een zwarte hond en vergeten was hij toch al. Wie zou zich hem herinneren, – een draak van een dochter, die een dievegge is. Misschien de werkster.

Met bevende gebaren verwijdert hij het lapje van zijn oog. Liever kijken door een barst dan helemaal niets zien.

Wat valt er te zien.

De opzichter, nu in lange broek, gaat opgewonden rond en oreert op zijn mediterraans, waarbij handen, armen, gezichtsplooien meespreken, dat roken hier verboden is, dat staat overal toch duidelijk aangegeven.

De pijp van de vermaarde regisseur snurkt een beetje en zet een recht opstijgende rookpyloon in de ruimte, de nog vermaardere acteur blaast de rook van zijn Rosquittaatje niet uit, maar laat hem uit zijn mond wegdrijven, zijn hoofd in wolken als dat van Zeus. De boodschapper schokt als hij ziet wie hij toespreekt, Hammer ontgaat het niet dat de kerel een monsterend verbaasde blik op hem richt. Jawel, ik ben de thans chemisch gereinigde en zelfs opgeschilderde zwerver van daarstraks achter op het Vespaatje van de godin die het eikenloof doet schudden, misschien ruik je zelfs het odeurtje aan mijn gezicht, ander verschil met uren geleden is dat er nu een scheur door mijn brillenglas loopt, zodat ik je waarneem als op een schilderij van Georges Braque.

Er hangt een dartel neveldek boven de binnentuin, door de stormflarden buiten duikelt een tros feestballonnetjes, uit een muziekmachine klinkt Waterloo door

Abba, vrolijkheid alom vanwege 's keizers nederlaag.

'Niet alleen hier geboren en gedoopt, hij is hier na Sint-Helena ook begraven geweest', zegt Maximilian. 'Wist ik niet. Ik lees het hier. Toen hebben ze de schurk, die op zijn verbanningsplek ook al was begraven, hier nog eens uit zijn kuil gepulkt om zijn stinkende botten met groot huldegedruis in die marmeren badkuip in Parijs te metselen. Wist jij dat?'

Alejandro, lurkend: 'Gaat het zo niet met alle staatsmisdadigers uit de wereldgeschiedenis? Hun tombes staan in plechtige paleizen en trekken miljoenen toeristen, die hun schofterigheden voor lief nemen, als ze er al van op de hoogte zijn. Jammer voor Corsica, nu ja, hier drentelt ook voldoende toeristengajes rond. Heb jij daar geen last van, filmdier, handtekeningen uitdelen en zo.'

'Ik ben een onbekende soldaat,' zegt Maximilian, 'mij kent niemand meer.'

Hammer niest en snuit zijn neus met zulke kracht in een papieren dweiltje dat er vocht in zijn ogen springt.

Dit is er te zien:

Ergens tussen de planten gaat een matglazen deur open. Daarachter is een andere omglaasde binnentuin, afgetekend tegen paarsig avondlicht waar de wind doorheen veegt.

Leentje verschijnt, blijft de deurklik vasthouden. Ze kijkt langs en over de hoofden en de feesthoeden of ze iemand zoekt, draait zich om, is alweer door dezelfde deur verdwenen, waar haar gestalte nog door het glas schemert en oplost.

Zoek je mij, hier ben ik! Of er jaren, levens, zijn verstreken, en daar is ze plotseling, geliefde, daar ben je in de watermist achter mijn gehavende bril, droom ik je, ik droom je niet, al zou ik je altijd alleen maar hebben gedroomd, ik houd van je zoals je me verschijnt. Er slaat koorts door hem heen en waar blijft hij lucht vandaan halen nu hij snorkend bijna stikt van benauwdheid. Hier ben ik, blijf, mijn ziel, bij mij, het vriest waar ik ben.

Opeens staan er bollen cognac op tafel, Maximilian en Alejandro wiegelen het goud in de kom van hun hand. Ook Hammer kromt zijn vingers met de eeltknobbels om het glas, nu toch maar een sigaartje erin gedoopt? Hij heeft genoeg aan de geur, die de geur van heimwee is. Er slaat onrust tegen zijn hart, iets jaagt hem op in de hitte en het licht die aanwezig blijven al is de zon weg.

En het fonkelende juweeltje op het midden van haar lichaam, en haar efebebenen en hoe sierlijk ze is, haar gezichtje met de tarotogen en heur haar en zachte welvingen en toen ze zich omdraaide haar keerzijde, bekoorlijker dan Nicole Kidman er van achter kan uitzien. Hoe betreurlijk dat ze beneden, net als la Nicole, een poedersneeuwen huidje boven poezenvacht prefereert, daar draagt ze een lapje tegenaan zoals hij tegen zijn oog droeg, nu afgedankt tussen de mestkorrels aan de voet van de tafelplant.

Dit ziet hij, denkt hij, in de seconden dat ze zich vertoont en onmiddellijk vervluchtigt. In het gewemel en de rook heeft hij alleen haar gezien, uitsluitend haar, de parelmooie jeugd, de personificatie van alles, dit is:

het enige wat zijn oude gedachten nog beheerst, inclusief de vreselijke vergeefsheid. Alles is het ene en het ene is dat meisje, ze heet Pearlene. Je hoeft alleen maar, al is het onbetrokken, te gedogen dat ik van je houd, ik hier, jij op de onbereikbaarste exoplaneet in het universum, waar de filmheren het nu over hebben.

Onwillekeurig, zonder het te hebben beraden, brengt hij het glas naar zijn lippen en neemt een veel te grote slok doordat zijn hand zo beeft. De cognac druipt brandend door zijn borst, de geest ervan bereikt zijn hersens voordat zijn maag begint te grommen, zo hard en lang dat beide tafelgenoten er hun wenkbrauwen bij bewegen. Sorry. Het zachte boertje weet excellentie uiteraard binnensmonds te houden, in zijn inwendige vinden verschuivingen plaats. U hebt te lang niet gegeten, de drank vindt geen bodem, u heeft onvoldoende weerstand tegen zo'n onverhoedse kwak alcohol, meneer Hammer. Meneer Hammer? Hij heeft het glas in één teug leeg en draait zijn snor op, het beven wordt al minder, dank u. Gerommel in het diepst van zijn maag en nog dieper, alsof verhuizers bezig zijn daar een pierement de trap af te sjouwen, richting darmgangen. Hij perst zich tegen de stoelzitting en voelt zijn stuit weer en dat hij geen onderbroek aan heeft. Hij mag uit bed en naast het bed op de stoel met het gat erin, daar mag hij zijn kralen droppen als in een conservenblik. Goed zo, opa. Ze monteren zuurstofslangen aan zijn gezicht.

Zoudt u mij als-tu-blieft: hij heft het lege glas op naar het meisje met de smileys op haar Napoleonhoed.

Ze loopt rond met een dienblad en begrijpt hem, hoe bestaat het, een vrouw die hem begrijpt, in welk van zijn bewustzijnen bevindt hij zich. Ze brengt hem een gevuld glas terug, de gulle portie tot over de helft van de bol, is het wel verstandig deze hoeveelheid ook nog achterover te slaan.

Na Abba is er meer geschreeuw en gebonk, de klassieke muziek van de toekomst, de lokaliteit gaan vullen, zoals het klinkt op alle dekken van de Carta Mundi, en in de hele wereld.

Damp in zijn hoofd, barst voor zijn oog, glas in zijn hand, stok in zijn hand, komt hij omhoog en begint door het lokaal te struikelen.

Struikelen? De heer Hammer schrijdt, zoals hij in al zijn functies heeft geschreden. Rechtop, zij het wat wiebelig en enigszins aarzelend op de voeten, maar de stok is zijn staf, wie hem ziet met zijn verfblosjes in het deftige Armanikostuum onderkent zijn waardigheid. Een emeritus-prelaat, wat doet die in ons bohemiengezelschap.

Hij is op weg naar de matglazen deur waar hij zijn geliefde heeft gezien, maar als hij even stilstaat, de cognac tegen zijn mond gekanteld, blijft hij verbaasd, gedesoriënteerd, voor zich uit kijken, omringd door menselijke lichamen die allemaal een gezicht hebben. Is hij ook een menselijk lichaam met een gezicht? Bestaat hij, heeft hij bestaan, moet hij nog gaan bestaan? Er komt nietsheid over hem, niets zonder einders, en dat hij zelf daar als nietiets deel van uitmaakt. Spreekt hij van een geliefde, waar moet hij een geliefde vandaan halen?

Komkom, hooggeëerde.

Hij stapt kordaterig verder, de patriarchenstok, in plaats van hem steeds op te tillen en te verplaatsen, sleept hij een beetje naast zich mee.

Ook achter de deur zijn de gevels van glas waar de storm tegenaan schudt, het eilandlicht is verkleurd tot liladuister, waar zijne excellentheid zichzelf doorheen ziet schuiven.

Hij is in een kleinere zaal, waar de planten staan te sidderen op hun stengels van het gedreun uit de belendende ruimte, – een ervan schenkt hij de laatste geut cognac, waar planten doorleefder van gaan stralen, en zet het glas ernaast.

Waar hij nu loopt is het niets van daareven, een gang als een schemerige koker, die zich in perspectief steeds blijft vernauwen, wat gezichtsmisleiding moet zijn. Het is moeilijk wennen aan de streep voor zijn oog, die alles, al is er niets, tot twee helften vervormt. De stok begeleidt hem met zacht geluid naast zijn schoen, zijn andere hand tast langs de muur, het hijgen is weer begonnen en hij moet opnieuw blijven staan omdat hij duizelt. Is hij dronken?

De schemer lost op in vettig donker, de gang verloopt in flauwe bochten, opeens helt de vloer omlaag, omlaag, wat hij voelt aan zijn knieën. Nergens licht, er is geen lichtknop, niet opeens knalt hemels licht door het ondoorzichtbare. Op zijn horloge is altijd een cirkel van heldere lichtstippen te zien, al verblijft hij in het zwartste vacuüm, zoals nu, en zou hij het nog aan zijn pols dragen, hij zou er meteen op hebben kunnen vaststellen waar ter wereld of in het heelal hij zich nu voetje voor voetje in evenwicht probeert te houden. Wat moet, zoekt, wil hij hier, gezicht- en lichaamloos in het donker, zoals Juultje vroeger dacht dat hij er niet was als hij zijn knuistjes tegen zijn oogjes drukte, – wat voert, lokt, dwingt hem hier.

In het niets, waar zijn schurende adem met hem meeloopt, heeft hij Leentjes stem gehoord, waarbij ze lachte als het belletje van een juwelenwinkeltje, waar eerder een ander winkeltje was met hetzelfde belletje, dat klonk zoals zij lachte, Leentje. Hij hoort het door het waas in zijn hersens, die niet verward zijn. Mocht het daar misschien enigszins nevelen, zijn gedachten zijn scherp, maar veel gedachten gaan niet in hem om.

Hij niest en rilt, blijft niezen en hoort het geluid voor hem uit rollen. De stok valt, op zijn hurken om zich heen grijpend, sijpelt er vocht uit zijn ogen op zijn wang, ergens stormt het, ergens galmt een orkest, het is vaag te horen, de hitte blijft, lucht moet hij, zijn kaken geopend als bij de tandarts zoekt hij adem. Zou hij niet gaan zitten, zou hij zich niet gewoon languit neerleggen op de koelere vloer, waar zijn hand de boomtak vindt, de donkerte is diep, waarom sluit hij zijn ogen niet om zo diep te slapen als de donkerte.

Zwetend schroeft hij zich overeind en bij het verder wankelen begint hij deuren te voelen, deurklinken, alle deuren zijn op slot, wat overeenkomt met zijn leven.

Er komt een deur die praat, er komen stemmen uit het hout, taal niet te definiëren, vrouwenstemmen, twee alten en ze lachen zacht. De aanbeden Pearlene, haar stemklank is verheerlijkt in aria's en cantates, speciaal voor haar gecomponeerd, – haar hoort hij zoals Dante het lachje van Beatrice op de brug over de Arno in het jaar twaalfhonderdzoveel, ze is met een vriendin, haar jurk waait tussen haar benen.

Misschien heeft hij te schuchter aangeklopt en hebben de meisjes het niet gehoord, ze onderbreken hun intieme gebabbel niet. Als hij nog eens klopt, niet harder, om zich niet op te dringen al dringt hij zich op, glijdt de deur op een kier, zonder chipkaart ontstaat een opening, waar licht naar buiten dringt, de deur ontsluit zich aarzelend en geluidloos tot halverwege zonder dat hij de klink heeft aangeraakt.

Gesloten deur die vanzelf opengaat, dat is als na uitputtend tobben en smachten de hersenknopen zich opeens ontwarren en er helder inzicht in het hoofd ontstaat, zoals nu het licht dat Hammer treft.

Op de drempel kijkt hij in een gemeubeld vertrek, waar ondanks het fluistergepraat, de lachjes, de stiltetjes, niemand is te zien, geen sirenen, waar is de glorieuze? Zijn vingertoppen durven de deur verder open te drukken, waarbij een sleutel over de vloer schuift.

Vergeten deur op slot te doen, te achteloos gedacht deur op slot te hebben gedaan, te haastig, ongeduldig, al bezig elkaar de kleertjes van het lijf te knopen. Die liggen rommelig in de buurt van een ligbank tegen de muur achter de nu geheel geopende deur.

Leentje op haar buik op het ribfluwelen rood, het door de renaissancemeester lachend geschilderde gezichtje naar de kamer, ogen gesloten. De lijfverzorgster van miss Kidman zit voor de bank op het tapijt, de benen naast zich gekruld als het beeldje van de zeemeermin in Kopenhagen, al heeft dat geen benen, wij zien deze Nadia op haar rug. De meisjes zijn naakt, hun huid bevliesd door de warmte die puilend in de ruimte hangt. Boven het meubel is een op vingerbreedte geopend raam, achter het glas bestaat de nacht uit het zwart waarvan rechters- en hooglerarentoga's zijn gemaakt, het rimpelt in de storm. Stukjes storm slaan de kamer binnen, bewegen Nadia's haar, maar in plaats van verkoeling lijken ze met wat afgerukte boombladeren hogere hitte binnen te jagen.

Nadia's hand is op Leentjes onderrug, waar de kloof begint, Leentjes bescheiden billen, vlak daarboven de beide kuiltjes in de witte huid, die gelden als een der zeven schoonheden, zeg dat altijd tegen een vrouw, maar Leentjes gestalte is die van een adolescent, zodat Hammer op hetzelfde moment dat het tafereel tot hem doordringt stolt van dubbele verwarring. Geschrokken omdat hij onbedoeld, dozijnen keer sorry, getuige is van liefdestederheden, twee vrouwen elkaar strelend als zijde, is de ene vrouw geen vrouw, die wel een vrouw is, Leentje is zij, die hij ziet in een tijdbreuk van een seconde tussen Venus en Andromeda. Ze slaapt natuurlijk niet al zijn haar ogen dicht, kirrend, zuchtend, laat ze Nadia's hand toe tussen haar dijen, haar eigen hand is bij de hals van haar geliefde, misschien bezalfd en bezeept met geuren uit haar schoonheidsopslag, en glijdt naar jukbeen, borstglooiing, tepeltuin. Witte armen die elkaar omstrengelen als slangen, zo ziet hij het. Nadia spreidt haar sterrenglanzend haar over Leentje uit, haar wang op de tengere rug, en verplaatst een been, zodat de chiromante haar hand over de binnenkant ervan kan laten dwalen, de malse kant van het bovenbeen, gastronomisch toebereid zou dat het smakelijkste vlees van het menselijk lichaam zijn, gevolgd door de muis van de hand, Leentjes hand, die aait en kneedt, terwijl haar speelgenote steeds zegt: Pearl-Pearl-Pearl.

En met de schrik, de verbijstering, de gêne slaat er nog iets op Hammer neer, de sintelklomp die hem verplettert, neersuizend uit hoogte boven alle hoogten, en hem de vloer in beukt, waar de buizenstelsels en de schachten zijn, daar begint het eindeloos vallen.

Het eigenlijke van Leentje, aanschouw wat in werkelijkheid de waarheid omtrent Leentje is, ouwe gek, en maak er dia's van. Daar sta je met je inzicht, dat je beschijnt als lamplicht, doe niet alsof je het eerder nooit hebt kunnen denken of vermoeden.

Wat is in Hammer het eigenlijke? Dat hij ooit heeft gedacht en geroepen dat hij nooit zou sterven. Teleurstelling om wat hij die paar momenten ziet, met eigen ogen die alles zien, zoals Lucas Cranach, alleen zijn eigen ogen kan hij niet zien. Het is erger dan teleurstelling, in zijn ogen stort wanhoop neer als een stalen scherm. Waar hij toch al nooit op hoefde te hopen wordt met een dreun uit hem weggeramd, gevel bezwijkt, plafond stort in, meteoor, kernbom, de huid zakt rimpelend van het gebeente. Het heeft te maken met rouw, verloren- en achtergelatenheid, verontwaardiging en woede daarover. Berusting komt pas later, als ijs over een vijver waarin de vissen stikken, maar het verdriet blijft rondkolken, men heft er zijn stok tegen op. Er is iets dood, alles gaat maar dood en veroorzaakt leegten. Het hart van de rechtvaardige rechter, politicus, œuvrebouwer, wat stelde het allemaal nu eigenlijk helemaal voor, is hol als zijn echoende huis, zijn hoofd is vol voorbijrazende gedachten, maar hij vangt niet een gedachte, zoals tijd voorbijraast en men heeft zijn horloge afgedaan. IJlte in zijn hersenkamers, die doorgaans alleen ontstaat als hij hoogstzelden wel eens dronken is. Is hij nu dronken, geenszins, nu ja enigszins.

'Shit godverdomme, fuck you, meneer Hammer! Ik wist het, ik wist het!'

Leentje heeft loom haar ogen geopend en ziet hem daar nu staan met zijn bijgekleurde gezicht, getrimde wenkbrauwen, barst in zijn etalageruit, is hij het wel, dat hij het is ziet ze aan de boomtak waarmee ze naar vogels heeft geslagen. Ze kronkelt zich in lenige bogen tot zitten op de rand van de bank, knieën tegen elkaar, armen voor haar borstjes, Susanna en de oude geilaard, haar lichaam strak, groene ogen met gouden spikkeltjes. Hij kijkt naar het wonderlijke sieraadje op het midden van haar buik, ze verbergt het door voorover te gaan zitten, maar hij blijft het zien, het andere meisje draagt het ook, op hetzelfde magische punt van haar lichaam, waar het ene leven in beginsel nog vastzit aan het andere, waarna alle levens sterven. Nadia, eender geschrokken en kwaad als Leentje, is overeind gesprongen, ze is iets molliger slank, ronder van borsten, die ook zij onmiddellijk bedekt. Ze geeft een schreeuw als ze zich het fragment van een tel naar hem omdraait en haar glorie toont voordat ze inkrimpt en zoals Leentje in zichzelf wegduikt op de bank, waar haar verzorgde blond, in dezelfde haartanggolvingen als Nicole Kidman, blijft waaieren in de zich binnenzuigende wind. In dat kruimpje tijd hebben ook wij, evenals Hammer, gezien dat Nadia of iemand anders enige centimeters onder haar navelpiercing het scheermes heeft gehanteerd. Minder recentelijk dan bij Leentje is gebeurd, bij Nadia ligt het herontwaakte bloeisel weer in minuscule stoppelvlokjes over het fondant, het plekje de aanblik biedend van een mannenkaak, blond, maar roestiger dan rondom haar mooie gezicht de verbeten mondlijn. De tribades hebben hun armen weer verstrengeld als de reptielen van Medusa, aan hun voeten ligt de kamersleutel, ze kijken ontzet naar Hammer, waar komt die opeens uit het niets vandaan.

'Sorry o godjezus ik wilde niet neem me niet kwalijk sorry confiteor culpa ik dacht Leentje Pearlene.'

Wat beweegt hij merkwaardig, zijn rechtervoet die over de linker stapt, de linkervoet achter de andere langs, zo verplaatst hij zich, scheef zijwaarts als een kreeft die daarjuist nog in zijn soepkom dreef. Strompelend, woorden hakkelend, dreigt hij zijn evenwicht te verliezen maar hij blijft zwaaiend rechtop, de stok is boven zijn hoofd.

Aan Nadia's beide voeten is de grote teen roodgelakt, zijn moeder had ook zo'n teen, die stak uit een schoen met bandjes en die waren wit. Wat ruikt hij. Zichzelf. Zijn eigen mannenkaak die walgelijk naar vrouwen geurt, niet naar zijn eigen aftershave. Vrouwen ruikt hij, terwijl er gegrom uit hem stijgt, alle vrouwen uit zijn leven tot en met dit moment. Of er hierna nog een moment komt dat er een vrouw in zijn leven verschijnt, lijkt onwaarschijnlijk, hij zal er geen meer tot zich toelaten na Leentje, zijn liefde, enige liefde, enige echte, die nooit, eigenlijk nooit in zijn leven is geweest, in de exacte betekenissen van eigenlijk en nooit. Ze verschimt terwijl hij naar haar kijkt, terwijl hij haar ziet verdampt ze.

Wat wist ze?

Zoals de in vernietigingschaos aangetroffen teen van zijn moeder geëtst in zijn geheugen is gebleven, zo weet hij dat vele eeuwen na nu hij zal hebben onthouden dat Leentjes ivoren string met een van de lussen aan haar dijbeen hangt, haar hand, Nadia's hand, een hand, houdt het daar vast, wat hem aangrijpt, bitter van ontroering, meerdere ontroeringen.

Wat wil hij met die stok in zijn omhooggestrekte arm. Pas op, eminentie, en herinner u wat de blinde ziener Tiresias overkwam, die met zijn stok op twee parende slangen insloeg, wij hoeven er google niet voor te raadplegen. Tranen in zijn ogen, *zijn* ogen, Hammers ogen? Wij geloven de onze niet, bist du ein Weib geworden, Sjül?

Zijn benen in de knoop, is hij al bezig om te vallen, maar er is opeens een arm om zijn schouder die hem ervoor behoedt. De kalme stem van de Dood met scandinavische uitspraak ademt in zijn oor. De heer Sedofsk leidt hem terug naar de deur en de afhellende gang, onder Hammers schoen kleeft een binnengewaaid eikenblad, dat knisperend meeloopt. Hij verwijdert het en trekt het snot op naar de nok van zijn neus, cognacsmaak aan het begin van zijn slokbuis.

In een taxi.

Naast de Corsicaanse bestuurder schuurt de hand van de filmacteur over zijn hersendak.

Hammer onaanwezig: 'Hm?'

'Dat het niet is uitgesloten dat er leven mogelijk is zonder koolstof of water.'

De autoradio praat er vanuit een of andere centrale rumoerig doorheen.

'Wist u dat koolstof, waterstof, zuurstof veel meer in het heelal voorkomen dan andere stoffen. Het is dus.'

Antropocentrisch gefluit, gemompel, explosies, geratel, walvissengezang, een ogenblik nietsig gesuis, waarin alles nieuwe adem tot zich lijkt te nemen, daarna de geluiden weer, het is Hammer onmogelijk te volgen wat de cybernaut betoogt. De heer Sedofsk heeft zich half naar hem omgewend, zodat wel zijn stem bij vlagen hoorbaar is in het geroezemoes, maar zijn gezicht vaag, zijn gestalte een silhouet blijft in de donkere wagen. Soms gloeit er schijnsel op in het dashboard en zijn de inzittenden een ogenblik omhuld door fluorgroen of -oranje vermoeden van kosmisch licht, waarin de filmspeler uitlegt waarom het niet onvoorstelbaar hoeft te zijn dat ooit, in een toekomst van wellicht millennia maal millennia, iets, een levensvorm van elders uit het onmetelijk mysterieuze heelal, zich op de dan vergeten aardplaneet manifesteert hahaha. Dit heeft hij van de regisseur, die het neergewarrelde stof uit de kanonnen nog onder zijn nagels had zitten, de schat gelóóft zo in zijn onzinprent. Hij keert zich weer naar de voorruit, die als op een filmscherm de nacht toont, waar de chauffeur hen achter de koplampen aan doorheen leidt. Duisternis en toch zijn er nog resten van dagschemer, alsof de stormwind stukken versluierde zon meevoert. Er zijn zonnen die niet ondergaan, zoals er herinneringen zijn die niet vervagen al is men dood, Hammers oude angst, zodat voor wie sterft sterven niet hetzelfde is als doodzijn. Nooit zijn dingen definitief voorbij zolang er sprake blijft van tijd, al bestaat tijd niet. Niet zoals de zon bestaat, die weigert haar licht af te staan aan langsgierende wind en op een eiland als dit ook 's nachts drukkend heet blijft.

Aantekenboekje om deze gedachtenwoestenij onmiddellijk in te noteren? Schrijvers die moeten noteren wat ze denken te moeten onthouden wantrouwen hun talent, dat ze waarschijnlijk dus niet bezitten, Hammer is terug in het klaslokaal. Bij de balie beschikte hij over secretaresses, als politicus over ambtenaren, maar zijn geheugen is altijd dat van een computer geweest voordat er computers waren, hij had hun memo's niet nodig. Al zou hij er dergelijk boekje op na houden, het tijdstip dat wordt aangeduid als onmiddellijk is al voorbij en trouwens hij heeft geen pen bij zich en trouwens er is niets meer van enig belang en trouwens er zijn geen gedachten. Alles tuimelt en buitelt maar wat rond door zijn hersens, zoals de geluiden uit het dashboard en het zand, de bladeren, de hitte langs het geopende raam, waar hij zijn zwetende hoofd door naar buiten steekt. Hij rilt en is misselijk of hij zwanger is, zonder voorafgaand kokhalzen gulpt vloeibare dunne derrie zijn mond uit, dat in zijn gezicht en tegen zijn bril spat. Bril, hij moet ernaar grijpen of het ding zou al van zijn gezicht zijn geslagen, waarom grijpt hij er nog naar, wat valt er te kijken of te zien in het voorbijrukkende duister door een gebarsten glas. Als hij zijn geschrokken hoofd heeft teruggetrokken, roept de chauffeur iets tegen het stemmen- en overige tumult in en draait de cyborg die daarstraks nog horentjes droeg zich opnieuw naar de achterbank: de ramen moeten dicht blijven, anders werkt de airco niet.

Het is onzeker of dit consigne de toegesprokene bereikt. Die is opzij gezakt en ligt met opgetrokken knieën op het kunstleer dat hij hoort kraken. Zoals in het ziekenhuis het plastic zeil dat ze onder hem over de matras spanden voor het geval er iets mis zou gaan met de luier. Zuurstof moet hij, dat in het heelal aanwezig is, overal buiten de auto, waar hij naar hijgt als bij krachtsinspanning, adem moet hij en hij moet ervoor vechten. De chauffeur heeft het raam elektronisch gesloten en de auto is nu een vacuüm gesloten metalen kist waar zijn lichaam in is opgeborgen, hij past er precies in, straks komt iemand zijn haar kammen en Eva besteelt hem, hij snokt, snakt, snikt naar lucht, zwetend van kou, het heelal zit dicht als die kist.

Na geruime tijd afwezig te zijn geweest in nietbestaande tijd stort hij per ruimtecapsule terug in het bewustzijn, – de auto remt zo abrupt, dat hij van de bank valt, hij denkt nog dat hij door iets heen zakt. Zijn ene been blijft met de stok op de bank achter, het andere vouwt zich onder hem, pijn die hij ziet als flitsende chirurgenmessen, bliksemt door zijn zitbeen. Bonkend op de vloer, geen benul in welke houding, slaat zijn hoofd tegen iets of iets slaat tegen zijn hoofd, had hij nu een hoed op of niet, er knakt iets in zijn borstzak. De stem van Herr Sedofsk, ook de bestuurder roept woorden, excellentie kan alleen maar niezen, daartoe dient hij over lucht te beschikken, hij ontlaadt zich piepend.

Opengebold als een bloem van Van Gogh, in rondwentelende spetterkleuren van Van Gogh, die nooit op Corsica is geweest, kantelt een strandparasol naderbij. De steel kaatst als een springstok over het asfalt, als het gewelf omslaat kaatst het op de koepel verder, draait op zijn zijkant, rolt als een wiel recht op de auto af. Rollen is het woord niet, het gevaarte loopt, rent, sprint op de uiteinden van zijn baleinen, waarbij het eroverheen gespannen canvas aan flarden scheurt, het ziet eruit als een door de wind omlaag gemept monsterinsect, vreeswekkender, bedreigender dan de acteur er in zijn zilveren maliënkolder uitzag. Het komt van de grond en overdondert alle geluiden als het met zijn ijzeren spaakbenen van de straat op de bumper en de motorkap springt. De voorruit overleeft het, over het dak dreunt het gestamp van een paardachtige ruimtehorzel, dat putten, deuken, krassen, andere vernielingen in het blik zal veroorzaken, zoals is gebeurd met wijlen edelachtbares Porsche. Hammer heeft het gezien, niet gezien, ergens in de periferie van zijn oogbereik gebeurde er iets, in ieder geval hoort en voelt hij het gedaver door zijn niezen heen, hij is bezig het behang uit zijn neus te niezen met dezelfde windkracht als buiten. Hij denkt allerminst aan zijn Porsche, er beukt maar één gedachte door de wasem in zijn hoofd: bombardement. Hij is niet hier, het vindt ergens anders plaats, waar hij ook niet is.

De chauffeur wringt tegen de wind in het portier open en heeft moeite om op de been te blijven als hij om de auto heen begint te lopen. De centrale blijft signalen uitzenden vanuit de kosmos, waar de buitenaarde is, vol seti, – dat is een woord uit de conversatie van de regisseur en de acteur dat wij hebben opgevangen. Het melodieus klinkende gevloek van de wagenbestuurder, al verwaait het, voegt zich in de berichtenstroom uit het gindse, nu en dan onderbroken door seconden esoterisch snarengejengel, mannenstemmen, vrouwenstemmen, waar niet steeds onderscheid in is te herkennen, elementengeraas, gedraaf van apocalyptische ruiters, moordgeluid als van in elkaar geknepen plastic flessen, gerommel in een lege maag.

Dit laatste is Hammers bijdrage, hij bevindt zich weer overeind op de bank, ongemakkelijk bewegend want hij zit op de stok als een haan in het nachthok. Vóór hem is het gezicht van de ruimtereiziger, het spreekt tot hem uit oude films, hij antwoordt: 'Dank u. Sorry. Danke. Es geht ja. Danke vielmals.'

De chauffeur, weer ingestapt, op knoppen drukkend, brengt verslag uit aan het universum, puur corsicaanse poëzie in krachtig blasfemisch staccato, de motor is blijven draaien, de taxi blijkt naar behoren verder te rijden.

Waar zijn we nu.

Evenwijdig met de zee, waar scheepslichten schommelen onder nachtwolken die rood- en lichtendwitomrand zijn, grillig van vormen. In de wind stuiven ze verschillende richtingen uit en tonen als ze uiteendrijven het stille zwart erboven, daar is geen beweging en branden sterren.

Hammer ontgaat dit alles, de bril in zijn hand, zijn ogen nat van het niezen, zoals zijn hele lichaam druipt van diepvrieskoud zweet. Hij is in een auto, zoveel is zeker, omringd door allerlei lawaai, dat zijn gedachten, als hij al gedachten heeft, versnippert als tot de stofmaterie uit de filmkanonnen. Zijn andere hand is in de zijzak van zijn colbert, waar iets opbolt, zijn vingers omsluiten textiel, dat is gestreken en gevouwen als een verse zakdoek, twee zakdoeken, een hoeveelheid zakdoeken, wat hem verbaast, tevens verrast en van pas komt. Hij kan er zijn gezicht, hals, handen mee drogen, daarna zijn bril, waarbij hij vaststelt dat de helft van het linkerglas ontbreekt. Wat hem niets uitmaakt, hij hoeft de dingen niet meer te zien, alles beu, en heeft genoeg aan de dia's in zijn hoofd, al zijn ook die gebarsten, aangevreten en verkruimelen ze als hij ertegen blaast. Leentje?

Ze verschijnt hem met een pendel tussen duim en vinger, die zwaait heen en weer, beschrijft horizontale cirkels en curven, vertraagt, hangt stil, valt voor haar voeten. Het meisje van Cranach, wat zou dat voor meisje zijn geweest. Hij ziet het geschilderde miniatuur voor zich, waar Leentje in verdwijnt, zoals ze er in Gotha uit tevoorschijn is gekomen, – dan is ook die herinnering weg.

Door zijn gesloten oogleden dringt licht zijn hoofd binnen, lichtstrepen als van neonbuizen in ziekenhuisgangen waar hij slapend onderdoor werd geschoven op een rijdende brancard met een kriepend wiel. In het lawaai is lawaai te horen, onder meer van een kerkklok die hij eerder heeft gehoord, daar schetteren fanfares doorheen. Heeft het nog zin zijn ogen te openen, hij moet daar moeite voor doen of hij in coma is, en weet vervolgens niet of hij werkelijk iets ziet, al kijkt hij. Pleinen, straten waar een feest woedt, het stormt hier minder, maar het waait geducht. De hitte is door geen wind te verdrijven, zodat mensen wel hun wapperende kleren bij elkaar houden, maar de inboorlingen niet anders zijn gekleed dan ze dat doorgaans zullen zijn in hun klimaat, midden augustus. Dankzij 's keizers verjaardag zijn er veel toeristen, wie het dunne goed bijna van het lijf wordt gerukt, wat goed is voor de horecagelegenheden, waar ze joelend hun toevlucht nemen, en ook de kerken blijven gezellig open. Straatlantaarns slingeren aan hun draden, guirlandes breken, aan snoeren bevestigde vlaggetjes die omlaag horen te hangen dartelen verticaal omhoog boven de straat, waar papier, ander afval, doorheen zwiert, een schoen, een houten kinderwagentje. Napoleon glijdt langs, omstuwd door soldaten uit de tijd van zijn bewind, stormband onder de kin om te voorkomen dat hun hoofdbedekkingen het donker boven de feestverlichting in vliegen, negentiende-eeuwse geweren tegen het sleutelbeen op de lucht gericht, eresalvo's knallen, er scharrelt een zwarte hond rondom hun laarzen.

Dat met die parasol, het bombardement op het autodak, heeft dat plaatsgevonden, vandaag, daarjuist, hier, of gebeurde het tijdens een narcosetoestand waarin ze de grote schrijver, jurist en staatsman voor een dag of twaalf onder zeil hadden gehouden. Toen was in zijn denk- en voorstellingswerelden alles blijven doorgaan zoals wanneer hij over zijn paperassen gebogen aan het werk was, – visioenen en schilderingen, romanintriges, wijsgerigheden, rabiate angsten, oorlog, Gustav Mahler en andere symfonische klankenknoopsels, terwijl hij niet binnen maar buiten bewustzijn werd geacht te zijn. In die staat van onaanwezige aanwezigheid, tot in de vriesmuur toe, verlangde hij te kunnen schrijven om alles nauwgezet te formuleren, geef hem toch vooral papier en potlood mee in zijn kuil, van enig hiernamaals is nog nooit verslag gedaan. Parasol? Op de stranden van Corsica, waar hij zich herinnert te zijn langsgekomen, ooit, staan rieten puntdaken als afkomstig van negerhutten op boomstammen in de grond geplant, in de schaduw daarvan zaten en lagen naakte lichamen. Het voorval met de parasol kan ook ergens anders, op een andere datum, zijn gebeurd, mogelijk in Ohio, hoe komt hij nu opeens in Ohio.

Is het volgende eigenlijk gebeurd, of is het inbeeldsel:

Geland in Chicago, dolzinnig en wanhopig per auto naar Cincinnati, hij had in Europa gezien hoe laat het daar was, wat ging hij daar in het wilde weg doen, er woei in dat landschap iets tegen de voorruit of zijn hoofd, wat hij ervoer als een blok arduin, word toch kalm professor, er ligt ook een Cincinnati in Iowa, waar hij pas achter kwam toen hij weer thuis tussen zijn orchideeën stond. Ze was weg en onvindbaar, de eniggeliefde, waar haar te zoeken in zo'n stad, verliefde krankzinnige. En nu hij haar had teruggevonden is ze het opnieuw, verdwenen als vermolmde illusies, hij staart in de nacht, baggersmaak onder zijn tong.

Al die mensen, over honderd jaar of eerder of later zijn ook zij allemaal weg als Napoleon. De jongleur op het eenwielfietsje, ook eerder gezien zoals Hammer gelooft, weet zich in de luchtstroming wel in evenwicht te houden, maar dat hij de witte ringen, die hij verbeten omhoog blijft gooien, zal opvangen, is een soortgelijke begoocheling, de wind slaat ze uit hun baan. Kijken wij met Hammers ogen, zien we donkere mist waarin het waait, daar doemen gestalten en bewegingen uit op. Te associëren met de personages in de stadhuisgevel, langsparaderend op het volle uur. Tempore lenitum est vulnus meum, zei opa Oldorff, terwijl Sjül toen al wist dat het, in ieder geval wat hemzelf betrof, niet waar was: zolang er herinneringen zijn, geneest de tijd geen wonden, het geheugen, leergierig auditorium, is de kwelgeest die de littekens permanent blijft openkerven. De jonkvrouw met de spiegel. Zij is twee jonkvrouwen. Ridder te paard. Hij is veertig ridders op veertig paarden, op weg naar de verjaardagsviering van de plunderaar. Keizer. Koning. Magistraat. De kleermaker met zijn schaar, de olijfboer met zijn oogstmand, het kind met de drie ballonnen, hou ze stevig vast in deze bries, ukkepuk, de timmerman met zijn hamer, of vergissen wij ons en is het de rechter met dergelijk werktuig. De ezel. De mantelmeeuw. Alles passeert bij klokkengedreun, zoals het al talloze eeuwen langstrekt, alles met een geheugen dat het verdriet als in archiefdozen blijft optasten en conserveert, gelukkige herinneringen bestaan niet, want eraan terugdenken levert de deceptie die erop volgde.

Ik ben niet door de tijd geheeld, ik hoef niet te worden herinnerd.

Daar is ook het mens met de oranje zonneglazen en de karbies met flessen, het haar recht omhooggewoeld, waar is haar bloemenhoed. Zij is in gezelschap van een jongmiddelbare gezette eilandbewoner, wie het haar als gestolde zwarte olie tot onder de schouderbladen reikt. Zijn arm is rond haar vlees, hij wijst naar het schip, dat als in het licht van een ontplofte ster in de nacht staat, tot in de touwen trillend van het geweld uit de vermaaksindustrie, de hele wereld waait en wappert, behalve het massieve rockgedreun. De douairière, het nopjesshort grijpt haar rond de zithelften, deint haar vrije hand boven haar hoofd in het ritme van de danspasjes van haar begeleider, hupsa ouwe trol. Als Hammer haar in zijn kippige nevel opmerkt, herinnert hij zich dat hij van boord is gegaan en toen verdwaald om in de stad een boodschapje te doen. Boodschapje, wat voor boodschapje ook weer, het ontglipt hem.

Lichtgeel lichtblauw als een wieg voor duizend zuigelingen komt de Carta Mundi op hem af, stralend als een kraamkamer, zoals hij zo'n kamer heeft bezocht toen Eva werd geboren en hem het engelenlicht opviel, de moeder deed hem niets, het kind nog minder. Vader geworden bezat hij aan zijn eigen vader geen herinnering, – hij heeft daar nog een gedicht over geschreven of een roman, of zoiets, hij met zijn geheugen weet het niet meer.

De persoon met wie hij de taxi heeft gedeeld helpt hem er hoffelijk uit, waarbij Hammer zijn bril laat vallen, die op de stenen klettert. Hij heeft dan ook zijn handen vol aan links de stok, rechts de doek of wat is het, die hem dient om zijn gezicht te blijven dweilen. Wat beeft hij en wat staat hij richtingloos te zwaaien op zijn magere benen, de broekspijpen van doorweekt karton in de hier van alle kanten aanloeiende wind. Dolle vlaggetjes, lampionnetjes, een langszeilend reclamebord, de zee spat over de kade en pletst op mensen neer, hij niest en er gaan dolkstoten door zijn hersens, het ergste is dat hij staat te stikken, omdat de storm de adem van zijn gezicht maait. De chauffeur is opnieuw om de auto heen gelopen, het blik betastend, zich opwindend in rollende taal die als op linten geschreven uit zijn mond waait, hij bukt zich en overreikt excellentie zijn bril. Als deze het kapotte ding niet aanneemt, steekt de andere passagier zijn hand ernaar uit. Kan het zijn dat deze zijn wenkbrauwen kwijt is, vanaf zijn ogen naar boven biedt zijn hoofd een iel bepluisde aanblik, alsof het met insecticide is ontbost. Geen idee wie hij is, al is zijn stem bekend, geen idee waarvan. Een vriendelijke heer wel, zoals Hammer zich er geen meer herinnert, maar wat herinnert Hammer zich nog, gelukkig zijn wij er. Herr Sedofsk schuift de bril in het bovenzakje van Hammers colbert. Haalt er in hetzelfde minzame gebaar het sigaartje uit dat hij erin aantreft, het is gebroken maar hangt nog aan elkaar, wat is er smartelijker dan een geknakt sigaartje. De oude œuvreschrijver verlangt te liggen. Scheepskooi met kinderlijke motiefjes op de sprei, een dekstoel zou al goed zijn, het liefst natuurlijk zijn eigen brede bed, dat nog niet met andere, Eva zegt overbodig geworden, meubelstukken zijn huis is uit gedragen. Niet dat hij daar een sigaartje bij zou willen savoureren, misselijk als hij is en zwetend niezend zo staat te trillen in de wapperende hitte dat de stok uit zijn hand valt. Er stommelen nog andere associaties naderbij, vergezeld van bezorgdheden: om aan boord zijn hut te kunnen betreden is een plastic kaartje nodig, dat niet in het bovenzakje van zijn jasje blijkt te zitten, wel een sigaartje halfstok, als hij het voor zijn kamerdeur niet weet te reproduceren wat dan, op het kaartje staat het hutnummer dat hij steeds vergeet maar dankzij het kaartje weer te weten komt, daar heeft hij zijn bril bij nodig, wat een paniek, wat nu, hij weet niet meer hoe oud hij is.

De chauffeur raapt ook de boomtak op, Hammer grijpt ernaast, a ringrazià ti mompelt hij als de stok hem hulpvaardig in de knuist wordt gedrukt, maar hij laat hem opnieuw glippen, het hout rolt onder de auto. Probeert u eens in mijn hand te knijpen, hoort hij ergens echoën in de hooggebergten waar hij zich bevindt, maar het lukt hem niet. Iemand anders knijpt in zijn hand, iemand uit een oude film sluit zijn vingers om de zijne en voert hem naast zich mee. Jongetje op de kermis en zijn moeder trekt hem langs de spook- en schietgebouwen met de knallende lichten en de krijsende mensen, waar hij niet in wil. Hij wil voor geen geld op die boot.

De virago van het rookverbod heeft de loopbrug voor A-passagiers al beklommen, niet overstag gegaan in de arm van haar amant, als een kabel om haar heen. Hij heeft de flessenmand van haar overgenomen en staat heupwiegend te tapdansen, zij klemt zich schreeuwend lachend aan de reling vast, scheef tegen de wind, die boven haar de wolken scheurt.

Hammer leunt op zijn begeleider, beiden trekken zich aan de leuningen omhoog, het gaat wel, dank u, sorry, literatuur en film, kosmos in kosmos. Het getier van het vrouwmens schalt over de kade en het water, snijdender dan de geluiden van de vogels, onzichtbaar in het donker, wat drijft die beesten door dit weer. Boven steekt iemand een arm naar het tweetal uit, een gedaante in zwart uniform met gouden knopen en schouderbelegsels, gouden ankers op zijn pet, gouden banden rond zijn benedenmouw, daar komt de hand uit die Hammer met krachtige rukken in zijn oksels aan dek sjort. Al dat goud blijft goud, niet verblekend in het verpletterende licht dat als een koepel over de Carta Mundi staat. Zoveel licht dat Hammer als blind om zich heen tast, zo doorpriemt het de mistigheid voor zijn ogen. Met dribbelende kleuterpasjes zoekt hij hijgend houvast op de schommelende vloer.

'Ook weer aan boord meneertje, behoorlijk achter adem van al die paffertjes, hijghijg, hoesthoest.'

Geïsoleerde detentie voor deze rebutante spoelworm. Denkt edelachtbare dit, welnee, zoals hij haar niet ziet in zijn mist en niet hoort in het kabaal, denkt hij niets, eigenlijk niets, hij is er niet, al zien we hem nog. Aan de rand van het zwembad staat hij met de gekleurde lap zijn gezicht te vegen, ogenschijnlijk verdwijnt alle gezichtskleur in de lap, zijn uiterlijk is zelfs niet wit meer maar wit doorschoten met wit en in het licht lijkt hij licht uit te stralen, zijn witte pak, dat flodderend om hem heen beweegt, is minder wit dan zijn gezicht.

Aan de overkant van het bassin houdt een bemanningslid zijn ogen, die zonder uitdrukking zijn, op hem gericht, op zijn schouder een ovenschop waarmee de bakker het brood in het vuur schuift. Vergissing: de jonge matroos zet de roeispaan rechtop en klemt hem ergens in vast zodat hij op de steel blijft staan, sidderend in de wind die alles aanraakt, overal aanwezig, zelf onaanraakbaar. Het klotsende zwembadwater met eilanden sneeuwig schuim, zoals het zich vormt in glazen bier, is tot halverwege afgedekt met het membraanachtige zeil, waar men doorheen kan kijken, al is voor Hammer alles doorzichtig zonder dat de dingen nog helder worden. Het zeil beweegt, maar het is onduidelijk of het over het water wordt geschoven om het af te dekken, dan wel wordt opgerold, mogelijk om het bad schoon te maken, kennelijk zonder dat de stormwind daar een beletsel voor is.

Het zweet blijft Hammer tevoorschijn gutsen en wij zien dat hij beeft zoals iemand beeft wanneer angst hem aanvliegt omdat er iets nadert in de tijd, de ruimte, het bewustzijn, in de hete wind, loeiend in zijn oren, – alle machinerieën stampen, blazen, klepperen, fluiten, leggen het af, plof!, waarop stilte volgt, nooit door een sterveling nietgehoord, en zo intense donkerte als waar nooit een sterveling in heeft rondgetast, rondtasten is daar overbodig.

De geruststellende stem van de scandinaviër, die hem aanraakt, maar dan opeens is verdwenen, tegen het dek kletterend lattenhout van een stapel dichtgevouwen ligstoelen, de dreunende agressie van wat tegenwoordig muziek heet op alle dekken en daar nog bovenuit de schrille schreeuw van de nicotinehysterica, die klinkt zoals mantelmeeuwen schreeuwen, – dit alles dringt hem nog binnen als hij voelt dat hij wordt opgetild in een stormkolk, hij ervaart een zweven zonder zwaarte, zonder omvang, zonder nog te niezen. In een waterplas op zee, er is wat water betreft geen onderscheid tussen plas en zee, daar komt hij terecht, achterover, voorover, als een trapezekunstenaar wentelt hij om zijn as, stort hij met gestrekte gespreide ledematen in gebergten schuim dat in vlokken openspat.

Nu zien wij hem niet meer.

Julius G.M. Hammer beseft nog dat er kleren aan hem plakken. De portefeuille valt uit zijn binnenzak en is eerder beneden dan hij, als ze het documentenmapje opdreggen vinden ze er zijn moeder in. Zijn hand laat de prop textiel los en wat komt bovendrijven is de onderbroek met de vogeltjesmotiefjes op exotische postzegels, men kan die ook aan om te zwemmen. Boven hem sluit zich het zeil, dat hij door de troebelten heen ziet als een grauw plafond en, zoals hij het wel eens heeft gedroomd, daar beginnen handen, armen, benen, gezichten, hoofden doorheen te breken, maar het hoeft niet meer, overal wegspetterende waterbellen, luchtbellen, zijn mond is open om te ademen, maar hoe hij ook ademt, zwevend tussen donderkopjes, sluiervisjes, vlokjes steeds zwarter wordend niets waarin nog wat augustussterren langsflitsen, wie die ziet mag een wens doen ter vervulling van iets waar hij hartstochtelijk naar verlangt, excellentie heeft het erg benauwd. Het eelt valt van zijn vingers en eigenlijk –

Zutendaal, 2001-2011

Van Jeroen Brouwers verschenen:

ROMANS

1967 *Joris Ockeloen en het wachten*
1977 *Zonsopgangen boven zee*
1979 *Het verzonkene*
1981 *Bezonken rood*
1984 *Winterlicht*
1988 *De zondvloed*
1990 *Zomervlucht*
2000 *Geheime kamers*
2007 *Datumloze dagen*
2011 *Bittere bloemen*

VERHALEN

1964 *Het mes op de keel*
1968 *De toteltuin*
1973 *Zonder trommels en trompetten*
1977 *Klein leed*
1981 *Et in Arcadia ego*
1983 *Verhalen en levensberichten*
1985 *De sprong*
1991 *Anaïs Anaïs*
1996 *De vervulling*
1997 *De zondvloed (uitgegumde fragmenten)*
1998 *De verliefden*
1999 *Kalenders*
2000 *Op de Middelburgse kermis*
2001 *Palingen*
2003 *Het leven, de dood*
2005 *Warme herfst*
2008 *Liefste in de verte*

DRAMA

1980 *Zonder onderschriften*
1994 *De vervulling gevolgd door De kleine dood*
2009 *Een nieuw requiem*

ESSAYS

1979 *Kladboek*
1979 *De nieuwe Revisor*
1980 *Kladboek 2. De Bierkaai*
1982 *De spoken van Godfried Bomans*
1982 *Alleen voor Vlamingen*
1982 *Es ergo sum*
1983 *De laatste deur*
1985 *De levende stilte van Stig Dagerman*
1986 *Hélène Swarth: haar huwelijk met Frits Lapidoth, 1894-1910*
1987 *De schemerlamp van Hélène Swarth*
1988 *Sire, er zijn geen Belgen*
1989 *De versierde dood*
1989 *Het tuurtouw*
1991 *Kladboek 3. Het vliegenboek*
1993 *'Naakt in verblindend licht'*
1993 *Twee verwoeste levens*
1994 *Steeds dezelfde zon*
1994 *Kladboek 4. Het circus der eenzaamheid*
1994 *Vlaamse leeuwen*
1995 *Oefeningen in nergens bij horen. De schrijver en filosoof Jean Améry 1912-1978*
1995 *Adolf & Eva & de Dood*
1996 *Het aardigste volk ter wereld. W.F. Hermans in Brussel*
1996 *Kilometer(s)*
1997 *De rode telefoon*
1998 *Een beroemde naamgenoot*
1999 *De zwarte zon*
2000 *Utopia*
2001 *Wie begrijpt ooit wat?*

FEUILLETONS

1996 *Feuilletons*
1996 *Extra Edietzie* (Feuilletons herfst 1996)
1997 *Satans potlood* (Feuilletons zomer 1997)
1998 *Alles is iets* (Feuilletons lente 1998)
1998 *Terug thuis* (Feuilletons winter 1998)

2001 *Papieren Levens* (Feuilletons 6)
2005 *De schemer daalt* (Feuilletons 7)
2009 *Sisyphus' bakens* (Feuilletons 8)

AUTOBIOGRAFIE
1969 *Groetjes uit Brussel*
1978 *Mijn Vlaamse jaren*
1987 *Kroniek van een karakter. Deel 1 (1976-1981) 'De Achterhoek'*
1987 *Kroniek van een karakter. Deel 2 (1982-1986) 'De oude Faust'*
1987 *Miniatuur van wanhoop*
1993 *Het is niets*
1997 *In memoriam patris*
1999 *Al dat papier*
2004 *Stoffer & blik*
2006 *In het midden van de reis door mijn leven*
2007 *De stilte bestaat uit zoveel antwoorden (correspondentie met Gerrit Komrij)*

BLOEMLEZINGEN
1975 *Zachtjes knetteren de letteren. Literaire anekdoten*
1986 *Hij is reeds aan de overzijde. Necrologieën van schrijvers*

VERZAMELBOEKEN
2010 *De Indiëromans*
2010 *Hamerstukken. Alle polemieken en korzeligheden*
2010 *De jaargetijden.* Twee romans en twee verhalen
2011 *Gezichten, gestalten.* Schrijversportretten

OVER JEROEN BROUWERS
2000 Gwennie Debergh (red.) *Brouwers in Brussel*
2005 Johan Vandenbroucke, *Jeroen Brouwers. Het verhaal van een œuvre.* (Schrijversprentenboek 54)
2010 Jeroen Brouwers 70 jaar. *De Parelduiker 1-2*